杨绛全集

3

·散文卷·

人民文学出版社

杨绛
1997年，于三里河寓所

2001年9月，在清华大学"好读书奖学金"捐赠仪式上

2001年9月，在清华大学"好读书奖学金"捐赠仪式上

1996年，于钱瑗所住医院门外

2010年10月

我看见邹先生站在卖沙角菱的摊儿旁边,忙忙地吃沙角菱(《我在启明上学》,高荞 作)

妈妈给我一枚崭新的银元(《我在启明上学》,高莽 作)

有一次,我乘姆姆在楼上看不见我,就骑上栏杆,滑下末一折楼梯(《我在启明上学》,高莽 作)

我爬秋千（《我在启明上学》，高莽 作）

爸爸穿的是哔叽长衫,我的小手盖在他的袖管里。我们走不多远就到青年会了(《我在启明上学》,高芥 作)

礼姆姆不放心,亲自带我到她的办公室,找出纱布,为我裹伤;一面问我痛不痛(《我在启明上学》,高莽 作)

我大着胆子踊身一跳,居然平稳落地(《我在启明上学》,高莽 作)

依姆姆一面走路,一面十指忙忙编织,为我织了一副露出手指的手套
(《我在启明上学》,高莽 作)

杨绛 等著

我们的钱瑗

"她既然只求当尖兵,可说有志竟成,没有虚度此生。"

——杨绛

生活·读书·新知 三联书店

钱瑗纪念文集,三联书店版

中秋 二〇一〇年九月

忽见窗前月曈昽　秋风辣辣吹病松
心胸郁结人知否　怀抱凄清谁与共
离合悲欢世间事　阴晴圆缺凭天公
我今无意酬佳节　但觉凄凄秋意浓

即兴诗一首

坐在人生的边上
——杨绛先生百岁答问

《文汇报》专题：杨绛先生百岁答问

前言

钱锺书每日习字一纸,不问何人何体皆摹仿神速。予曾请教锺书如何执笔,锺书细思一过曰:"尔不问,我尚能写字,经尔此问,我并写字亦不能矣。"予笑谓锺书如笑话中之"百脚",尔有百脚,挪行时先用左脚押先用右脚?百脚对曰:"尔不问,我行动自如,经尔此问,我并爬行亦不能矣。"

锺书尝责我曰:"尔聪明灵活,何作字乃若此之笨滞。""子曰字如其人,我困笨实之徒也,我学『闲亭』,应圆却方,学楷遂应方而我作字却圆,我因笨滞之徒也,常言曰:'十个指头有长短。'习字乃我短中之短,我亦无可奈何也。"

我抄《槐聚诗存》笔笔滞,但求划平竖直而已。设锺书早知执笔之法,而有我之寿,其自写之《诗存》可成名家法帖,子不禁目叹而重为锺书惜也。

杨绛 二零一三年
七月四日

杨绛先生抄录《槐聚诗存》前言手迹

目　录

杂忆与杂写

自　序	003
大王庙	004
我在启明上学	008
记杨必	040
赵佩荣与强英雄	053
阿福和阿灵	056
记章太炎先生谈掌故	060
"遇仙"记	064
临水人家	070
车过古战场	
——追忆与钱穆先生同行赴京	077
纪念温德先生	082
记似梦非梦	086
小吹牛	091
黑皮阿二	094
钱锺书离开西南联大的实情	096
怀念石华父	100

闯祸的边缘
　　——旧事拾零 ··· 103
客气的日本人 ·· 106
难忘的一天 ··· 114
怀念陈衡哲 ··· 119
花花儿 ··· 134
控诉大会 ·· 140
"吾先生"
　　——旧事拾零 ··· 145
忆高崇熙先生
　　——旧事拾零 ··· 147
第一次观礼
　　——旧事拾零 ··· 150
第一次下乡 ··· 154
老王 ·· 177
林奶奶 ··· 181
顺姐的"自由恋爱" ··· 188
方五妹和她的"我老头子" ································ 203
狼和狈的故事 ·· 221
陈光甫的故事二则 ·· 224
剪辫子的故事 ·· 226

收脚印 ··· 229
阴 ··· 232
风 ··· 234

流浪儿 ·········· 236
喝茶 ·········· 238
听话的艺术 ·········· 240
窗帘 ·········· 244
读书苦乐 ·········· 246
软红尘里·楔子 ·········· 249
一块陨石 ·········· 252
不官不商有书香 ·········· 253

"天上一日,人间一年"
　　——在塞万提斯纪念会上的发言 ·········· 254
《堂吉诃德》译余琐掇 ·········· 259
塞万提斯的戏言
　　——为塞万提斯铜像揭幕而作 ·········· 264
记我的翻译 ·········· 267

为无锡修复钱氏故居事,向领导陈情 ·········· 274
向林一安先生请教 ·········· 277
尖兵钱瑗 ·········· 280
请别拿我做广告 ·········· 283
"杨绛"和"杨季康"
　　——贺上海纪念话剧百年 ·········· 285
介绍莫宜佳翻译的《我们仨》 ·········· 287
钱锺书生命中的杨绛 ·········· 289
魔鬼夜访杨绛 ·········· 291

俭为共德 ………………………………………………… 294
汉文 ……………………………………………………… 295
漫谈《红楼梦》 …………………………………………… 297
锺书习字 ………………………………………………… 300
忆孩时(五则) …………………………………………… 301

书 信 三 封

致徐伟锋转舒乙同志信 …………………………………… 311
致文联领导同志信 ………………………………………… 313
致汤晏先生信 ……………………………………………… 314

诗 六 首

中秋 ……………………………………………………… 319
哀圆圆 …………………………………………………… 320
忆锺书 …………………………………………………… 321
自嘲 ……………………………………………………… 322
悲王季玉先生(二首) ……………………………………… 323

杂忆与杂写

自　　序

我近来常想起十九世纪英国诗人蓝德（W. S. LANDOR）的几行诗：

　　我双手烤着
　　　　生命之火取暖；
　　火萎了，
　　　　我也准备走了。

因此我把抽屉里的稿子整理一下，汇成一集。

第一部是怀人忆旧之作。怀念的人，从极亲到极疏；追忆的事，从感我至深到漠不关心。我怀念的人还很多，追忆的事也不少，所记零碎不全。除了特约的三篇，都是兴来便写，不循先后。长长短短，共一十六篇，依写作年月为序。其中六篇曾在报刊发表。

第二部从遗弃的旧稿里拾取。有些旧稿已遗忘多年，近被人发掘出三数篇，我又自动拣出几篇，修修改改，聊凑七篇，篇目依内容性质排列。

"楔子"原是小说的引端，既无下文，便成弃物。我把"楔子"系在末尾，表示此心不死，留着些有余不尽吧。

大 王 庙

一九一九年——五四运动那年,我在北京女师大附属小学上学。那时学校为十二三岁到十五六岁的女学生创出一种新服装。当时成年的女学生梳头,穿黑裙子;小女孩子梳一条或两条辫子、穿裤子。按这种新兴的服装,十二三到十五六岁的女学生穿蓝色短裙,梳一条辫子。我记得我们在大操场上"朝会"的时候,老师曾两次叫我姐姐的朋友(我崇拜的美人)穿了这种短裙子,登上训话台当众示范。以后,我姐姐就穿短裙子了,辫梢上还系个白绸子的蝴蝶结。

那年秋天,我家从北京迁居无锡,租居沙巷。我就在沙巷口的大王庙小学上学。

我每和姐姐同在路上走,无锡老老少少的妇女见了短裙子无不骇怪。她们毫不客气的呼邻唤友:"快点来看哎!梳则辫子促则腰裙哎!"(无锡土话:"快来看哦!梳着辫子束着裙子哦!")我悄悄儿拉拉姐姐说:"她们说你呢。"姐姐不动声色说:"别理会,快走。"

我从女师大附小转入大王庙小学,就像姐姐穿着新兴的服装走在无锡的小巷里一样。

大王庙小学就称大王庙,原先是不知什么大王的庙,改成一间大课堂,有双人课桌四五直行。初级小学四个班都在这一间大课堂里,男女学生大约有八十左右。我是学期半中间插进去的。我父亲正患重病,母亲让老门房把我和两个弟弟送入最近的小学。我原是三年级,在这里就插入最高班。

大王庙的教职员只有校长和一位老师。校长很温和,冻红的鼻尖上老挂着一滴清水鼻涕。老师是孙先生,剃一个光葫芦瓢似的头,学生背后称他"孙光头"。他拿着一条藤教鞭,动不动打学生,最爱打脑袋。个个学生都挨打,不过他从不打我,我的两个不懂事的弟弟也从没挨过打,大概我们是特殊的学生。校长不打学生,只有一次他动怒又动手了,不过挨打的学生是他的亲儿子。这孩子没有用功作业,校长气得当众掀开儿子的开裆裤,使劲儿打屁股。儿子嚎啕大哭,做爸爸的越打越气越发狠痛打,后来是"孙光头"跑来劝止了。

我是新学生,不懂规矩,行事往往别扭可笑。我和女伴玩"官、打、捉、贼"(北京称为"官、打、巡、美"),我拈阄拈得"贼",拔脚就跑。女伴以为我疯了,拉住我问我干什么。我急得说:

"我是贼呀!"

"嗨,快别响啊!是贼,怎么嚷出来呢!"

我这个笨"贼"急得直要挣脱身。我说:

"我是贼呀!得逃啊!"

她们只好耐心教我:"是贼,就悄悄儿坐着,别让人看出来。"

又有人说:"你要给人捉出来,就得挨打了。"

我告诉她们:"贼得乘早逃跑,要跑得快,不给捉住。"

她们说:"女老小姑则"(即"女孩子家")不兴得"逃快快"。逃呀、追呀是"男老小"的事。

我委屈地问:女孩子该怎么?

一个说:"步步太阳"(就是古文的"负暄","负"读如"步")。

一个说:"到'女生间'去踢踢毽子。"

大庙东庑是"女生间",里面有个马桶。女生在里面踢毽子。可是我只会跳绳、拍皮球,不会踢毽子,也不喜欢闷在又狭又小的"女生间"里玩。

不知谁画了一幅"孙光头"的像,贴在"女生间"的墙上,大家都对那幅画像拜拜。我以为是讨好孙先生呢。可是她们说,为的是要"钝"死他。我不懂什么叫"钝"。经她们七嘴八舌的解释,又打比方,我渐渐明白"钝"就是叫一个人倒霉,可是不大明白为什么拜他的画像就能叫他倒霉,甚至能"拜死他"。这都是我闻所未闻的。多年后我读了些古书,才知道"钝"就是《易经》《屯》卦的"屯",遭难当灾的意思。

女生间朝西。下午,院子里大槐树的影子隔窗映在东墙上,印成活动的淡黑影。女生说是鬼,都躲出去。我说是树影,她们不信。我要证明那是树影不是鬼,故意用脚去踢。她们吓得把我都看成了鬼,都远着我。我一人没趣,也无法争辩。

那年我虚岁九岁。我有一两个十岁左右的朋友,并不很要好。和我同座的是班上最大的女生,十五岁。她是女生的头儿。女生中间出了什么纠纷,如吵架之类,都听她说了算。小女孩子都送她东西,讨她的好。一次,有个女孩子送她两只刚出炉的烤白薯。正打上课铃,她已来不及吃。我和她的课桌在末排,离老师最远。我看见她用怪脏的手绢儿包着热白薯,缩一缩鼻涕,假装抹鼻子,就咬一口白薯。我替她捏着一把汗直看她吃完。如果"孙光头"看见,准用教鞭打她脑袋。

在大王庙读什么书,我全忘了,只记得国文教科书上有一课是:"子曰,父母之年,不可不知也……""孙光头"把"子曰"解作"儿子说"。念国文得朗声唱诵,称为"啦"(上声)。我觉得发出这种怪声挺难为情的。

每天上课之前,全体男女学生排队到大院西侧的菜园里去做体操。一个最大的男生站在前面喊口令,喊的不知什么话,弯着舌头,每个字都带个"儿"。后来我由"七儿""八儿"悟出他喊的是"一、二、三、四、五、六、七、八"。弯舌头又带个"儿",算是官话或国语的。有一节体操是揉肚子,九岁、十岁以上的女生都含羞吃吃地笑,停手不做。我傻里傻气照做,她们都笑我。

我在大王庙上学不过半学期,可是留下的印象却分外生动。直到今天,有时候我还会感到自己仿佛在大王庙里。

一九八八年八月

我在启明上学

我十岁,自以为是大人了。其实,我实足年龄是八岁半。那是一九二〇年的二月间。我大姐姐打算等到春季开学,带我三姐到上海启明去上学。大姐姐也愿意带我。那时候我家在无锡,爸爸重病刚脱险,还在病中。

我爸爸向来认为启明教学好,管束严,能为学生打好中文、外文基础,所以我的二姑妈、堂姐、大姐、二姐都是爸爸送往启明上学的。一九二〇年二月间,还在寒假期内,我大姐早已毕业,在教书了。我大姐大我十二岁,三姐大我五岁。(大我八岁的二姐是三年前在启明上学时期得病去世的。)妈妈心上放不下我,我却又不肯再回大王庙小学,所以妈妈让我自己做主。

妈妈特地为我找出一只小箱子。晚饭后,妈妈说:"阿季,你的箱子有了。来拿。"无锡人家那个年代还没有电灯,都点洋油灯。妈妈叫我去领箱子的房间里,连洋油灯也没有,只有旁边屋间透过来的一星光亮。

妈妈再次问我:"你打定主意了?"

我说:"打定了。"

"你是愿意去?"

"嗯,我愿意去。"我嘴里说,眼泪簌簌地直流,流得满面是泪。幸好在那间昏暗的屋里,我没让妈妈看见。我以前从不悄悄流泪，只会哇哇地哭。这回到上海去上学，就得离开妈妈了。而且这一去，要到暑假才能回家。

我自己整理了小箱子。临走，妈妈给我一枚崭新的银元。我从未有过属于我个人的钱，平时只问妈妈要几个铜板买东西。这枚银元是临走妈妈给的，带着妈妈的心意呢。我把银元藏在贴身衬衣的左边口袋里。大姐给我一块细麻纱手绢儿，上面有一圈红花，很美。我舍不得用，叠成一小方，和银元藏在一起做伴儿。这个左口袋是我的宝库，右口袋随便使用。每次换衬衣，我总留心把这两件宝贝带在贴身。直到天气转暖穿单衣的时候，才把那枚银元交大姐收藏，已被我捂得又暖又亮了。花手绢曾应急擦过眼泪，成了家常用品。

启明女校原先称"女塾"，是有名的洋学堂。我一到启明，觉得这学校好神气呀，心里不断地向大王庙小学里的女伴们卖弄："我们的一间'英文课堂'（习外语学生的自修室）比整个大王庙小学还大！我们教室前的长走廊好长啊，从东头到西头要经过十几间教室呢！长廊是花瓷砖铺成的。长廊下面是个大花园。教室后面有好大一片空地，有大树，有草地，环抱着这片空地，还有一条很宽的长走廊，直通到'雨中操场'（也称'大操场'，因为很大）。空地上还有秋千架，还有跷跷板……我们白天在楼下上课，晚上在楼上睡觉，二层楼上还有三层……"可是不久我便融入我的新世界，把大王庙抛在九霄云外了。

我的新世界什么都新奇，用的语言更是奇怪。刚开学，老学生回校了，只听得一片声的"望望姆姆"。这就等于说："姆姆，您好！"（修女称"姆姆"）管教我们的都是修女。学校每月放假一天，住在本地的学生可由家人接回家去。这个假日称为"月头礼拜"。其余的每个星期日,我们穿上校服,戴上校徽,排成一队一队,各由姆姆带领,到郊野或私家花园游玩。这叫做"跑路"。学绘画得另交学费,学的是油画、炭画、水彩画,由受过专门教育的姆姆教。而绘画叫做"描花"。弹钢琴也土里土气地叫做"搯琴"。每次吃完早饭、午饭、点心、晚饭之后,学生不准留在课堂里,都得在教室楼前或楼后各处游玩散步,这叫"散心"。吃饭不准说话;如逢节日,吃饭时准许说话,叫做"散心吃饭"。孩子不乖叫做"没志气",淘气的小孩称"小鬼"或"小魔鬼"。自修时要上厕所,先得"问准许"。自修室的教台上有姆姆监守。"问准许"就是向监守的姆姆说一声"小间去"或"去一去",姆姆点头,我们才许出去。但监守的姆姆往往是外国姆姆,她自己在看书呢,往往眼睛也不抬就点头了。我有时"问准许"小声说:"我出去玩玩",姆姆也点头。那"小间去"或"去一去",往往是溜出去玩的借口。只要避免几个人同时"问准许",互相错开些,几个小魔鬼就可以在后面大院里偷玩。

在我们小鬼心目中,全校学生分三种。梳"头发团"(发髻)穿裙子的,是大班生(最高班是第一班,也称头班)。另外有五六位女教师(包括我大姐)也是这等打扮。梳一条辫子穿裙子的(例如我三姐),是中班生。梳一条或两条辫子不穿裙子的是小班生。实际上,这是年龄的标识,并不是班次的标准。梳"头发团"的也可能上低班,不穿裙子的也可能上中班。

我头上共有四条辫子。因为照启明的规矩,学生整个脸得光光的,不准披散头发,头发得编在辫子里或梳在"头发团"里。我原有覆额的刘海;要把刘海结成辫子很不容易。两个姐姐每天早晨为我梳小辫,一左一右,把我的刘海各分一半,紧紧揪住,编成小辫,归入后面还不够长的大辫。我看她们费劲,只好乖乖地忍着痛做苦脸,让她们使劲儿揪,希望头发会越揪越长。梳四条辫子的小鬼,好像只我一个。

我们从早到晚有姆姆看管。一天分两半:晚上在楼上宿舍里,白天在楼下;下了楼就要到晚上才上楼,白天谁也不准上楼。每天都有刻板的规矩。不过我们生活得很活泼,自有方法摆脱姆姆的看管。这也丰富了我们的生活。可是一切都得努力,一天到晚的事都需克服困难。

每天六点打铃起床,铺床、梳洗。记不清是七点还是七点半打铃,排队下楼,到饭堂吃早饭。然后"散心",然后上课。课程天天一样;除了星期日要"跑路",星期三要洗澡,这两天的课程和平日不同,但每周都一样。午饭总是十二点,然后"散心",又上课。四点半吃点心,又"散心",上课。记不清是六点还是六点半晚饭,又"散心",然后上夜课。小鬼上夜课的时间很短。我们上楼之前,在自修室后面挨次上"小间",然后由姆姆看着排队上楼。楼上的卧房记不清是四五间还是五六间。早晚都有姆姆巡视。但我们小鬼可以像流寇般从这间溜到那间去。只是晚课以后,小鬼也忙着要睡了。

我们的卧房很大,叫"统房间",都一模一样。每间卧室分左右两半,床位的排列相同。床连床,一行四张床。房间的左右两半各有四行床。行间有相当宽的距离。每一间卧房里有一张单独的床,在靠墙处,由看管卧房的老师睡。我大姐就睡在这种单独的床上。我的床,面对着大姐的床,头连着我三姐的床。

我那时候穿皮袄、棉裤、罩衫、罩裤。穿衣服就够麻烦的,因为那时候裤腰没有松紧带,得打个大褶子再束上一条裤带。束太紧了,吃饱饭不舒服;太松了,会掉下来。稍为掉下一点,裤脚就太低了。大姐嫌我束的裤子总是歪的,每天要为我重束裤子。裤腿也不能一高一低,她还要把我的两个衣袖拉得一样长。

最困难的是铺床。我们的帐子白天都得撩上床顶。我们床前各有一张凳子。我先把凳子挪在床前正中,站上去,把帐子前面的两幅帐门搭上床顶,然后下地把左右两边帐子摺好,再爬上凳子,连同后面那幅平平整整地搭上床顶。我得把凳子搬到床头,又搬到床尾,上下好多次。我的帐子搭得特整齐,大家都夸我。我很得意。

撩完帐子就铺床。我每晚临睡铺一个小小的"被封筒",因为人小,"封筒"特短,长了漏风。大班生和教师们都爱掀开我的帐子看看我的小"被封筒",看了都笑。早起铺床,先得把被子一条条抖抖,铺得平平的,再盖上白线毯,线毯两边有穗儿。床两旁得垂下同样宽的边。我的床在一行四只的中间,从床前到床后得绕过另一只床(我三姐的床)。我爱整齐,也爱人家夸赞,所以每天早上要绕着床打好多个转转才铺得自己满意。

我们各有一个小衣柜和一套洗漱用具,各有一个冷水龙头。这套设备都沿墙连着。我和姐姐的衣柜差不多是连着的。我天天要和三姐比洗脸毛巾谁的白,因为三姐说我的毛巾黑了。我有一块洗澡用的粗肥皂,一块洗脸用的药水肥皂。我爸爸迷信一种老牌洋药皂最能杀菌。妈妈特为我和姐姐各买一块,可是妈妈大概没想到我天天用来洗脸。我大姐姐说我把脸上高的地方都洗亮了,低的地方还没洗到。我留心把脸上高高低低各处都洗到。然后洗耳朵,前面、后面和边边都洗到。然后洗脖子。我还学三姐,把手指连手指甲在打了肥皂的毛巾上来回来回擦,把指甲也洗干净。都洗完,脸上抹点儿蜜,就拆散头发,等两个姐姐为我梳四条辫子。我不知道别人用什么香皂或什么化妆品,反正我们姊妹连一面镜子都没有。我梳四条小辫的时期,不大有时间流窜到别的房间去玩。但排队下楼,我曾做过一次冒失的事。

我们的楼梯很宽,旁边的栏杆很漂亮。栏杆上面的扶手是圆鼓鼓、光溜溜的木板。我常想骑上这道木板滑下去。有一次,我乘姆姆在楼上看不见我,就骑上栏杆,滑下末一折楼梯。如果身子一歪,会跌到平地上去。地面是硬瓷砖,不像秋千架下是松松的沙土,跌不痛。我没敢再滑第二次,也没敢告诉姐姐。好在没人揭发,我不知道别人是否也干过这等事。

下楼后,每个学生都有个安身之处,就在我们的自修室里。全校有两间自修室。小的一间叫"中文课堂",在长廊东头,只有大教室那么大。不学外文只学中文的学生在"中文课堂"自修。大的一间很大很大,也很亮,在长廊正中,叫"英文课堂"。学外文的,不管英文、法文,都在英文课堂自修。每个人的台板和座位都是固定的,几年也不变。我们的书和纸、墨、笔、砚以及手工课上的针线活儿,都收藏在台板里。这个座位连台板,相当于宿舍里的床和小衣柜。我们好比楼上有一个窝,楼下也有一个窝。英文课堂里共有一百多个座位。课堂也分左右两半,中间有个过道,上首有讲台讲座,由监守的姆姆坐。除了上课、吃饭、吃点心、散心,我们整天在自修室里盘桓。楼上宿舍的床位,楼下自修室的座位,饭堂里吃饭桌上的座位,都是固定不变的,所以我们放假后回校,就好像回到自己家里一样。

下楼第一件事是上饭堂还是上小间,我记不清了。反正都有姆姆看着。我们出入饭堂,从不一拥而入或零乱散出,总有秩序地排着队。队伍不按高矮,只是有次序。

吃早饭又是难事。饭堂也分左右两半。左一半,右一半,都是横着放的长饭桌。饭堂里共有二十来桌。每条长饭桌又分为左右两小桌,中间放两小桌共用的饭桶或粥桶和茶壶、茶杯等。一小桌坐四个人。我挨着大姐姐坐,对面是三姐和她的朋友。早饭是又稠又烫的白米粥,每桌四碟小菜。全饭堂寂静无声地吃粥。别人吃粥快,只有我吃得慢。粥又烫,大姐姐又一定要我吃两碗。姆姆在饭堂四周和中间巡行。谁都不许说话。我听到别人在嗑瓜子,就知道她们都吃完了。姆姆要等每个人都吃完才摇铃,让我们排队出去"散心"。我打算吃一碗算了,可是大姐姐不让我少吃。有一次她特地托人买了炼乳,为我搅在粥里减烫。我吃得几乎恶心呕吐。不过我还是乖乖地吃下两碗。其实,我很不必着急。因为学生只许在饭堂里吃东西。小鬼身上偷带着好吃的东西,姆姆不知道——也许假装不知道。许多学生有各式各样的好吃东西。住本地的学生都从家里带些菜肴到学校吃。凡是吃的东西,都收藏在饭堂两壁的食橱里,只许在饭堂吃。她们正好趁我吃得慢,可以多吃些闲食。我每次早饭总是末了一个吃完。

"散心"更不是容易事。我虽然很小就上学,我只是走读。走读可以回家,寄宿就无家可归。上课的时候坐在课堂里,不觉得孤单,可是一到"散心",两个姐姐都看不见了,我一个人在大群陌生孩子中间,无依无靠,觉得怯怯的。我流落在学校里了。

大姐姐老早就教了我一个乖。她说:"人家一定会来问你父亲是做什么的,你怎么回答?"

我说:"做官的。"

大姐姐说:"千万不能说。"

"为什么?"

大姐姐说:"人家就会唱:'芝麻官,绿豆官,豆腐干,萝卜干,咸鱼干,鼻涕干,袜筒管,裤脚管。'(用上海话说来是顺口溜。)"

启明里尽是大官富商家的小姐。谁、谁、谁是某、某、某大官的女儿,谁、谁、谁是某、某、某富商的女儿,大家都知道。官儿都大着呢。我爸爸绝不是什么大官,这点我明白。姐姐教我回答说,父亲是"做事情的"。我就记住。果然有人问我了。我就说:"做事情的。"没人盯住问做什么事。我闯过了做新学生的第一关。

我到"散心"的时候,就觉得第一要紧的是找个伴儿。我先看中一个和我一般小的女孩子,可是她比我低好多班,我们说不到一块儿。接下,有个比我年龄稍大的广东孩子常找我玩。她比我高大,也比我胖。她教我广东话。她衣袋里总藏着些好吃的东西,如鸭肫干、陈皮梅、牛奶糖等等。我们都在"英文课堂"里"自修"。不过她的座位在右半边,我在左半边。散课后她招我过去坐在她座旁,叫我闭上眼睛张开嘴,她放些东西在我嘴里,然后让我睁眼,叫我猜嘴里是什么东西。我嚼着辨味,我说是虾米。她拿出几个大甲虫,像大拇指面那么大,说我吃的是甲虫。我有点害怕,可是我不信。她就把甲虫的翅膀、脚都捋掉,摘去脑袋,果然露出虾米般的肉,还带些油,像咸鸭蛋黄里的油。我们两人分吃了这只甲虫,味道比虾米鲜嫩。她告诉我这叫龙虱。五十多年后,我在北京旧东安市场北门的稻香村南货店看到一罐龙虱,居然识货,就是那次领教的。她衣袋里的东西真多,老在吃这、吃那,我却什么都没有。看她吃,我有点馋。她有时也给我吃。她不给我吃,我看着馋;给我吃,我吃了心上又很不舒服,觉得自己成了讨饭叫化子了。我宁愿找别人玩,不肯跟她玩了。

有一个比我大很多岁的孩子,她班次比我低。她说我大姐姐是她的恩人。她做新学生的时候,大家都欺侮她,全靠我大姐姐保护了她,不让别的学生欺侮。所以她私下为自己取了一个名字,叫杨秀康。她有一帮比我年龄稍大的孩子做朋友。她很热心地找我和她们一起玩。我跟着她听到些非常奇怪的事。她家住在长江边上,住在一只破船里。船已经不能下水了,搬到岸上去了。她父亲有两个老婆,同住一船,经常拿刀动棒地打架。她妈妈是小老婆。她有两个亲姐姐都卖在堂子里,都嫁了很阔气的姐夫,都做了小老婆。她父亲又要把她卖到堂子里去。她是最小的妹妹。可是两个姐姐死也不让卖,硬是把她送入启明上学。她爱讲姐夫家怎么怎么阔气。我没人同玩,就找她们一帮。但是我对她们都不怎么喜欢,她们讲的事我没兴趣。

我终于找到一个朋友。她比我大一岁半,个儿比我高些。我们同班上英文,都是最低班。我们两个都是出色的学生。我虽然只是初学英文,倒很内行地知道自己不如她。我是中国孩子用正确的口音读英文,她却像外国人随便说话。她还会说俄文。她的保姆是白俄。也许因为她会说俄文,所以读英文也那么自然。我很佩服她。

我觉得她什么都比我灵。比如姆姆问:"你如果掉了一根针,怎么拣?"我说指头上蘸些唾沫一粘就粘起来了。她说,把针尖一按,粗的一头会翘起来,就可以拣了。她的办法比我的利索。不过,如果拣很细的绣花针,我的办法更好。但她的中文只上最低班,我却已插入中班。其它如历史、物理(称"格致")、算术等课我都上中班,她还上最低班。所以她也佩服我。后来她的英文跳了一班,又跳一班。我们两个一同跳班,不过我觉得我是陪着她跳的。音乐课我们也一同由小班跳上中班。然后她开始学弹钢琴。我姐姐说我的手太小又太硬,绷不开,而且我太专心,不会五官并用,所以我不配学钢琴。她音乐课又跳上一班。我不识乐谱,但是我能记乐调,所以也陪着跳上一班。我很羡慕她能弹琴。我们彼此佩服,很自然地成了朋友。"散心"有朋友,就不孤单了,可以一起玩得很开心。

  我们每次餐后,一定得"散心"。时间有长有短。午饭以后最长,吃点心以后最短。大班生、中班生往往喜欢成群结队,有的还和监守的姆姆拉在一起散步。她们排成面对面的两大排,一排向前走,一排向后退,一面嘻嘻哈哈地说笑。也有三五成群的。小鬼最分散。有一伙小鬼喜欢钻在大操场的角落里玩"做小人家"。可是她们"做家家"的水平太低。比如,一个年龄不小而班次很低的大孩子,装作不会走路的小娃娃,让人在后面用带子拦腰拽着走;一个眼皮上结疤的小女孩装大女人,双手捏着一方手绢的两角,扭着脖子,把手绢儿一摔,带着哭声说苏州话:"咦妹啊,奴十八岁哉!要嫁哉!"我和我朋友从不加入她们一伙。我们宁可在乱草地里赶癞蛤蟆,只是不敢捉;或者挖一个小池塘,堆一座小土山,拣些煤渣子砌成假山,筑出弯弯曲曲的路,路旁拣些树枝做树。我们往往会招来一群合作的小伴儿。可是我们从自来水龙头下一捧一捧运送的水,放入池塘,就成了泥浆,也很扫兴。坐跷跷板、荡秋千都嫌太单调。我的朋友教我爬秋千。双腿绕着秋千绳索,两脚蹬,双手拉着绳索,一手一手往上拽。我能爬到秋千顶上(我们的秋千很高),然后双手握着绳子滑下来,有时把手心的皮都磨破。我朋友自己不爬,她比我文静。正规的游戏如拍皮球、跳绳、造房子,我们都和一大帮孩子同玩。反正越难越有趣。我们想出种种花样。比如拍皮球,要把死球(不动的球)拍成活的,我会。先轻轻地拍,拍着拍着皮球就活了。造房子有上海房子、南京房子,我的朋友还教我造俄国房子,各有一套规矩。跳绳的花样更多。跳着绳子拣铜板也好玩。最难的跳绳也是我朋友教的。得蹦得很高,绳子尽量缩短,身体也尽量缩短,绳子在双脚离地的顷刻间,快速绕过全身两周。一蹦连一蹦,每一蹦跳过两重绳子,中间没有间歇。我创下了最高纪录,连蹦十一下。我朋友只会连蹦三四下,她没我野。不过我们也常常很斯文地并肩散步,悄悄地说说话儿,讲讲彼此的家庭。我们有我们的小天地,别的孩子走不进。

小鬼们爱吵架,往往吵得全校小鬼分成两帮,各帮都有头头。两帮的小喽啰会来问我们帮哪一面。我说:"都不帮。"我的朋友说:"都帮。"我等问话的走了,认真问我朋友:"都不帮,可以;都帮,怎么能两面都帮呢?"她只笑笑。我那时候虽说不懂事,也懂得自己太笨了,她乖。反正又不是真的帮吵架。都不帮,就和两面都不好了;都帮,就和两面都好。我承认她比我聪明,不过我很坚定地觉得自己没错,我是对的,比她更对。

每天我没到午饭就觉得饿了。同桌三姐的朋友有家里带来的菜,也放在饭桌上。我觉得她家的菜好吃。晚上大姐姐对我说,"你怎么老吃人家的菜?她都看了你好几眼了,你也不觉得?"我羞得以后筷子想伸到那只碗里去忙又拐弯儿。吃午饭的时间很长。我吃完了,人家还在吃呢。有几条长桌靠近后面的厨房,桌上常有热气腾腾的大蹄髈,整只的鸡鸭。我远远望去,看得很馋。我听得大姐和老师们议论这伙吃大蹄髈、整鸡、整鸭的学生,说她们都是"吃笨的"。人会吃笨吗?也真怪,这伙学生的学习成绩,确实都很糟。

到了"月头礼拜",学生都由家人接回家去。她们都换上好看的衣服,开开心心地回家。留校的小鬼没几个。我们真是说不出的难受。管饭堂的姆姆知道我们不好过,把饭堂里吃点心剩余的半蒲包"乌龟糖"(一种水果糖)送给我们解闷。可是糖也安慰不了我们心上的苦,只吃得舌头厚了,嘴里也发酸了。直到回家的一批批又回学校,我们才恢复正常。

记不清又过了几个"月头礼拜",大姐姐有一天忽对我说,要带我和三姐到一个地方去。她把我的衣袖、裤腿拉得特整齐。我跟着两个姐姐第一次走出长廊,走出校门,乘电车到了一个地方,又走了一段路。大姐姐说,"这里是申报馆,我们是去看爸爸!"

我爸爸已经病好了。如果我是在现代的电视里,我准要拥抱爸爸了。可是我只规规矩矩地站在爸爸面前,叫一声"爸爸",差点儿哭,忙忍住了。

爸爸招呼我们坐。我坐在挨爸爸最近的藤椅里,听姐姐和爸爸说话。说的什么话,我好像一句都没听见。后来爸爸说:"今天带你们去吃大菜。"

我只知道"吃大菜"就是挨剋,不是真的吃菜,真的大菜我从没吃过。爸爸教我怎样用刀叉。我生怕用不好。爸爸看我担忧,安慰我说:"你坐在爸爸对面,看爸爸怎么吃,就怎么吃。"

我们步行到附近青年会去,一路上我握着爸爸的两个指头,走在两个姐姐后面。爸爸穿的是哔叽长衫,我的小手盖在他的袖管里。我们走不多远就到青年会了。爸爸带我们进了西餐室,找了靠窗的桌子,我背窗坐在爸爸对面,两个姐姐打横。我生平第一次用刀叉吃饭,像猴儿似的学着爸爸吃。不过我还是吃错了。我不知道吃汤是一口气吃完的。我吃吃停停。伺候的人想撤我的汤,我又吃汤了。他几次想撤又缩住手。爸爸轻声对我说,"吃不下的汤,可以剩下。"回家路上,爸爸和姐姐都笑我吃汤。爸爸问我什么最好吃。我太专心用刀叉,没心思品尝,只觉得味道都有点怪,只有冰激淋好吃。我们回到申报馆,爸爸带我们上四楼屋顶花园去歇了会儿,我就跟着两个姐姐回校了。我最近听说,那个屋顶花园,至今还保留着呢。

我见到了爸爸,心上不知是什么滋味。爸爸很瘦,他一个人住在申报馆里。妈妈呢?弟弟妹妹我都不想,我有时梦见妈妈。可是一天到晚很忙,没工夫想念。

暑假我跟着两个姐姐回到无锡家里,爸爸是否回家我记不得了。不多久我家迁居上海,每个"月头礼拜"我也可以回家了。我们也带些菜肴到学校去吃。我还记得妈妈做的红焖牛肉,还有煮在肉里的老鸡蛋。我不再像以前那样经常馋吃了。

午饭以后的"散心"很长,可以玩个足够。午饭后的课多半是复习,吃点心之后,多半是自修。姆姆也教我们写家信:"父母亲大人膝下,敬禀者……"这是一定的格式,小鬼们都学着用毛笔写家信。

大姐姐的台板虽然在我的旁边,她除了上午管我读十遍书,并不常在我身边。她的台板里满满的都是整整齐齐的书。我的台板里却很空。她有一本很厚的新书，借放在我的台板里。我一个人"自修"的时候，就翻来看看。书很有趣，只是书里的名字很怪。我囫囵吞枣地读了大半本，被大姐姐发现了，新书已被我看得肚皮都凸出来了。她着急说，"这是我借来的呀，叫我怎么还人呢？"我挨了一顿责怪。多年后，我的美籍女教师哄我上圣经课，读《旧约全书》，里面的故事，我好像都读过，才知道那本厚书是《旧约全书》的中译本。我还是梳四条辫子时期读的。

我记得家在上海的第一个暑假，妈妈叫我读《水浒》，我读到"林教头刺配沧州道"的一回，就读不下去。妈妈问我怎么不读了。我苦着脸说："我气死了。"爸爸说："小孩子是要气的。"叫我改读《三国演义》。我读《三国演义》，读了一肚子"白字"（错别字）。据锺书说，自己阅读的孩子都有一肚子"白字"，有时还改不掉。我们两个常抖搂出肚子里的白字比较着玩，很有趣。

缝纫课好像是星期三的课，我们小鬼学做"小布头"，一小方麻纱，我们学许多针法，包括抽丝挑花。洋缝纫从左到右缝，和写字一样，都和我们中国的方向相反，我缝得很整齐细密。跳上中班，学抽丝挑花。"自修"时可以做针线，可是"散心"的时候，针线也不许做。

小鬼的晚课很短。我们提前上楼；上楼之前，先挨次上"小间"，有姆姆看着。这也是一件难事。天黑了，"小间"里没有电灯，电灯在外边。"小间"的门顶上都有透亮的玻璃窗。学校有规矩：上"小间"不准开着门，也严禁两人同关在一个"小间"里。谁也不敢违犯这个规矩。我们只敢把门掩上，外面一人里面一人说着话陪伴。天黑了,我们小鬼都很胆小,临睡上"小间"是一件很可怕的事。英文课堂后面,不记得是六个还是八个"小间"。中文课堂后面,不记得是六个还是四个"小间"。两个自修室的孩子,分头由不同的楼梯上楼。姆姆陪上楼,巡视各卧房。我们用冷水洗手绢,洗袜子,也洗手,只是不洗脚,因为没有热水。我还会自己剪指甲,左右手都能。手、脚的指甲都得常剪。脚指甲长了会戳破袜子。袜子破了头,不留心脱落了鞋就出丑了。每星期三洗澡。沿着环抱大院的长廊旁边,有一长溜澡房。星期三有热水,每间澡房里有一只大缸,缸里凿个洞,塞上塞子,就是澡盆。小鬼都分批安排在同一时间洗。我听到左右邻室的孩子说:"唷,我脚跟上的泥好厚,抓也抓不尽!"我学给大姐姐听。姐姐说:"你呢?"我说,用毛巾多打些肥皂,使劲儿擦擦,就干净了。我洗澡不说话。大姐姐说我乖。

每晚,我们小鬼还没上床呢,中班、大班的学生就陆续上楼了。我和两个姐姐说话,多半在临睡或早上。每晚必定要洗袜子,每天必定要带一块手绢。没有手绢不能过日子。因为每次餐后,得用手绢抹抹嘴;洗了手,得用手绢擦手;哭了,得有手绢擦眼泪。有一次我哭了,手绢儿掉了,没有手绢擦泪,只好把我宝库里的宝贝红花手绢掏出来擦泪。我很舍不得,可是哭了,没办法。

我记不清我们每天早晨下楼之后先上"小间"呢,还是先上饭堂。应该是先上"小间"吧?我记得饭堂进门处有一条长桌专供热茶水,"散心"的时候可以去喝。可是我们从不把喝水当一回事。

我们每晚上楼,宿舍里总打扫得干干净净。每天下楼,课堂里总收拾得干干净净。宿舍里,肯定有人墩过地板,擦洗过门窗玻璃和床架。课堂里也准有人一间间打扫擦洗。我们小孩子从未理会过,所以我到今天也不知道这份繁重的工作是谁干的。

管教我们的修女里,有一个不称姆姆而称"阿姊",她是混血儿,是私生女,没资格做姆姆。她个儿高,我们管她叫"长阿姊"。另外有五六位女教师,还有一位男老师,他就是白胡子邹先生,全校惟一的男人。我们小鬼最怕的是"长阿姊",不过我们知道全校威望最高的是礼姆姆。

礼姆姆是法国人。她是校长,兼管法文教学。她大概只教大班的课。我大姐姐教小班,相当于礼姆姆的助手。大姐姐毕业时中文第一名,法文也是第一名。参加法语口试的法国公使(那时候没有法国大使,公使就是最高的使官)奖赏她一只长圆形的小金手表,还有能松能紧的表链。大姐姐经常戴着。表走得准,不用修。我很羡慕。

大姐姐该上大学了。可是我爸爸对国立或私立的中法大学都有偏见,法国教会办的震旦大学却又不收女生,所以大姐姐留在启明进修,边教边学。她不但学法文,还继续"描花",只是不"掐琴"了。女教师里,只有她在英文课堂里占着一个座位。其他的女教师都在教员休息室里待着,大姐姐两处都有她的地盘。我的台板挨着她的,离礼姆姆的办公室最近。三姐姐的台板在前面好几排呢。

我们小鬼认为最非同小可的事,是礼姆姆请吃"大菜"。可是"大菜"我们从未见识过。礼姆姆想必是客客气气地"请吃",因为她一点儿也不凶。她头发已经灰白,眼睛还很灵活。她成天忙忙碌碌的。我认为最忙的人就是她。不过小鬼摔了跤,哭了,她总会知道,总会赶到现场。她总说:"Ah! pauvre petite!"("啊,小可怜儿!"这句话后来都跑到《围城》里去了)然后她搀着摔跤的孩子到校长办公室,给一块糖吃。

我告诉大姐姐,我摔了不知多少跤,从没吃到过一块糖。大姐姐说:"谁叫你不哭?"可是我摔了跤从没想到哭。我很少两个膝盖全都完好的时候。右膝盖伤处结了痂还未脱落,左膝又跌破了。有一次下雨,我们在雨中操场上体操课。每逢下雨,"散心"有走廊,有雨中操场,我们不淋雨。不过我雨天不穿布鞋穿皮鞋。皮鞋底滑,我滑了一跤,把右膝盖上新痂旧痂结成一个龟壳般的大痂摔脱了。我感觉到不是一般的痛,有点奇怪,掀起裤腿(那时候时行大裤腿),露出一个血淋淋的膝盖(我们称"青馒头")。礼姆姆在观看我们体操,她看见了我的膝盖成了"红馒头",忙叫一位老师给我裹伤。可是她又不放心,亲自带我到她的办公室,找出纱布,为我裹伤;一面问我痛不痛。我摇头说"不痛"。怎会不痛呢?可是我说不痛,又没哭,礼姆姆就没想到给我吃糖。她当时是叫我再去上体操呢,还是叫我坐在一旁休息呢,我全记不起了,只记得礼姆姆没给我吃糖。

可是有一次我大哭了,不过并不是因为摔跤。那是下午温习英文的时候,我和我的朋友在课堂上说话,我受罚了。老师是我大姐姐的朋友。她叫我出来"立壁角"——就是罚我在墙角处站着示众。我认为说话明明有两个人,不该单罚我一个。我心里不服,跑出来背着墙角,对着全班,哇哇地大哭。老师大约觉得我这样哇哇地哭丢她的脸,叫我回去坐下。我不理,使劲儿哭。快下课了,老师又叫我:"回去,坐下。"我还是不理。我哭成了一个泪人儿。下课了,老师走了,同班同学散了,我的朋友还静静地坐在原处陪我（我们同坐第一排）。有几个小鬼在课堂门口探头探脑。忽然礼姆姆来了。她搀了我的手，一面掏出她自己的大白手绢为我擦眼泪。我还从没看见她用自己的手绢给哪个孩子擦过眼泪。我记不起她对我说了什么话，她说了很多话呢。她那些话，就好像搂着我、抱着我似的，说得我心上好舒服。我止了哭，由她搀着手乖乖地走出课堂。她搀着我在长廊里走了好长一段路，觉得我已经平静了，才把我交给我的朋友，她自己回办公室。我的朋友一直跟在背后，她紧紧地勾住我的胳膊，我能感到她的同情。我打心眼儿里觉得我的朋友真好。我也打心眼儿里觉得礼姆姆好，我喜欢她。

晚上大姐姐问我为什么大哭。准是礼姆姆告诉她的。我就把罚"立壁角"的事告诉大姐姐，准备挨训。可是大姐姐没训我。如今我老来回忆旧事，我敢肯定：我比我的朋友放肆，罚我是应该的。我以后没敢再放肆。

我们星期日有一堂自修性质的课，一班学生学画地图。没有老师教。大概是"长阿姊"带一只眼睛看管。我完全忘了规矩，走出自己的座位，指手划脚地教别人怎么画山脉。我说："山脉不用画。"因为像毛毛虫似的山脉，如果把一根一根刺儿都一笔一笔画，就太麻烦了。我说："山是要卷的。"就是用铅笔斜卧纸上，用一个指头按住笔头，一路卷过去，就卷出山脉的半边；对面再卷上另半边。我不知哪里学来的诀窍，正在神气活现地教人呢。"长阿姊"忽闯进教室，学着我的声音说："山是要卷的"，接下就很严厉地训了我一顿。我确实是犯规矩了，可是也不用骂得这么凶呀。我一下子眼泪迸流，觉得心里好苦，抽抽噎噎地哭了。我越哭越苦，越苦越哭。"长阿姊"骂完自己走了。

同学下课也都散了,剩我一人在课堂里抽抽噎噎地哭得好苦。忽然礼姆姆来了。她又掏出洁白的手绢为我拭泪。她很有意思地看着我,轻声对我说,体操老师在找我呢。她知道这句话对我有多大功效。我立即收了泪,急忙跟她上大操场去,生怕脸上还带有哭容。

因为体操老师喜欢我,我也喜欢她。我喜欢她的美,她是很美的美人。我也喜欢有美人喜欢我。她是白俄贵族,不会说中国话,教体操只会用英语喊口令。我们全校学生排成一大长队,最小的排在最前头。我不是最小的,我前头还有三四个小鬼比我的个儿稍微小些,年龄也小。她们听不懂老师的口令。我虽然不懂英语,老师的意思我全懂。她看出我懂,就挑我领队。我们先要排着队走许多花样:单行,双行,左右单行,左右双行,又合并成一行,又走成一个越转越紧的圈儿,又返回原样。其实,我只带领身后几个小鬼而已,中班生、大班生都懂得口令。可是我自以为在领队呢。走完,我们分排站定,每个人前后左右都有相当的距离。我们有时做棍棒操,有时做哑铃操,有时是空手做操。空手做操有一个难做的动作:双足并立,两手叉腰,蹦一下,蹦得很高,同时举起双手,拍一下,同时也双脚分开,拍一拍又合上,再落地,手脚还原。斯文的女学生不会做。我是个蹦蹦跳跳的小鬼,这个动作做得特好,老师叫我在全班面前示范。我挺得意。做完操,队伍颠倒过来,由大的学生领队,小的做尾巴,走出操场。老师总把她的一对棍棒或哑铃交给尾巴稍上的我,叫我替她还给保管这些器具的姆姆,还叫我替她说声谢谢(因为她自己不会说中国话)。她管我叫 Baby。小鬼们说我是她的"大零"(darling)(心爱的人)。她的"大零"我愿意做。我那次摔出一个血红的"青馒头"就是为了一心要做好"大零",才失足滑跌。礼姆姆都看在眼里呢。体操老师在找 Baby,礼姆姆特来找我,我什么苦都忘了。

我们的台板是斜面,底下还有一道边缘,台板上的东西不会滑下去。台板上面有半尺宽的平面,可以放墨水瓶、砚台之类。我胳膊短,台板大,蘸墨水得把手伸得老远。墨水蘸多了,会滴在纸上;蘸少了,得一次一次伸长胳膊。不过坐着读书写字都很舒服。我洗净一个空墨水瓶,灌满清水,养一棵黄豆苗。我大概是学了植物学,要看看种子发芽抽苗。英文课堂虽然很明亮,豆苗却照不到阳光,所以长得又瘦又长。有一天大姐姐笑着问我:"豆苗长多高了?礼姆姆说你天天和豆苗比高低呢。"我才知道礼姆姆什么都看在眼里。

我做的坏事,想必也逃不过礼姆姆的眼睛,而且还有意外被发现的呢。有个小魔鬼是两广总督的七姨太的女儿,比我大一两岁。我们偶尔一起玩过。一次,她约我到中文课堂的后面去玩。两个课堂的前面是笔直的长廊,相离不远。课堂后面各有走廊,却是走不通的,得绕过大楼的后面,在空场上走好一段路。我们以为离英文课堂远,就很平安。两个课堂的后走廊都比地面高。我们站在平地上,走廊的地面恰恰齐胸,我们可以站着玩"抓子儿"(称"捉铁子")。我们拣几颗小石子,就可以玩了。其实这也并不好玩,只因为是偷玩,就觉得好玩。我们两个都侧身站在走廊前面,我脸向中文课堂,她脸向英文课堂。我正在做"赶小猪""蚕蜕壳"等花样,她忽然急忙地钻进"小间"去了。我觉得她太急相了。我一人抓着石子"称斤两",玩着等她。她老也不出来。我一回头,不好了! 那边礼姆姆正带着一群参观的贵宾从英文课堂后廊朝大操场慢慢走来。我急忙想钻入"小间",可是,每一间都锁着门呢。我和礼姆姆虽然隔着大片空地,可是大树太高,遮不了我这个小鬼。我只好假装洗手,走到水池边,开了水龙头。可是我为什么要到中文课堂后面去洗手呢?我肯定,礼姆姆已经看见我了。怎么办?怎么办?只有一法,赶紧逃回英文课堂去。我硬着头皮,在礼姆姆眼皮下,奔跑着逃回英文课堂,心里直打鼓。大姐姐并不在我座旁。我记不起那是上午还是下午,很可能是下午。我一人坐着很气愤,心里直在和那个小魔鬼理论:"你看见礼姆姆了,就不告诉我一声?你怕我抢你的'小间'吗?你自己躲得快,就把我一人晾着!"再想想,她当然是抢先躲好,不能两人躲在一个"小间"里。她即使早告诉了我,我也不能变成一条虫子爬回英文课堂。我干了坏事反正遮盖不住。

晚上大姐姐对我说,礼姆姆在问,季康在中文课堂后面干什么呢?干吗奔跑?我就如实招供,准备大姐姐训我一顿。可是大姐姐什么也没说。我准备礼姆姆要请我"吃大菜"了,可是礼姆姆并没有追究。倒是我自己训了自己一顿。约我偷玩的小魔鬼太鬼了,太不够朋友了。可是她压根儿不是我的朋友,为什么她一招我就应她呢?

我和这位小魔鬼还有一段往事,记不起这件事和那件事的先后。另有一个小鬼,新得了一把小洋刀,可以把鸭肫干削着薄片儿吃。她和那个大官的女儿是朋友。她们俩找了我和我的朋友,一起躲在背人的地方。她把鸭肫干削成薄片,四人轮着吃。我们给一位老师发现了。那位老师大概觉得她一个人不够凶,还找了一位姆姆和另一两位老师,同坐在一间教室里,召"四个小魔鬼"去训斥。我第一个进去,我的朋友跟在末尾。我们站在教室侧面,一溜四个。我们是当场拿获的,不用审讯,虚心受训就行。她们训斥完毕,喝令"四个小魔鬼"回自修室去。我的朋友第一个退出。她哭了。我末一个退出。我看见姆姆、老师紧绷的脸已经绷不紧,都忍不住要笑了。我当时没有低头,都看见。我安慰我的朋友:"不要紧,她们都在笑呢。"不过这是我的独家消息,我不告诉另外两个小魔鬼。我已打定主意,不再跟她们一起玩了。

学校里谁是权威人物,小班孩子最明白。礼姆姆之外,就数列姆姆。列姆姆是苏格兰人,主管英语教学。她比礼姆姆瘦小,也比较年轻,礼姆姆的眼睛是温软的;列姆姆的眼睛是闪亮闪亮的。她爱笑,笑时露出整齐的牙齿,笑得很愉快。不过她没工夫对我们小鬼笑,除非笑我们小鬼。

每学年终了,大操场上总要搭上一个大舞台,台下摆满座位。学生像模像样地演几出戏,招待学生家长和贵宾。大班生和中班生演一出法文戏,一出英文戏。小班学生演的是英文戏,往往是边唱边演的歌剧。据我们小鬼的了解,所有的戏(包括舞台布景、服装等等)全都是列姆姆想出来的。列姆姆的助手就是"长阿姊"。演戏,她帮着排练;教课,由"长阿姊"教我们小班。弹钢琴也是列姆姆教,至少小班是她教。小班的唱歌是"长阿姊"教。

列姆姆不像礼姆姆经常看得见。她在三层楼上忙,不常出现。列姆姆总记着为我的朋友和我提供课外读物。书是四方形的薄本子,字很大,有插画。我跟着我的朋友第二次跳班之后,大考有一道题我答不出,呆呆地坐着。列姆姆监考。她过来看看我答不出什么问题,就走到班上最拔尖的学生旁边偷看,然后回来教我。我经她点拨,才交上答卷。

晚上我把这件事告诉大姐姐。我说:"列姆姆自己也答不出,她偷看了别人的考卷来教我。"大姐姐满面不屑地笑说:"反正谁也不会和你这种小鬼计较。"

列姆姆出来的时候,身边往往有个"长阿姊";一个高高的,一个瘦小的。我们不怕列姆姆,只怕"长阿姊"。我记得"长阿姊"教我们唱英文歌。她教一句,我们鹦鹉学舌般学一句。一次,小鬼们学了几遍还学不好,她大喝一声"听!"小鬼们照模照样齐声喝一声"听!"(我和我的朋友是例外,我们没出声。我们唱得很好。)"长阿姊"好生气唷!她不知道对小鬼一味凶,并不管事。

我们星期三有一门课叫"格致"("格物致知",就是物理),我插在中班。教我课的姆姆总把我的名字叫作"同康"。这是我二姐的名字。我家孩子从不敢提这个名字,因为知道爸爸妈妈要伤心的。我记得我们还在北京的时候,二姐姐没有了。有一晚大风,我们一家人正围坐灯前说话。我妈妈忽然把手一抬,侧耳静听。妈妈说,她好像听见二姐姐在叫妈妈,再听又没有了。妈妈簌簌地流泪,爸爸和大姐姐都帮着妈妈前前后后地听。我们几个小孩子都屏着气不敢出声。后来不记得爸爸用什么办法叫我们孩子打乱了妈妈的心思。据大姐姐告诉我,二姐是这位姆姆最宠爱的学生。她叫我同康,我就肃然恭敬。我好比被神仙一指,小魔鬼变成了小天使。我在班上是最乖的好学生。

有一天,"长阿姊"拿了一份小考的考卷,直塞到我眼前,很严厉地说:"看看!看看!这是谁的卷子?"我看了,考卷是用钢笔蘸了墨水写的,一个个字都写得非常工整,没一个错字,没一滴墨水。每道题后有姆姆用红墨水批的分数,每道题都满分,总分是 100 分。我很惊奇地看到卷子上是我自己的名字。我简直不敢相信自己的眼睛。可是我不觉得骄傲而感到惭愧了,因为我的英文课卷从没有这么整洁的,少不了有二三滴墨水(滴上又吸干的),少不了有二三处写错又改的。我竟能写得没一个错字,没一滴墨水,简直是奇迹!怪不得"长阿姊"生大气呢!可是那位姆姆并没凶啊!

"长阿姊"凶虽凶,她的脸不凶,只是声音凶。她对我们孩子还是蛮好的。她曾为我缝过鞋,我至今还记着呢。

我上文说过,长廊下面有个大花园。这大花园只好看,不好玩,四周种着花树,园里铺着大片草坪,草坪不能践踏,远不如大楼后面空地尽头的乱草地好玩。草坪靠近走廊的一边,有一道很宽的碎石路。石块大概是打碎的花岗石,看着就知道硬。我曾想学燧人氏"钻木取火",来一个击石取火,伙同小鬼们拣了碎石块,躲在黑地里把两石相击,想打出火来。但是不见火花,只能看到石头的薄边上现出红晕,好像要冒火的意思。可是只见红晕,从不见火花,我就没兴趣了。走在这种碎石上如果不老实,摔一跤不仅摔破膝盖,裤子也得摔破。脚底下踩着也并不舒服。所以我们"散心"的时候,不大在大花园里玩。

从长廊到碎石路,有两座台阶。一座小的在长廊中部,一座大的在长廊西尽头。长廊高出地面一米半,西尽头的台阶有一间小教室那么宽,整座石阶的坡面有一只床那么长,分十级。我一个人自己玩的时候,常在这里练习跳石阶,从石阶跳到碎石路,三级、四级,到六级、七级。这种游戏见本领,摔不得,石阶和碎石路都是不饶人的。有一次许多小孩一起玩,一般小孩能跳三到五级,能跳八级的只有两人,一个就是我。再高一级就没人敢跳了。我已跳得脚里有数,从第九级安然跳下来,一群小鬼很佩服。我还不甘心,再跨上一层,到了最高的一层。小鬼们屏息以待。我站定了先打量一下,脚下该加多少劲,身子该蹲得更低些。我大着胆子踊身一跳,居然平稳落地。但是两脚虽然落地,蹲着的身子止不住还往前冲,鞋底在碎石路上擦过一尺左右才停下。我站起身,一无损伤。我跳成了!跳成了也就是到顶了,我也不敢再跳。一群孩子都散到大楼后面的空场上去。

我大概是打算去找我的朋友。可是我觉得两脚跟凉飕飕的,鞋也松了。我回过头往脚后跟一看,糟了!我穿的是布鞋,鞋帮后跟原是细针密线缝上的,这回裂了大口子,两个后跟开了两只竖的眼睛。我脱下鞋,发现袜子后跟也磨破了,两个袜跟都一样破,露出两个"鸭蛋"(我们管露出的脚跟叫"鸭蛋")。露出"鸭蛋"是丢丑的事,而且鞋太松了,走路也不便。

我凭自己穿的鞋,可以推定那时期是一九二〇年的秋季。因为我还穿家里做的布鞋,只是不用布底,而改用黄牛皮底,很结实,但味道不好闻,臭的。我检查自己鞋袜的时候,很可能已经给"长阿姊"看见了。我没走几步,劈面就碰到她。她一眼便看到了我的狼狈相。她叫我把鞋脱下给她,一面伸手在自己的大裙子的口袋里掏摸出针线和顶针。她穿上了线。我把鞋交给她。她很快地为我密密缝上,缝好了打上结子,还用牙齿去咬断线。又命我脱下另一只鞋。我一只脚有鞋,没鞋的一只脚不能踩在泥地上,我还尽力遮掩着我的"鸭蛋"。当时的窘态,至今还记得。"长阿姊"不嫌我的鞋臭,再次用牙咬断线。我心上很抱歉,也很感激。别的小鬼们怕她,骂她"杂种",我却从没骂过。

主管中文教学的是依姆姆。她自己不教课,不知忙什么。依姆姆是高高个儿,又瘦又老,瘦削的长脸,戴一副高度近视眼镜。大家都知道我是依姆姆的"大零"。午饭,往往是依姆姆巡视饭堂。她必定要停在我旁边,把我的筷子拿过去,为我夹菜。她又叫我大姐姐买些毛线,她要为我织一副手套。大姐姐托人买了两股酱红色的毛线。依姆姆一面走路,一面十指忙忙编织,为我织了一副露出手指的手套。我整个冬天戴着这副酱红色小手套。

依姆姆没有助手。她聘请的邹先生是一位上海名士,五十年前,我还曾在何其芳同志的文章里见到他的名字。现在已看不到有谁提起他了。我只记得他别号"酒丐",他的名字,连我这个做过他学生的也记不起了。

邹先生教大班生念四六文,还要做诗。三姐是中班生,我不知道她读什么书。我入学之前,曾经过一番考试,插入中班。我是邹先生教的最低班,读《孟子》,每段都要背。我们小鬼上午十点左右,都放出去玩一会。我因为上了几门中班的课,大姐姐不让我玩。我觉得很委屈,可是又愁背不出书。大姐姐说:"不用背,你只管读完十遍,就出去玩。"她为我做了一条记数的纸条,上面是1、2、3、4……到10。我把纸条压在书下,每读一遍,就把纸条抽过一个数字,读满十遍,姐姐就给我一粒水果糖,让我含着糖出去玩。我总老老实实读满十遍,第二天也居然能背。我至今还能背呢。

邹先生上课,总有个姆姆坐在课堂后面的角落里旁听,下午为我们复习。我坐在第一排正中,就在邹先生眼皮底下,后面还有姆姆监视,可是我还能私下偷玩。一条二尺长的细绳子,结成一圈,就够我玩的。现在回想,课堂上不听讲、偷玩,是我在启明养成的最坏的习惯。以后我换了学校,曾有好几位名师教语文,可是我总不听讲,总爱偷玩,现在后悔已来不及了。

邹先生班上作文,限在课堂上做。一次,题目是《惜阴》。我胡诌说:"古之圣贤豪杰,皆知惜阴。"依姆姆看了课卷,满处称赞"小季康'明悟'好来!"("明悟"又是启明的特殊语言;"好来"是上海话,指好得很。)害我挨了大姐姐好一顿训斥。大姐姐说:"你别自以为聪明!"我哪会自以为聪明呢。我在邹先生班上,至多是七十分上下的学生。邹先生出的对句,两个字的我还能对,三个字就对不上了。有一次我把"星"字写错了,头上多了一撇。邹先生看我是最小的小鬼,不用对我客气。他挖苦了我一顿说:"还没看见过'白'字头的星字呢!本来还可以给七十分,现在只好六十分了。"分数我满不在乎,我私下里的"课堂娱乐"他从未觉察过,所以我一点不嫌他。后来他更老了,上课总唉声叹气说:"儿子不肖。"有一次,他脑门子上贴了纱布橡皮胶,说是给儿子用什么东西砸伤的。以后他不来教课了。换来一个年轻漂亮的男老师。我说不出什么缘故非常厌恶他。他教我们读韩愈。我没有任何理由要厌恶他,可是我对这位老师纯是厌恶,而且是强烈地厌恶。现在想来,可能因为他一双眼睛太精明,盯着每个学生,小女孩子会有反感。

有一次,"月头礼拜"我随两个姐姐回家,走向车站的半路上,看见邹先生站在卖沙角菱的摊儿旁边,忙忙地吃沙角菱,白胡须里沾了许多熟菱的碎屑。我心中恻然,觉得邹先生好可怜。

吃沙角菱有什么可怜呢？大概因为他不是坐着吃,也不是两人同吃,却是一个人冒着风忙忙地吃,好像偷吃似的。我想起邹先生,就想起这幅情景,觉得邹先生好可怜。

我常听到大姐姐和老师们议论依姆姆这不对、那不好,说她总是"不得当"。我听了觉得很不舒服,好像我应该护着依姆姆,因为她待我好。我听她挨骂而没能护她,好像是我没良心。我对依姆姆很感激。她神速地扭动着十个指头为我织手套,她为我夹菜,还动不动称赞我,我都记着呢。可是说实在话,我不怎么愿意做她的"大零",因为我实在并不喜欢她。这句话,我不愿意告诉姐姐,我对谁也没说过。只是每想到依姆姆,我心上总感到抱歉。

还有一位珍姆姆,也是喜欢我的。她就是邹先生上课时坐在后排旁听,然后又为我们复习的那位。我们的历史课也由她教。我至今还记得她历史课上讲的"和珅跌倒,嘉庆吃饱"。不知为什么,学生都不喜欢她。她偶尔脸上长了几个红疙瘩,大家就管她叫"赤豆粽子"。并没有谁说我是她的"大零"。不过,她向我表示我是她的"大零"。

星期天的"跑路",我总分在她带领的一群小孩子里（我和我的朋友不在一队）。一次,该是一九二一年的春天或秋天,我们"跑路"到一个私家花园去玩。这个花园我们常去,大概这家有儿女做了修士,捐赠给教会的。进园有个汽车房,园里有个干涸的池塘,泥面已龟裂。池上有石桥,池旁有假山,后面有厅堂。这位姆姆拉我和另几人坐在厅堂里陪她。我觉得很没趣。可是我也没有别的朋友。忽有两个孩子慌慌张张跑来告急,叫我出去,有事。据说有个孩子走入池塘,陷在泥里了。姆姆说:"'吓志气'的孩子让她去。"我公然反抗说:"让她陷在泥里啊?"我不理姆姆的阻挡,跟着告急的孩子赶到现场。其实我并不比她们年长,只是班次比她们都高,所以她们向我求救。

那个走入池塘的孩子已经走过泥塘,正站在对面岸边哭呢。塘里的泥虽然是烂泥,却是半干的,只没及膝盖以上,衣服没沾泥,但裤腿上全是烂泥。她穿的鞋是搭袢皮鞋,一只鞋上的纽扣掉了,鞋落在泥里了。我到场的时候已有几个孩子找到了一枝长竹竿,正从池塘的一个脚印里挑出一只泥鞋,泥鞋正高高地挑在竹竿顶上,掉下来是一只装满烂泥的鞋。一群孩子都带着期望的眼光看着我。

我使劲儿想了一想。我想,泥虽是烂泥,不太湿,并未渗透到里面的裤子。皮鞋可以冲洗(汽车房里有水龙头),问题只在袜子。在我们那个年代,不穿袜子是万万不行的,等于不穿衣裤。我们早上穿衣服的时候,大家都掀开帐子,一来因为临睡脱下的衣服都放在床前凳子上,二来因为帐子里闷,我们都掀开了帐子穿衣服。我偶曾看见一人穿袜子套上两双,也听说常有人穿两双。我使劲想一想的时候,都想到了。我立即发号施令:

"把泥裤子往下反剥下来,泥袜子也倒剥下来,卷在剥下的裤子里。谁穿两双袜子的脱一双给她(指落难的孩子;果然有穿两双袜子的,有两人呢)。皮鞋到汽车房的水龙头下冲洗干净,大家都拿出手绢来给她擦干。"我顿时成了小鬼里的大王。

大家七手八脚照我说的办,很快就解决了一切问题,只是那双皮鞋经过冲洗,泡得很湿。我们先还找些破报纸把鞋擦拭干净,才用各人献出的手绢儿。手绢虽多,都是小的。鞋还没很干就带湿穿上了。吹哨子大家归队的时候,落难的孩子只不过没穿黑色校裤而穿一条绿花布夹裤,臂下夹着一卷黑校裤(反面没有泥)。她被姆姆训了几句"呒志气"就完了。

一群小鬼因为我顶撞了姆姆都为我担忧。回校后只顾计议怎样用一根草绳横经在长廊里,叫"赤豆粽子"滚一跤。我觉得她们太"小孩儿"了。不过我确有点不安,我没敢告诉姐姐。

我有事不告诉三姐姐。她上楼后总有朋友在一起。我早上等她为我梳头——四条辫子简为一大一小两条辫子后,大姐姐事忙,不管我了。三姐姐和朋友交换梳头,好半天也顾不上我。我披着头发,等得不耐烦,就学着自己编,先把小辫用头发夹子夹上,不用再编小辫,然后把头发分为三股,一手管一股,借牙齿当一只不活动的手,试着试着,自己也编成了辫子。三姐看了说:"不歪,也笔直的,行!"我就自己梳头了,我九岁就自己梳头,很自豪。

大姐姐因为我晚上最早上楼,托我帮她洗洗油画笔。冷水肥皂洗油画笔,很费事。她上楼的时候也往往有朋友在一起。我过了几天才把我和珍姆姆犟嘴的事告诉大姐姐。我问大姐姐,珍姆姆会不会向礼姆姆告状。大姐姐说:"她不敢。"这件事我不久也忘了。

可是我一下子被小鬼拥戴为大王,颇有点醉意。这帮小鬼拉我一起玩,我就跟着一起疯。我又跌破了膝盖,自觉没趣,和她们玩也无聊,我躲开她们,仍然找我的朋友一同"散心"。以后我也不再经常跌破膝盖了。

学校有个病房在三层楼上。看病的姆姆是外国人,有两道浓浓的黑眉毛。我们小鬼最怕她。谁如果牙痛,她叫张口,让她看看。没来得及闭口,她已经一钳子把牙拔掉了。喉痛,她也有办法,用一根棉花棍儿蘸些含碘的什么药水,在喉咙里一搅,很难受,可是很有效,很快就好了。如果有轻微的发烧,那就得受大罪,得吃蓖麻子油,还得喝水。生病的孩子只许吃咸橄榄,嫌咸,只好多喝水。我们小鬼从来不敢装病。

我在启明的末一学期,上夜课的时候常有一个梳"头发团"的学生哄我到她座旁去为她讲解英文信,还叫我替她起草英文信。大姐姐很奇怪,问我和那个人谈什么事。我就如实报告。大姐姐很有兴趣,我听见她笑着告诉三姐:季康在替人家写情书呢。启明学生的来往信件,都由校方指定的一位姆姆拆看。这位姆姆不懂英文。可是我至今也想不懂我讲解的英文信或起草写的回信里,什么话是"情书"。我未必能用英文替人家写情书,只可巧我是一个啥也不懂的孩子。比我年龄大的,她不敢信任。

一九二三年暑假,我家迁居苏州,我就在苏州上学了。后来我偶在大姐姐的抽屉里发现两件启明的纪念物。一件是一张剧照。演的是歌剧《主妇的一个礼拜》(星期一洗衣,星期二熨衣,星期三闲来无事,一边打毛衣,一边和邻家妇女闲聊家常……)。我演星期三的主妇。剧照上的我,打扮得像个洋娃娃,可是装作一个主妇,很滑稽。当时我一边唱一边演,自己看不见自己。我不大知道我在启明上学的时候,自己是什么个模样儿。看了姐姐留下的照片,很有兴趣。第二件东西是我的英文大考的考卷。启明的大考卷用很讲究的细格子大张纸。考题是由大班生用方头钢笔写成的粗黑体字。我看了自己的大考卷,也像我见了我"格致"课的小考卷一样惊奇。这次考试,就是列姆姆偷看了别人的考卷教我的。不过她只是悄悄儿点拨一下,字句都是我自己的。我想不到自己会写出这么像样的考卷,怪不得大姐姐特地讨来留下了。假如我继续在启明上学,我的外文该会学得更好些。

我在启明上学时的故事,我常讲给锺书听。他听了总感叹说:"你的童年比我的快活得多。我小时候的事,不想也罢,想起来只是苦。在家里,我拙手笨脚,专做坏事,挨骂。我数学不好,想到学校就怕。"有时他叫我:"写下来。"我只片片段段地讲,懒得写。现在没人听我讲了。我怀念旧事,就一一记下。

一九八七年,我曾收到母校一百二十周年校庆的纪念册。启明女校已改为上海市第四中学,原先的"女校"或"女塾"已完全消失了。纪念册上有学校建筑物的照相。教学大楼和长廊还保持原貌,我看了神往不已。但现在又十五年过去了,教学大楼和长廊还存在吗?我跳过的十级台阶,确实是十级吗?我还想去数数呢。

二〇〇二年三月二十三日定稿

记　杨　必

杨必是我的小妹妹,小我十一岁。她行八。我父亲像一般研究古音韵学的人,爱用古字。杨必命名"必",因为"必"是"八"的古音;家里就称阿必。她小时候,和我年龄差距很大。她渐渐长大,就和我一般儿大。后来竟颠倒了长幼,阿必抢先做了古人。她是一九六八年睡梦里去世的,至今已二十二年了。

杨必一九二二年生在上海。不久我家搬到苏州。她的童年全是在苏州度过的。

她性情平和,很安静。可是自从她能自己行走,成了妈妈所谓"两脚众生"(无锡话"众生"指"牲口"),就看管不住了。她最爱猫,常一人偷偷爬上楼梯,到女佣住的楼上去看小猫。我家养猫多,同时也养一对哈叭狗,所以猫儿下仔总在楼上。一次,妈妈忽见阿必一脸狼狈相,鼻子上抹着一道黑。问她怎么了,她装作若无其事,只说:"我囫囵着跌下来的。""囫囵着跌下来",用语是幼稚的创造,意思却很明显,就是整个人从楼上滚下来了。问她跌了多远,滚下多少级楼梯,她也说不清。她那时才两岁多,还不大会说,也许当时惊魂未定,自己也不知道滚了多远。

她是个乖孩子,只两件事不乖:一是不肯洗脸,二是不肯睡觉。

每当佣人端上热腾腾的洗脸水,她便觉不妙,先还慢悠悠地轻声说："逃——逃——逃——"等妈妈拧了一把热毛巾,她两脚急促地逃跑,一迭连声喊"逃逃逃逃逃!"总被妈妈一把捉住,她哭着洗了脸。

我在家时专管阿必睡午觉。她表示要好,尽力做乖孩子。她乖乖地躺在摇篮里,乖乖地闭上眼,一动都不动,让我唱着催眠歌摇她睡。我把学校里学的催眠歌都唱遍了,以为她已入睡,停止了摇和唱。她睁开眼,笑嘻嘻地"点戏"说:"再唱《喜旦娄》(Sweet and low,丁尼生诗中流行的《摇篮曲》)。"原来她一直在品评,选中了她最喜爱的歌。我火了,沉下脸说:"快点困!"(无锡话:"快睡!")阿必觉得我太凶了,乖乖地又闭上了眼。我只好耐心再唱。她往往假装睡着,过好一会儿才睁眼。

有时大家戏问阿必,某人对她怎么凶。例如:"三姐姐怎么凶?"

"这是'田'字啊!"(三姐教她识字)

"绛姐怎么凶?"

"快点困!"

阿必能逼真地摹仿我们的声音语调。

"二伯伯(二姑母)怎么凶?"

"着得里一记!"(霹呀的打一下)

她形容二姑母暴躁地打她一下,也非常得神。二姑母很疼她,总怪我妈妈给孩子洗脸不得其法,没头没脑地闷上一把热毛巾,孩子怎么不哭。至于阿必的不肯睡觉,二姑母更有妙论。她说,这孩子前世准是睡梦里死的,所以今生不敢睡,只怕睡眠中又死去。阿必去世,二姑母早殁了,不然她必定说:"不是吗?我早就说了。"

我记得妈妈端详着怀抱里的阿必,抑制着悲痛说:"活是个阿同(一九一七年去世的二姐)!她知道我想她,所以又来了。"

阿必在小学演《小小画家》的主角,妈妈和二姑母以家长身份去看孩子演剧。阿必平时剪"童化"头,演戏化装,头发往后掠,面貌宛如二姐。妈妈抬头一见,泪如雨下。二姑母回家笑我妈妈真傻,看女儿演个戏都心痛得"眼泪嗒嗒滴"(无锡土话)。她哪里能体会妈妈的心呢。我们忘不了二姐姐十四岁病在上海医院里,日夜思念妈妈,而家在北京,当时因天灾人祸,南北路途不通,妈妈好不容易赶到上海医院看到二姐,二姐瞳孔已散,拉着妈妈的手却看不见妈妈了,直哭。我妈妈为此伤心得哭坏了眼睛。我们懂事后,心上都为妈妈流泪,对眼泪不流的爸爸也一样了解同情。所以阿必不仅是"最小偏怜",还因为她长得像二姐,而失去二姐是爸爸妈妈最伤心的事。或许为这缘故,我们对阿必倍加爱怜,也夹带着对爸爸妈妈的同情。

阿必在家人偏宠下,不免成了个娇气十足的孩子。一是脾气娇,一是身体娇。身体娇只为妈妈怀她时身体虚弱,全靠吃药保住了孩子。阿必从小体弱,一辈子娇弱。脾气娇是惯出来的,连爸爸妈妈都说阿必太娇了。我们姊妹也嫌她娇,加上弟弟,大伙儿治她。七妹妹(家里称阿七)长阿必六岁,小姐妹俩从小一起玩,一起睡在妈妈大床的脚头,两人最亲密。治好阿必的娇,阿七功劳最大。

阿七是妈妈亲自喂、亲自带大的小女儿,当初满以为她就是老女儿了。爸爸常说,人生第一次经受的伤心事就是妈妈生下间的孩子,因为就此夺去了妈妈的专宠。可是阿七特别善良忠厚,对阿必一点不妒忌,分外亲热。妈妈看着两个孩子凑在一起玩,又心疼又得意地说:"看她们俩!真要好啊,从来不吵架,阿七对阿必简直千依百顺。"

无锡人把"逗孩子"称作"引老小"。"引"可以是善意的,也可以带些"欺"和"惹"的意思。比如我小弟弟"引"阿必,有时就不是纯出善意。他催眠似的指着阿必说:"哦!哭了!哭了!"阿必就应声而哭。爸爸妈妈说:"勿要引老小!"同时也训阿必:"勿要娇!"但阿七"引"阿必却从不挨骂。

阿七喜欢画(这点也许像二姐)。她几笔便勾下一幅阿必的肖像。阿必眉梢向下而眼梢向上。三姑母宠爱阿必,常说:"我俚阿必鼻头长得顶好,小圆鼻头。"(我们听了暗笑,因为从未听说鼻子以"小圆"为美。)阿必常嘻着嘴笑得很淘气。她的脸是蛋形。她自别于猫狗,说自己是圆耳朵。阿七一面画,口中念念有词。

她先画两撇下搭的眉毛,嘴里说:"搭其眉毛。"

又画两只眼梢向上的眼睛:"豁(无锡话,指上翘)其眼梢。"

又画一个小圆圈儿:"小圆其鼻头。"

又画一张嘻开的大宽嘴:"薄阔其嘴。"

然后勾上童化头和蛋形的脸:"鸭蛋其脸。"

再加上两只圆耳朵:"大圆其耳。"

阿必对这幅漫画大有兴趣,拿来仔细看,觉得很像自己,便"哇"地哭了。我们都大笑。

阿七以后每画"搭其眉毛,豁其眼梢";未到"鸭蛋其脸",阿必就哭。以后不到"小圆其鼻"她就哭。这幅漫画愈画愈得神,大家都欣赏。一次阿必气呼呼地忍住不哭,看阿七画到"鸭蛋其脸",就夺过笔,在脸上点好多点儿,自己说:"皮蛋其脸!"——她指带拌糠泥壳子的皮蛋,随后跟着大伙一起笑了。这是阿必的大胜利。她杀去娇气,有了幽默感。

我们仍以"引阿必"为乐。三姑母曾给我和弟弟妹妹一套《童谣大观》,共四册,上面收集了全国各地的童谣。我们背熟很多,常挑可以刺激阿必娇气的对她唱。可惜现在我多半忘了,连唱熟的几只也记不全了。例如:"我家有个娇妹子,洗脸不洗残盆水,戴花选大朵,要簸箕大的鲤鱼鳞,要……要……要……要……要十八个罗汉守轿门,这个亲,才说成。"阿必不娇了,她跟着唱,抢着唱,好像与她无关。她渐渐也能跟着阿七同看翻译的美国小说《小妇人》。这本书我们都看了,大家批评小说里的艾妹(最小的妹妹)最讨厌,接下就说:"阿必就像艾妹!"或"阿必就是艾妹!"阿必笑嘻嘻地随我们说,满不在乎。以后我们不再"引阿必",因为她已能克服娇气,巍然不动了。

阿必有个特殊的本领:她善摹仿。我家的哈叭狗雌性的叫"白克明",远比雄性的聪明热情。它一见主人,就从头到尾——尤其是腰、后腿、臀、尾一个劲儿的又扭又摆又摇,大概只有极少数的民族舞蹈能全身扭得这么灵活而猛烈,散发出热腾腾的友好与欢忻。阿必有一天忽然高兴,趴在二姑母膝上学"白克明"。她虽然是个小女孩,又没有尾巴,学来却神情毕肖,逗得我们都大乐。以后我们叫她学个什么,她都能,也都像。她尤其喜欢学和她完全不像的人,如美国电影《劳来与哈代》里的胖子劳来。她那么个瘦小女孩儿学大胖子,正如她学小狗那样惟妙惟肖。她能摹仿方言、声调、腔吻、神情。她讲一件事,只需几句叙述,加上摹仿,便有声有色,传神逼真。所以阿必到哪里,总是个欢笑的中心。

我家搬到苏州之后,妈妈正式请二姑母做两个弟弟的家庭教师,阿七也一起由二姑母教。这就是阿必"囫囵着跌下来"的时期。那时我上初中,寄宿在校,周末回家,听阿七顺溜地背《蜀道难》,我连这首诗里的许多字都不识呢,很佩服她。我高中将毕业,阿必渐渐追上阿七。一次阿必忽然出语惊人,讲什么"史湘云睡觉不老实,两弯雪白的膀子掠在被外,手腕上还戴着两只金镯子"。原来她睡在妈妈大床上,晚上假装睡觉,却在帐子里偷看妈妈床头的抄本《石头记》。不久后爸爸买了一部《元曲选》,阿七阿必大高兴。她们不读曲文,单看说白。等我回家,她们争着给我讲元曲故事,又告诉我丫头都叫"梅香",坏丫头都叫"腊梅","弟子孩儿"是骂人,更凶的是骂"秃驴弟子孩儿"等等。我每周末回家,两个妹妹因五天不相见,不知要怎么亲热才好。她们有许多新鲜事要告诉,许多新鲜本领要卖弄。她们都上学了,走读,不像我住校。

"绛姐,你吃'冷饭'吗?"阿必问。

"'冷饭'不是真的冷饭。"阿七解释。

(默存告诉我,他小时走读,放晚学回家总吃"冷饭"。饭是热的,菜是午饭留下的。"吃冷饭"相当于吃点心。)

"绛姐,你吃过生的蚕豆吗?吃最嫩的,没有生腥味儿。"

"绛姐,我们会摘豌豆苗。"

"绛姐,蚕豆地里有地蚕,肥极了,你看见了准肉麻死!"她们知道我最怕软虫。

我妈妈租下贴邻一亩荒园,带着女佣开垦为菜园。两个妹妹带我到菜园里去摘最嫩的豆角,剥出嫩豆,叫我生吃,眼睁睁地看着我吃,急切等我说声"好"。她们摘些豆苗,摘些嫩豌豆,胡乱洗洗,放在锅里,加些水,自己点火煮给我吃。(这都是避开了大人干的事。她们知道厨房里什么时候没人。)我至今还记得那锅乱七八糟的豆苗和豆角,煮出来的汤十分清香。那时候我已上大学,她们是妹妹,我是姐姐。如今我这个姐姐还在,两个妹妹都没有了,是阿必最小的打头先走。

也不知什么时候起,她们就和我差不多大了。我不大看电影,倒是她们带我看,介绍某某明星如何,什么片子好看。暑假大家在后园乘凉,尽管天还没黑,我如要回房取些什么东西,单独一人不敢去,总求阿七或阿必陪我。她们不像我胆小。寒假如逢下雪,她们一老早便来叫我:"绛姐,落雪了!"我赶忙起来和她们一起玩雪。如果雪下得厚,我们还吃雪;到后园石桌上舀了最干净的雪,加些糖,爸爸还教我们挤点橘子汁加在雪里,更好吃。我们三人冻红了鼻子,冻红了手,一起吃雪。我发现了爸爸和姑母说切口的秘诀,就教会阿七阿必,三人一起练习。我们中间的年龄差距已渐渐拉平。但阿必毕竟还小。我结了婚离家出国,阿必才十三岁。

一九三八年秋,我回上海看望爸爸。妈妈已去世,阿必已变了样儿,人也长高了。她在工部局女中上高中。爸爸和大姐跟我讲避难经过,讲妈妈弥留时借住乡间的房子恰在敌方炮火线上,四邻已逃避一空,爸爸和大姐准备和妈妈同归于尽,力劝阿必跟随两位姑母逃生,阿必却怎么也不肯离去。阿必在妈妈身边足足十五年,从没有分离过。以后,爸爸就带着改扮男装的大姐和阿必空身逃到上海。

逃难避居上海,生活不免艰苦。可是我们有爸爸在,仿佛自己还是包在竹箨里的笋,嵌在松球里的松子。阿必仍是承欢膝下的小女儿。我们五个姊妹(弟弟在维也纳学医)经常在爸爸身边相聚,阿必总是个逗趣的人,给大家加添精神与活力。

阿必由中学而大学。她上大学的末一个学期,爸爸去世,她就寄宿在校。毕业后她留校当助教,兼任本校附中的英语教师。阿必课余就忙着在姐姐哥哥各家走动,成了联络的主线。她又是上下两代人中间的桥梁,和下一代的孩子年龄接近,也最亲近。不论她到哪里,她总是最受欢迎的人,因为她逗乐有趣,各家的琐事细故,由她讲来都成了趣谈。她手笔最阔绰,四面分散实惠。默存常笑她"distributing herself"(分配自己)。她总是一团高兴,有说有讲。我只曾见她虎着脸发火,却从未看到她愁眉苦脸、忧忧郁郁。

阿必中学毕业,因不肯离开爸爸,只好在上海升学,考进了震旦女子文理学院。主管这个学校的是个中年的英国修女,名Mother Thornton,我女儿译为"方凳妈妈"。我不知她在教会里的职位,只知她相当于这所大学的校长。她在教员宿舍和学生宿舍里和教员、学生等混得相当熟。"方凳"知道杨必向往清华大学,也知道她有亲戚当时在清华任职。大约是阿必毕业后的一年——也就是胜利后的一年,"方凳"要到北京(当时称北平)开会。她告诉杨必可以带她北去,因为买飞机票等等有方便。阿必不错失时机,随"方凳"到了北京。"方凳"开完会自回上海,阿必留在清华当了一年助教,然后如约回震旦教课。

阿必在震旦上学时,恰逢默存在那里教课,教过她。她另一位老师是陈麟瑞先生。解放后我们夫妇应清华大学的招聘离沪北上,行前向陈先生夫妇辞行。陈先生当时在国际劳工局兼职,要找个中译英的助手。默存提起杨必,陈先生觉得很合适。阿必接受了这份兼职,胜任愉快。大约两三年后这个局解散了,详情我不清楚,只知道那里报酬很高,阿必收入丰富,可以更宽裕地"分配自己"。

解放后"方凳"随教会撤离,又一说是被驱逐回国了。"三反"时阿必方知"方凳"是"特务"。阿必得交代自己和"特务"的关系。我以为只需把关系交代清楚就完了,阿必和这位"特务"有什么不可告人的关系呢!可是阿必说不行,已经有许多人编了许多谎话,例如一个曾受教会照顾、免交学费的留校教师,为了表明自己的立场,说"方凳"贪污了她的钱等等离奇的话。阿必不能驳斥别人的谎言,可是她的老实交代就怎么也"不够"或"很不够"了。假如她也编谎,那就没完没了,因为编开了头也是永远"不够"的。她不肯说谎,交代不出"方凳"当"特务"的任何证据,就成了"拒不交代",也就成了"拒不检讨",也就成了"拒绝改造"。经过运动的人,都会了解这样"拒绝"得有多大的勇敢和多强的坚毅。阿必又不是天主教徒,凭什么也不必回护一个早已出境的修女。而且阿必留校工作,并非出于这位修女的赏识或不同一般的交情,只为原已选定留校的一位虔诚教徒意外地离开上海了,杨必凑巧填了这个缺。我当时还说:"他们(教会)究竟只相信'他们自己人'。"阿必交代不出"方凳"当"特务"的证据,当然受到嫌疑,因此就给"挂起来"了——相当长期地"挂"着。她在这段时期翻译了一本小说。阿必正像她两岁半"囫囵着跌下"时一样的"若无其事"。

傅雷曾请杨必教傅聪英文。傅雷鼓励她翻译。阿必就写信请教默存指导她翻一本比较短而容易翻的书,试试笔。默存尽老师之责,为她找了玛丽亚·埃杰窝斯的一本小说。建议她译为《剥削世家》。阿必很快译完，也很快就出版了。傅雷以翻译家的经验，劝杨必不要翻名家小说，该翻译大作家的名著。阿必又求教老师。默存想到了萨克雷名著的旧译本不够理想，建议她重译，题目改为《名利场》。阿必欣然准备翻译这部名作，随即和人民文学出版社订下合同。

杨必的"拒不交代"终究获得理解。领导上让她老老实实做了检讨过关。全国"院系调整"，她分配在上海复旦大学外文系，评定为副教授。该说，她得到了相当高的重视；有些比她年纪大或资格好或在国外得到硕士学位的，只评上讲师。

阿必没料到自己马上又要教书。翻译《名利场》的合同刚订下，怎么办？阿必认为既已订约，不能拖延，就在业余翻译吧。她向来业余兼职，并不为任务超重犯愁。

阿必这段时期生活丰富，交游比前更广了。她的朋友男女老少、洋的土的都有。她有些同事比我们夫妇稍稍年长些，和她交往很熟。例如高君珊先生就是由杨必而转和我们相熟的；徐燕谋、林同济、刘大杰各位原是和我们相熟而和杨必交往的。有一位乡土味浓厚而朴质可爱的贾植芳，曾警告杨必：她如不结婚，将来会变成某老姑娘一样的"僵尸"。阿必曾经绘声绘色地向我们叙说并摹仿。也有时髦漂亮而洋派的夫人和她结交。也许我对她们只会远远地欣赏，阿必和她们却是密友。阿必身材好，讲究衣着，她是个很"帅"的上海小姐。一九五四年她因开翻译大会到了北京，重游清华。温德先生见了她笑说："Eh, 杨必! smart as ever!"默存毫不客气地当面批评"阿必最 vain"，可是阿必满不在乎，自认"最虚荣"，好比她小时候自称"皮蛋其脸"一样。

爸爸生前看到嫁出的女儿辛勤劳累，心疼地赞叹说："真勇！"接下就说阿必是个"真大小姐"。阿必心虚又淘气地嬉着嘴笑，承认自己无能。她说："若叫我缝衣，准把手指皮也缝上。"家事她是不能干的，也从未操劳过。可是她好像比谁都老成，也有主意。我们姐妹如有什么问题，总请教阿必。默存因此称她为"西碧儿"（Sibyl，古代女预言家）。阿必很幽默地自认为"西碧儿"。反正人家说她什么，她都满不在乎。

阿必和我虽然一个在上海，一个在北京，但因通信勤，彼此的情况还比较熟悉。她偶来北京，我们就更有说不完的话了。她曾学给我听某女同事背后议论她的话："杨必没有'it'。"（"it"指女人吸引男人的"无以名之"的什么东西）阿必乐呵呵地背后回答："你自己有就行了，我要它干吗！"

杨必翻译的《名利场》如期交卷，出版社评给她最高的稿酬。她向来体弱失眠，工作紧张了失眠更厉害，等她赶完《名利场》，身体就垮了。当时她和大姐三姐住在一起。两个姐姐悉心照料她的饮食起居和医疗，三姐每晚还为她打补针。她自己也努力锻炼，打太极拳，学气功，也接受过气功师的治疗，我也曾接她到北京休养，都无济于事。阿必成了长病号。阿七和我有时到上海看望，心上只是惦念。我常后悔没及早切实劝她"细水长流"，不过阿必也不会听我的。工作拖着不完，她决不会定下心来休息。而且失眠是她从小就有的老毛病，假如她不翻译，就能不失眠吗？不过我想她也许不至于这么早就把身体拖垮。

胜利前夕，我爸爸在苏州去世。爸爸带了姐姐等人去苏州之前，曾对我说："阿必就托给你了。"——这是指他离开上海的短期内，可是语气间又好像自己不会再回来似的。爸爸说："你们几个,我都可以放心了,就只阿必。不过,她也就要毕业了,马上能够自立了。那一箱古钱,留给她将来做留学费吧,你看怎样?"接着爸爸说:"至于结婚——"他顿了一下,"如果没有好的,宁可不嫁。"爸爸深知阿必虽然看似随和,却是个刚硬的人,要驯得她柔顺,不容易。而且她确也有几分"西碧儿"气味,太晓事,欠盲目。所以她真个成了童谣里唱的那位"我家的娇妹子",谁家说亲都没有说成。曾几次有人为她向我来说媒,我只能婉言辞谢,不便直说阿必本人坚决不愿。如果对方怨我不出力、不帮忙,我也只好认了。

有人说:"女子结婚忧患始。"这话未必对,但用在阿必身上倒也恰当。她虽曾身处逆境,究竟没经历多少人生的忧患。阿必最大的苦恼是拖带着一个脆弱的身躯。这和她要好、要强的心志调和不了。她的病总也无法甩脱。她身心交瘁,对什么都无所留恋了。《名利场》再版,出版社问她有什么要修改的,她说:"一个字都不改。"这不是因为自以为尽善尽美,不必再加工修改;她只是没有这份心力,已把自己的成绩都弃之如遗。她用"心一"为笔名,曾发表过几篇散文。我只偶尔为她留得一篇。我问她时,她说:"一篇也没留,全扔了。"

"文化大革命"初期,她带病去开会,还曾得到表扬。到"清队"阶段,革命群众要她交代她在国际劳工局兼职的事。她写过几次交代。有一晚,她一觉睡去,没有再醒过来。她使我想起她小时不肯洗脸,连声喊"逃逃逃逃逃!"两脚急促地逃跑,总被妈妈捉住。这回她没给捉住,干净利索地跑了。为此她不免蒙上自杀的嫌疑。军医的解剖检查是彻底的,他们的诊断是急性心脏衰竭。一九七九年,复旦大学外语系为杨必开了追悼会。

阿必去世,大姐姐怕我伤心,先还瞒着我,过了些时候她才写信告诉我。据说,阿必那晚临睡还是好好的。早上该上班了,不见她起来。大姐轻轻地开了她的卧房门,看见她还睡着。近前去看她,她也不醒。再近前去抚摸她,阿必还是不醒。她终究睡熟了,连呼吸都没有了。姐姐说:"她脸上非常非常平静。"

一九九〇年六月

赵佩荣与强英雄

赵佩荣拿起电话听筒,不论是收听或打出去,必定先切实介绍自己:"我是庙堂巷杨家的门房。我叫赵佩荣。赵——就是走肖赵——走肖赵……"他的声调至今还在我耳朵里呢。我爸爸常在自己卧室的厢房里工作,电话安在厢房墙外。爸爸每逢佩荣再三反复地说"走肖赵——走肖赵……"就急得撂下正在做的事,往妈妈屋里躲,免得自己爆炸。我们听了佩荣的"走肖赵,走肖赵"又着急,又要笑;看到爸爸冒火,要笑又不敢笑。可是谁也不好意思告诉赵佩荣,他没有必要介绍自己。幸亏接电话不是他的任务,除非他经过那里恰逢电话铃响。不过,打电话向肉店定货等等是他的事。

赵佩荣是无锡安镇人,自说曾任村塾老师,教过《古文观止》,也曾在寺院里教和尚念经。他的毛笔字虽然俗气,却很工整。他能为人用朱笔抄佛经。

他五十来岁,瘦瘦的中等个儿,背微驼,脸容消瘦,嘴上挂着两撇八字胡子,"八"的一撇一捺都往下垂。他走路迈方步,每说话,总赔着抱歉似的笑,把嘴唇尖呀尖的,然后先说声"这个这个"——安镇土音是"过个是个……"。平时他坐在门房里,有客来,他只需叫经常在他身边的阿福到里面去通报,他只管倒茶。女佣买菜回来,坐在门房里请他记账。他有许多印得字细行密的小说,如《济公传》《包公传》《说岳》之类,闲时就戴上花镜看看。他什么事都能干。他为我们磨墨,能磨得浓淡适宜。打毛衣的竹针往往粗细不匀,他能磨得光滑匀称。他也能做蚊香的架子。他简直像堂吉诃德所形容的骑士那样,家常琐事件件都能。件件都能,其实也就是一无所长。他显然是个典型的平庸人。

夏天他买只新的藤躺椅,有抽屉能抽出搁脚,比我爸爸的旧躺椅讲究也舒服。他坐在外边大柏树大院里乘凉,隔着长廊是一片三十多棵梅树的院子,绿叶成荫,透着凉意。我两个弟弟喜欢跟佩荣一起乘凉,听他讲自己的往事。

佩荣说,他本姓强,叫强英雄。他是过继给赵家做儿子的。他可是个真正的"浪子回头金不换"。吓!他"从前的荒唐啊",简直独一无二!往常抽大烟的不酗酒,酗酒的不抽大烟,他却又是烟鬼,又是酒鬼。吓!他"从前真是作尽了孽"!

我们听了弟弟的转述,不能相信。佩荣那么个好人,能作什么孽!我们怀疑他自愧窝囊而向往英雄,所以学着浪漫派的小说家,对着镜子把自己描绘成英雄,而且像浪漫主义的角色,卖弄自己并没有的罪过。我们教弟弟盘问他怎么荒唐,怎么作孽。

佩荣说:他喝醉了酒,夜深回家,在荒坟野地里走,把露出地面的棺材踩得嘎嘎地响,有些棺材板都给他踩穿了。

也许他当着我的弟弟,说话有顾忌,但我们只笑他想象有限,踩破几块棺材板算什么大不了的事呢!他就创造不出更离奇的荒唐史或作孽的事了。

他又讲起自己的儿子,更坐实了我们的怀疑——他在编故事。他说有四个儿子。大儿子是种田的,二儿子是木匠,三儿子当兵,四儿子做官,是个县知事,这个儿子最坏。他最喜欢当兵的老三。这种故事中国外国都很普通。

赵佩荣大概真的抽过大烟。一次,他告诉我爸爸:打官司的某某当事人准有烟瘾,在屏门前掉落一个烟泡。他把烟泡呈给我爸爸看,爸爸不在意,叫他扔了。佩荣哪里肯扔,他后来向家里女佣人承认,他倒杯茶把烟泡吞了。我妈妈背后笑说:这真是所谓"熟煤头一点就着"。可是他并不因此又想抽大烟。他连香烟都不抽,酒也不喝。

自从佩荣来我家当门房,我家的佣人逐渐都是安镇人了。他经常为镇上的倒霉人向妈妈求情:"太太,让他(或她)来干干活儿,给口饭吃就行。"他尽给我家招些没用的人。门口来了"强横叫化子",他大把的铜板施舍——虽然不是他自己的钱。这类行径大概也带些浪子气息。可是他连"生病"二字都忌讳,他如果病了,只说"有点呒不力"(土话,没力气)。我们暗笑他真是好个"英雄"。

他在我家十多年,从没听说他和家里人有什么来往。直到日军入侵,苏州沦陷的前夕,他那个做官的儿子忽派人来接了他到任所去。当时我不在家。我一再问爸爸:"佩荣真有个做官的儿子吗?"爸爸说,确是真的,那儿子是一个小县的县知事。

想到赵佩荣的做官儿子,常使我琢磨"强英雄"是否也是真的?"英雄"这名字是谁给起的?大概浪漫故事总根据民间实事,而最平凡的人也会有不平凡的胸襟。

一九九〇年六月

阿福和阿灵

阿福也不知是十几岁,看来只像七八岁的小孩,因为从小挨饿,发育到此为止了。他家穷,爹死了,娘养不活大群孩子,就把最小的给别人家做儿子。可是收养他的人又死了;那家把他又给别家,后来收养他的人又死了。人人都说他是个苦命人。我家门房赵佩荣是他同乡,就向我妈妈说:"太太行个好事吧,收留了他,给口饭吃,叫他打打杂也好。"他就到我家来了。妈妈因他命苦,为他取名"阿福",借吉祥字儿去防御厄运。

不记得妈妈给了阿福什么好东西,他说要留给他娘。妈妈说这阿福是个好孩子,有良心,得了好东西就想到娘;所以妈妈处处护着他。妈妈平时吃什么东西,总留些给阿福吃,常说:"阿福,你放在嘴里吃了吧。"我们都笑妈妈:"不放在嘴里,叫他哪儿吃呀!"其实妈妈的意思很明显,无非说:这不过是一点点,一口两口就没了。

阿福在我家可乐了。赵佩荣有一副小型的木匠家具(可能是他那个木匠儿子给置备的):小斧子、小刨子、小锯子、小斜凿,一应俱全。阿福拣些硬木,锯呀,刨呀,做成大大小小的匣子,有的还带着匣盖,盖上还嵌一块玻璃。他玩得很有意思。如叫他后园去拔草,他就在后园捉蚱蜢,摘野花。阿福有个特殊的笑,不是嘻嘻哈哈,而是塌塌实实的傻笑,笑声如"格以啊"的切音,那是"阿福笑"。一次有客人来了。阿福进来通报完毕,就擅自去招待客人。我们偶在外面听见,他就像猪八戒见了妖精直呼"妖精"那样,大声说:"客人,你请坐呀"(他的乡音是"能请坐嗯"),说得字字着实,然后赔上一声"阿福笑",得意而出。我们谁也没责怪他,不过那位客人一定很诧异。

妈妈要为阿福攒钱娶一房媳妇,还要教他学一门手艺。我们说阿福手巧,叫他学"小木匠"吧。"小木匠"不是盖房子的木匠,而是做木器家具的。苏州的小木匠有极精巧的工艺,阿福远不够格儿。他也永远没长大成人。他来我家几年后,只长大了一圈,仍然是个发育不全的孩子。

从前在人家帮佣,工钱之外,还有别的收入,例如节赏、年赏、送礼的脚钱、端茶送点心的赏钱等等。尖利的佣工往往抢干这类"巧宗儿"。我妈妈把这类的钱一律归公,过节时按劳分配。阿福虽呆,总也分得一份,加上工资,很快就攒满百把块银元了。可是阿福每逢他的财富将近百元,就要大病一场。从前的规矩,帮佣的人小病在东家休息,大病或长病就回家。阿福大病回家,钱用完,病就好,又回我家来。妈妈诧怪说:"阿福怎么这样命薄,连一百块钱都招不住。"

我家厨子结婚走了。妈妈就教阿福做厨子,让他上街买菜。他一下子攒了三百元。他在市上活动,结交了三朋四友,准是他向人炫耀了自己的财富,就有人要招他去当"小少爷"。妈妈叫他勿上当,他却执意要去做人家的"小少爷"。他怕妈妈拦阻,竟半夜跑到女佣住的楼上,掀起小阿妹的帐子,要上她的床。这分明是有人教唆的。妈妈没奈何,只好叫佩荣把阿福送到那家去做"小少爷"。

过了两三天,妈妈叫佩荣去看看。佩荣回来说,阿福穿了花缎袍子、黑缎马褂,戴着个红结子瓜皮帽,在做"小少爷"呢。

随后赵佩荣被他的小儿子接走了。随后我家也逃难下乡。但逃难前夕,忽收到阿福乡里人来信,信上是半通不通的文言,大意说:阿福的钱已全给骗光,身上的衣服也剥掉了,赶在地里干重活,阿福就此"生有神经之病"。看来阿福已被赶回乡去。我家也逃难出城了,竟不知阿福如何下落。

按童话故事的惯例,阿福那样混沌未凿的痴儿,往往特邀天佑。阿福不该落到如此下场。也许他混沌初辟,便热衷于做"小少爷",以致我妈妈的回护都无用了。

阿灵是个极愚蠢的村妇。阿福比了阿灵,可算"灵童"了。阿灵身躯榔槺,面目黧黑,相貌远不如电视剧里的猪八戒那样"俊"。她一双昏昏的小眼睛,一张大嘴巴。她数数只能数到二。她生了个儿子,自己睡熟,把儿子压死了。因此丈夫也打她,公婆也打她,打得她无处容身。于是赵佩荣又来求妈妈:"做个好事收容了她吧。"阿灵就到我家来了。那时正当盛暑,她穿一身又厚又粗的蓝布衣裤。她不会扫地,叫她拔草,她就搬个小凳子坐在草丛里,两手胡乱抓把草揪揪。我们学妈妈为阿福取名的道理,就叫她阿灵。

厨房里都是她的同乡。她们教她扫地抹桌,还教她做一份最低贱的工作:倒马桶。她居然都学会了。苏州城里的小家小户,每晨等粪担来了就倒马桶。大户人家都有个大缸储粪。粪是值钱的。阿灵倒马桶,粪钱就全归她,别人不能分润。有一天早上,我妈妈偶到后园,只见后门大开,藏粪缸的屋门也大开,许多挑粪的抢也似的抢着挑。阿灵俨然主人,站在一旁看着。她很得意地告诉妈妈:"他们肯出十二个铜板一担,我说不行,我要一百个铜钱一担!"一百个铜钱只是十个铜板,怪不得那些担粪的忙不迭地担,几乎把那口大缸都挑空了。妈妈无法向她讲明她吃了亏。反正她很得意,把钱都交给妈妈为她收藏。

有一次,她听同伙传说,某家在物色一个姨娘,主要条件是要能生育。阿灵对我妈妈说:"我去吧。我会生。我生过。"大家笑她,她也不知有何可笑。

一次她忽听到买奖券中奖的事,一本正经告诉妈妈她要买奖券。妈妈说:"好啊,你有的是钱啊。"她说:"不,我要借太太的钱买。中了奖呢,是我买的;不中呢,就是太太买的。"妈妈笑说:"你要这么多钱干什么呀?"

她说:"横在枕头边,看看,数数,摸摸。"她倒好像挖苦守财奴呢。

一两年后,她丈夫来接她回去。她已学到些本领,起码的家务事都能干了,脸色也红润了,人也不像以前那么呆木了。妈妈已为她添了几套衣服,还攒下许多钱。阿灵回乡很风光,不再挨打。她简直像旧时代的"衣锦还乡"或近代的留学回国!

至于阿福阿灵两人的"后事如何",我无从作"下回分解"了。

一九九〇年六月

记章太炎先生谈掌故

大约是一九二六年,我上高中一、二年级的暑假期间,我校教务长王佩诤先生办了一个"平旦学社"(我不清楚是否他主办),每星期邀请名人讲学。我参与了学社的活动,可是一点也记不起谁讲了什么学。惟有章太炎先生谈掌故一事,至今记忆犹新。

王佩诤先生事先吩咐我说:"季康,你做记录啊。"我以为做记录就是做笔记。听大学者讲学,当然要做笔记。我一口答应。

我大姐也要去听讲,我得和她同去。会场是苏州青年会大礼堂。大姐换了衣裳又换鞋,磨磨蹭蹭,我只好耐心等待,结果迟到了。会场已座无虚席。沿墙和座间添置的板凳上挨挨挤挤坐满了人。我看见一处人头稍稀,正待挤去,忽有办事人员招呼我,叫我上台,我的座位在台上。

章太炎先生正站在台上谈他的掌故。他的左侧有三个座儿,三人做记录;右侧两个座儿,一位女士占了靠里的座位。靠台边的记录席空着等我。那个礼堂的讲台是个大舞台,又高又大,适于演戏。

我没想到做记录要上台,有点胆怯,尤其是迟到了不好意思。我撇下大姐,上台去坐在记录席上。章太炎先生诧异地看了我一眼,又继续讲他的掌故。我看到自己的小桌子上有砚台,有一叠毛边纸,一支毛笔。我看见讲台左侧记录席上一位是王佩诤先生,一位是我的国文老师马先生,还有一位是他们两位老师的老师金松岑先生,各据一只小桌。我旁边的小桌是金松岑先生的亲戚,她是一位教师,是才女又是很美的美人。现在想来叫我做记录大概是陪伴性质。当时我只觉得她好幸运,有我做屏障。我看到我的老师和太老师都在挥笔疾书,旁边桌上的美人也在挥笔疾书,心上连珠也似叫苦不迭。我在作文课上起草用铅笔,然后用毛笔抄在作文簿上。我用毛笔写字出奇地拙劣,老师说我拿毛笔像拿扫帚。即使我执笔能合规范,也决不能像他们那样挥洒自如地写呀。我磨了点儿墨,拿起笔,蘸上墨,且试试看。

章太炎先生谈掌故,不知是什么时候的,也不知是何人何事。且别说他那一口杭州官话我听不懂,即使他说的是我家乡话,我也一句不懂。掌故岂是人人能懂的!国文课上老师讲课文上的典故,我若能好好听,就够我学习的了。上课不好好听讲,倒赶来听章太炎先生谈掌故!真是典型的名人崇拜,也该说是无识学子的势利眼吧。

我那几位老师和太老师的座位都偏后,惟独我的座位在讲台前边,最突出。众目睽睽之下,我的一举一动都无法掩藏。我拿起笔又放下。听不懂,怎么记?坐在记录席上不会记,怎么办?假装着乱写吧,交卷时怎么交代?况且乱写写也得写得很快,才像。冒充张天师画符吧,我又从没画过符。连连的画圈圈、竖杠杠,难免给台下人识破。罢了,还是老老实实吧。我放下笔,干脆不记,且悉心听讲。

我专心一意地听,还是一句不懂。说的是什么人什么事呢?

完全不知道。我只好光着眼睛看章太炎先生谈——使劲地看,恨不得一眼把他讲的话都看在眼里,这样把他的掌故记住。我挨章太炎先生最近。看,倒是看得仔细,也许可以说,全场惟我看得最清楚。

他个子小小的,穿一件半旧的藕色绸长衫,狭长脸儿。脸色苍白,戴一副老式眼镜,左鼻孔塞着些东西。他转过脸来看我时,我看见他鼻子里塞的是个小小的纸卷儿。我曾听说他有"脑漏"的病。塞纸卷是因为"脑漏"吧?脑子能漏吗?不可能吧?也许是流鼻血。也许他流的是脓?也许只是鼻涕?……据说一个人的全神注视会使对方发痒,大概我的全神注视使他脸上痒痒了。他一面讲,一面频频转脸看我。我当时十五六岁,少女打扮,梳一条又粗又短的辫子,穿一件浅湖色纱衫,白夏布长裤,白鞋白袜。这么一个十足的中学生,高高地坐在记录席上,呆呆地一字不记,确是个怪东西。

可是我只能那么傻坐着,假装听讲。我只敢看章太炎先生,不敢向台下看。台下的人当然能看见我,想必正在看我。我如坐针毡,却只能安详地坐着不动。一小时足有十小时长。好不容易掌故谈完,办事人员来收了我的白卷,叫我别走,还有个招待会呢。反正大姐已经走了,我且等一等吧。我杂在人群里,看见主要的陪客是张仲仁、李印泉二老,李老穿的是宝蓝色亮纱长衫,还罩着一件黑纱马褂。我不知道自己算是主人还是客人,趁主人们忙着斟茶待客,我"夹着尾巴逃跑了"。

第二天苏州报上登载一则新闻,说章太炎先生谈掌故,有个女孩子上台记录,却一字没记。

我出的洋相上了报,同学都知道了。开学后,国文班上大家把我出丑的事当笑谈。马先生点着我说,"杨季康,你真笨!你不能装样儿写写吗?"我只好服笨。装样儿写写我又没演习过,敢在台上尝试吗!好在报上只说我一字未记,没说我一句也听不懂。我原是去听讲的,没想到我却是高高地坐在讲台上,看章太炎先生谈掌故。

    一九九三年十一月十日于病中

"遇仙"记

事情有点蹊跷,所以我得把琐碎的细节交代清楚。

我初上大学,女生宿舍还没有建好。女生也不多,住一所小洋楼,原是一位美国教授的住宅。我第一年住在楼上朝南的大房间里,四五人住一屋。第二年的下学期,我分配得一间小房间,只住两人。同屋是我中学的同班朋友,我称她淑姐。我们俩清清静静同住一屋,非常称心满意。

房间很小,在后楼梯的半中间,原是美国教授家男仆的卧室。窗朝东,窗外花木丛密,窗纱上还爬着常青藤,所以屋里阴暗,不过很幽静。门在北面,对着后楼梯半中间的平台。房间里只有一桌两凳和两只小床。两床分开而平行着放:一只靠西墙,床头顶着南墙;一只在房间当中、门和窗之间,床头顶着靠门的北墙。这是我的床。

房间的门大概因为门框歪了,或是门歪了,关不上,得用力抬抬,才能关上。关不上却很方便:随手一带,门的下部就卡住了,一推或一拉就开;开门、关门都毫无声息。钥匙洞里插着一把旧的铜钥匙。不过门既关不上,当然也锁不上,得先把门抬起关严,才能转动钥匙。我们睡觉从不锁门,只把门带上就不怕吹开。

学期终了,大考完毕,校方在大礼堂放映美国电影。我和淑姐随同大伙去看电影。可是我不爱看,没到一半就独自溜回宿舍。宿舍的电灯昏暗,不宜看书。我放下帐子,熄了灯,先自睡了。

我的帐子是珠罗纱的,没有帐门,白天掀在顶上,睡时放下,我得先钻入帐子,把帐子的下围压在褥子底下。电灯的开关在门边墙上,另有个鸭蛋形的"床上开关",便于上床后熄灯。这种开关有个规律:灯在床上关,仍得床上开,用墙上的开关开不亮。我向来比淑姐睡得晚,床上开关放在我的枕边。不过那晚上,我因为淑姐还没回房,所以我用墙上的开关熄了灯,才钻进帐子。

电影散场,淑姐随大伙回宿舍。她推门要进屋,却推不开,发现门锁上了。她推呀,打呀,叫呀,喊呀,里面寂无声息。旁人听见了也跟来帮她叫门。人愈聚愈多。打门不应,有人用拳头使劲擂,有人用脚跟狠狠地蹬,吵闹成一片。舍监是个美国老处女,也闻声赶来。她说:"光打门不行;睡熟的人,得喊着名字叫醒她。"门外的人已经叫喊多时,听了她的话,更高声大喊大叫,叫喊一阵,门上擂打一阵,蹬一阵,踢一阵,有人一面叫喊,一面用整个身子去撞门。宿舍里的女生全赶来了,后楼梯上上下下挤满了人。

曾和我同房间的同学都知道我睡觉特别警觉。她们说:"屋里有谁起夜,她没有不醒的,你从床上轻轻坐起来,她那边就醒了。"这时门都快要打下来了。门外闹得天惊地动,便是善睡的人,也会惊醒。况且我的脑袋就在门边,岂有不醒的道理,除非屋里的人是死了。如果我暴病而死,不会锁门;现在门锁着,而屋里的人像是死人,准是自杀。

可是谁也不信我会自杀。我约了淑姐和我的好友和另几个女伴儿,明晨去走城墙玩呢,难道我是借机会要自杀?单凭我那副孙猴儿"生就的笑容儿",也不像个要自杀的人呀。自杀总该有个缘故,大家认为我绝没有理由。可是照当时的情形推断,我决计是死了。

有人记起某次我从化学实验室出来时说:"瞧,装砒霜的试管就这么随便插在架上,谁要自杀,偷掉点儿谁也不会知道。"我大约偷了点儿砒霜吧?又有人记起我们一个同学自杀留下遗书,我说:"都自杀了,还写什么遗书;我要自杀就不写了。"看来我准也考虑过自杀。

这些猜测都是事后由旁人告诉我的。她们究竟打门叫喊了多少时候,我全不知道,因为一声也没有听见。料想她们大家打门和叫喊的间歇里,足有时间如此这般的猜想并议论。

当时门外的人一致认为屋里的人已自杀身亡,叫喊和打门只是耽误时间了。舍监找了两名校工,抬着梯子到我们那房间的窗外去撬窗。梯子已经放妥,校工已爬上梯子。门外众人都屏息而待。

我忽然感到附近人喊马嘶,好像出了什么大事,如失火之类,忙从枕旁摸出床上开关;可是电灯不亮,立即记起我是在等待淑姐回房,特在墙上开关熄灯的。我忙把床上开关再按一下还原,拉开帐子,下地开了电灯。我拉门不开,发现门锁着,把钥匙转了一下,才把门拉开。门缝里想必已漏出些灯光。外面的人一定也听到些声响。可是她们以为是校工撬开窗子进屋了,都鸦雀无声地等待着。忽见我睡眼惺忪站在门口,惊喜得齐声叫了一声"哦!"

一人说:"啊呀!你怎么啦?"

我看见门外挤满了人,莫名其妙。我说:"我睡了。"

"可你怎么锁了门呀?淑姐没回来呢。"

我说:"我没锁啊!"

屋里只我一人,我没锁,谁锁的呢?我想了一想说:"大概是我糊涂了,顺手把门锁上了。"(可是,我"顺手"吗??)

"我们把门都快要打下来了,你没听见?看看你的朋友!都含着两包眼泪等着呢!"

我的好友和淑姐站在人群里,不在近门处,大概是不忍看见我的遗体。

这时很多人笑起来,舍监也松了一大口气。一场虚惊已延持得够久了,她驱散众人各自回房,当然也打发了正待撬窗的校工。

时间已经不早,我和淑姐等约定明晨一早出发,要走城墙一周,所以我们略谈几句就睡觉。她讲了打门的经过,还把美国老姑娘叫唤我名字的声调学给我听。我连连道歉,承认自己糊涂。我说可能熄灯的时候顺手把门锁上了。

第二天,我们准备走城墙,所以清早起来,草草吃完早点,就结伴出发,一路上大家还只管谈论昨晚的事。

我的好友很冷静,很谨慎持重。男同学背后给她个诨名,称为"理智化"。她和我同走,和同伙离开了相当距离,忽然对我说:

"你昨晚是没有锁门。"

原来她也没看完电影。她知道我对电影不怎么爱看,从大礼堂出来望见星月皎洁,回宿舍就想找我出去散步。她到我门外,看见门已带上。我们那扇关不严的门带上了还留一条很宽的门缝,她从门缝里看见屋里没灯,我的帐子已经放下,知道我已睡下,就回房去了。

我说:"你没看错吗?"

"隔着你的帐子,看得见你帐子后面的纱窗。"——因为窗外比窗内亮些。如果锁上门,没有那条大门缝,决计看不见我的帐子和帐子后面的窗子。可是我什么时候又下床锁上了门呢?我得从褥子下拉开帐子,以后又得压好帐子的下围。这都不是顺手的。我怀疑她看惯了那条大门缝,所以看错了。可是我那位朋友是清醒而又认真的人,她决不牵强附会,将无作有。我又怀疑自己大考考累了,所以睡得那么死。可是大考对我毫无压力,我也从不"开夜车",我的同学都知道。

全宿舍的同学都不信一个活人能睡得那么死,尤其是我。大家议论纷纷,说神说鬼。

据传说,我们那间屋里有"仙"。我曾问"仙"是什么个样儿。有人说:"美人。"我笑说:"美人我不怕。"有人说:"男人看见的是美人,女人看见的是白胡子老头儿。"我说:"白胡子老头儿我也不怕。"这话我的确说过,也不是在我那间屋里说的。难道这两句话就说不得,冒犯了那个"仙"?

那天我们走完一圈城墙回校,很多人劝我和淑姐换个屋子睡一夜,反正明天就回家过暑假了。我先还不愿意。可是收拾好书籍衣物,屋里阴暗下来,我们俩忽然觉得害怕,就搬了卧具到别人屋里去胡乱睡了一夜。暑假后,我们都搬进新宿舍了。

回顾我这一辈子,不论多么劳累,睡眠总很警觉,除了那一次。假如有第二次,事情就容易解释。可是直到现在,只有那一次,所以我想大概是碰上什么"仙"了。

一九八八年八月

临 水 人 家

我在苏州上大学的时候,因学校近在城墙边,课余常上城墙去绕全城走一圈,观赏城内城外的景色。离葑门城楼不远,有一处河,河水清湛,岸上几棵古老的垂杨柳树,长条蘸拂水面。水边有一块石凳,从这里沿着土阶土坡,有个小门,有堵粉墙。我从城墙高处,可望见墙内整齐的青竹篱笆和一座建筑犹新的瓦房。我每过这里,总驻足遥望,赞赏"好个临水人家!"没想到我竟有缘走进这个人家,而且见识到自己向往之处,原来是唐僧取经路上的一个小西天。

当时我正自习法文。我大姐假期里教了我基本读音,开学后她有工作,叫我自习。我学文法,记生词,作练习,私心希望有老师指点指点。那时候苏雪林先生在我们大学教课。她和我大姐是好友,知道我有意求师,就给我介绍一位比利时夫人。据我大姐说,这比利时女人嫁了一个留学比利时的中国学生。这人回国当了一个玻璃厂的厂长。他大哥是一位将军,二哥是旅社的老板;三兄弟同居一宅。洋夫人不习惯大家庭生活,另立小家庭;平居寂寞,很愿意和女大学生来往。经苏雪林先生约定日子,我就按地址找到她家去相见。

我一人胆怯,撺掇了同房的朋友同去学法文。我们从学校侧门出去,没几步就走离城市的街道,走入乡间的泥土小径。我们以为迷失了道路,可是经村人指点,很顺利地找到了大门——不是大门,只是个小小的篱笆门。入门有两只大白鹅扬着脖子迎来,一面叫,一面挥着脑袋啄人。原来大白鹅可充看门狗!我走入院子,一看,呀!这不是我神往已久的临水人家吗!

主妇听到鹅叫就迎出来。她年轻时大概漂亮,可是苍白憔悴。我当时自己年轻,在我眼里,她就像三四十岁的中年妇女了;身材太瘦些,却还挺秀。她穿一件退色过时的花绸子洋服,脚上是一双中国土式布鞋。我们在院子里互相介绍了自己。

那里并不栽竹种花。篱内围着几畦不知什么菜。篱下种的想是瓜豆之类,青藤细叶还没爬上半篱笆高。我们进入堂屋,里面是泥土地,没有压平。堂屋里有一只旧方桌,几条白木板凳,几只旧椅子凳子,凳子也当茶几用。我们送上礼物,主妇摆出茶点——粗茶、粗点心,我当时只觉得别具风味。

洋夫人不会说中国话,也不通英语。我带去的教科书是英法文对照的,她不能用。我们又不会说法语。她大概也从没教过学生。我们的上课很滑稽。她指点着一件件东西说出法文名词,如"椅子""茶杯""茶壶"等。她说的"茶杯"实际上是小饭碗。她说的"茶壶"和法语的"茶壶"口音不同。我们只会说"谢谢"。

她有个刚会走路的女儿,很像妈妈,脸色也苍白,眼睛也蓝色,只是更淡些。她乖得叫人不觉得屋里有个她。我只记得这位洋夫人当着客人,端起女儿,在泥土地上把了一泡尿。我还从未见过这么老土的洋夫人。

一会儿她丈夫回家了。他非常和气,满脸堆笑——不是"堆",他的笑深深嵌在皱纹里。他满面皱纹,不知是怎么使劲地笑,才会笑出这么深的褶子来。我觉得这位皱面先生该有四五十岁那么老了。他很热情地请我们参观他的玻璃厂,我们也很客气地接受了邀请。

我们每星期到洋夫人家去一两次,照例是下午;第三或第四次去,只上了半堂课,那位玻璃厂长就来迎我们到他的厂里去参观。洋夫人说,她一会儿要去送饭,让我们跟着厂长同去。我们一起步行了好一段路,过了一座桥,走进一堆乱七八糟的小房子;其中一间破陋的大屋,泥土地,三面有墙,上面有顶,就是玻璃厂。一个角落里堆着些破玻璃瓶、破玻璃杯、破玻璃片。厂长说,没有原料,只能用破碎的玻璃再生产。沿着左右二墙各有个炉子:一个闲着,一个烧得正旺,熬着一锅玻璃浆。据说这炉子昼夜不熄,工人得轮班看守。我记不清工人有三个或四个。他们像小孩子吹肥皂泡那样吹起一个大玻璃泡,我们看着那泡泡越吹越长,带着火红色。据厂长解释,这长圆形的泡泡定型后截去两端,就成为底部相连的两个洋灯罩。他立即指点我们看那底部相连的一双双灯罩,晾在泥土平地上,已经冷却。据说乡僻的村子里还都用洋灯,而出产洋灯的只此一家,销路很好。我们很想看看火红的玻璃泡如何定型,碎玻璃怎会熬成浆,脆薄的连体双灯罩又如何分割等等。也许这都是秘方,也许是偶尔不巧,我们未有机会看到。因为厂长夫人正佝着腰,拓开双臂,抱着个有小圆桌面大小的笼屉进来了。有人帮她把笼屉抬上屋内仅有的一只方桌。屉内是一个个匀匀的大馒头。洋夫人转身又提上一洋铁桶的粉丝汤。我和我的朋友连忙告辞。

我们在回校的路上,直猜测:这餐晚饭,厂长是和工人同吃?还是回家和夫人同吃?这一笼屉大馒头,是就近买现成的?还是自己发面做的？馒头和粉丝汤，是由水路运来？还是由陆路运来？搬运的也许只是一桶粉丝汤？反正这位厂长夫人是够辛苦、够劳累的。我们曾参观过些工厂，如苏州的火柴厂、砖瓦厂，却从未见过这么简陋的工厂。玻璃厂如此简陋，那么，厂长的大哥是怎么样的将军，二哥是怎么样的旅社老板，好像也可想而知。

我的朋友不想再跟洋夫人学法文。她说："下回你自己去吧，我不陪你了。"

以后我就抱了一本字典去上课。我能胡乱造几句不合文法的句子。洋夫人对我说话，一个字一个字说。我不懂就查字典，这个字不合用再另查一个。我们一面反反复复地讲，一面查字典，还手脚并用地比划，表达语言所不达的意思，居然也能通话。例如我说："你这儿很美。"她就有一肚子话要告诉我。她说："我不爱大家庭，""大家庭不好，奢侈，懒惰，不工作，一天到晚打麻将。"她说，她丈夫有个离了婚的夫人也住在大家庭里。她讲自己生了孩子，顿顿只吃粉丝汤（她家墙上就挂着两卷干粉丝，指一指我就明白）。不知虐待她的是哥哥嫂子，还是那位原配夫人，我没好意思盯着问；也记不起以上的话是一次或多次讲明的。

我曾注意到她左手无名指上的结婚戒指制作粗劣，金色不正。后来我看见上面有清清楚楚的"大联珠"三字。我知道"大联珠"香烟，这戒指是香烟牌子抽签中彩的头等或二等奖品吧？不是配着指头大小打造的，拉长了是一条，两端稍薄稍窄，可以随手指的大小合成一圈。洋夫人是戴着玩儿吗？不！她很郑重地老戴着。她耳上戴一副洋金镶宝的小耳环，右手戴一枚洋金镶宝的戒指,并不珍贵,却都制作精巧。她不是没见过金饰的。不知那位皱面先生怎样向洋夫人解释"大联珠"那三个字。

一次她说要给我看一件东西。她到卧房去取,我跟到卧房门口等待。卧房在堂屋东旁,门开在墙壁北头,北墙上有个朝北的小窗,投入阳光。我抬头看到门旁墙上挂着一副带镜框的大照片,照片的背景是一座洋房的侧面,正中是一大片草坪,前排椅上坐着几位年长的洋人,都很神气,后面站着许多年轻漂亮的男女青年。有个面颊丰润、眼波欲动的美丽姑娘,看来很像洋夫人。我等她出来了问她。她点头,一面指点说:这是她爸爸,这是妈妈,她指的就是她自己,其他是弟兄姊妹嫂子等;这一幅"合家欢"是她离家前照的。

据说,她父亲是玻璃厂厂长;她丈夫在比利时留学的时候,在她父亲的厂里实习。

照片上的洋夫人还是个很可爱的美丽姑娘。那时候,皱面先生大概面皮也还没皱吧?——至少没那么皱。他相貌原也不错。是厂长小姐看中了这位留学生?还是留学生迷上了洋姑娘?反正他们俩准是双双堕入情网,甜蜜得像蜜里的苍蝇,于是有情人终成眷属。女方父母是否同意这头婚事呢?合家欢的照片上没有皱面先生。洋夫人显然没带走任何嫁妆。不知这位留学生用什么仪式和姑娘行了婚礼。这位洋夫人是很虔诚的基督徒,也是很拘谨的女人,决不肯未行婚礼而跟人逃走,"在罪孽中生活"。而且她得嫁给同样信仰的人。皱面先生是天主教徒,或许就因为要娶她而进教的吧?天主教不准结婚,可是离过婚的人想必也准进教。

她给我看的是一小方旧报纸——只两节手指那么大小的一

个扁方块儿,上面是芝麻点儿似的细字,声明某某(皱面先生的大名)已与某某离婚。不知那是什么报纸,上面也没有年、月、日,显然是报纸末尾最没人注意的"寻人"或"招觅失物"栏目里的。

洋夫人想是要问,这小小一片报纸,是否是合法的证件。我不记得她怎么问,我怎么答。反正,我既然一看报纸就了解她的用意;么么,她看到我无心中流露的表情,当然也不用再等我回答。她必定在仔细观察。我不用自幸不会说法语。

我自从看清了那枚结婚戒指,看到了那幅合家欢的照片,看到了那一小方报纸上的离婚启事,觉得自己也参与了什么欺骗似的,心上不安,不愿再到洋夫人家去,我送了些礼物,撒谎说功课忙,就没再见她。

又过了不多久,大姐姐告诉我说,那比利时女人回国了。据说,皱面先生当着洋夫人对他们信奉的天主发誓:他如果欺骗她,天主降罚,让他们的女儿死掉。那个女儿果真死了。洋夫人不料这家伙竟敢亵渎神明,而且忍心把爱女作牺牲。她立即通知教会,请联系比利时驻中国领事馆。她就由领事馆送回家乡。

我设想她父母看到花朵儿似的女儿,变成了一片干叶子,孤单单一人回家,不知该多么心痛。我又设想,皱面先生准是经常的四面赔笑,才笑成满脸褶子。他大概得经常向赡养他原配夫人的哥嫂们赔笑,向自己的原配夫人赔笑,更得向洋夫人赔笑——使劲儿的赔笑又赔笑,可是还不行。他要洋夫人放心,只好横横心,发了那个誓。谁知道他那个苍白的乖女儿竟应声而死。他想必又赔着笑,和老妻重圆了——反正他们两口子压根儿没有离婚。那临水人家……到现在,不知还留下些什么痕迹。

我闭上眼睛,还能看见河岸上那几棵古老的垂杨、柳条掩映着那个临水人家——好一幅诱人神往的美景!

一九九四年四月一日
于病中

车过古战场

——追忆与钱穆先生同行赴京

读报得知钱穆先生以九十六岁高龄在台北逝世的消息,默存和我不免想到往日和他的一些接触,并谈起他《忆双亲》一书里讲他和默存父亲交谊的专章。那章里有一节讲默存,但是记事都错了。九月五日晚,我忽得台北《中国时报》《人间副刊》季季女士由台北打来电话(季季女士前曾访问舍间),要我追记钱穆先生和我"同车赴北京"(当时称"北平")的事。虽然事隔多年,我还约略记得。我问季季女士:"我说他记错了事可以吗?"她笑说:"当然可以。"不过我这里记他,并不是为了辨错,只是追忆往事而已。

钱穆先生在一篇文章里提及曾陪"钱锺书夫人"同赴北京。他讲的是一九三三年初秋的事。我还没有结婚,刚刚"订婚",还算不得"钱锺书夫人"。五十、六十年代的青年,或许不知"订婚"为何事。他们"谈恋爱"或"搞对象"到双方同心同意,就是"肯定了"。我们那时候,结婚之前还多一道"订婚"礼。而默存和我的"订婚",说来更是滑稽。明明是我们自己认识的,明明是我把默存介绍给我爸爸,爸爸很赏识他,不就是"肯定了"吗?可是我们还颠颠倒倒遵循"父母之命,媒妁之言"。默存由他父亲带来见我爸爸,正式求亲,然后请出男女两家都熟识的亲友做男家女家的媒人,然后,(因我爸爸生病,诸事从简)在苏州某饭馆摆酒宴请两家的至亲好友,男女分席。我茫然全不记得"订"是怎么"订"的,只知道从此我是默存的"未婚妻"了。那晚,钱穆先生也在座,参与了这个订婚礼。

我那年考取清华大学研究院外文系,马上就要开学。钱穆先生在燕京大学任职,不日也将北上。我未来的公公在散席后把我介绍给"宾四先生",约定同车北去,请他一路照顾。其实这条路我单独一人也走过一次,自以为够老练了。动身那天,默存送我到火车站和宾四先生相会,一同把行李结票,各自提着随身物件上车。

那时候从苏州到北京有三十七八个小时的旅程。轮渡还在准备中。到那年冬天,我从北京回苏州,才第一次由轮船载了车厢过江(只火车头不过江)。但那年秋天,火车到南京后,已不复像以前那样需换站到下关摆渡,再上津浦段的车。南北两站隔江相对。车厢里的人和货车里的货全部离开火车,摆渡过江。记得好像是货物先运过去,然后旅客渡江,改乘北段的火车。宾四先生和我同坐在站上的椅子里等待,看着站上人夫像蚂蚁搬家似的把大件、小件、软的、硬的各项货物(包括一具广漆棺材)抬运过去。宾四先生忽然对我说:"我看你是个有决断的人。"我惊问:"何以见得?"他说:"只看你行李简单,可见你能抉择。"我暗想,你没看见我前一次到北京时带的大箱子、大铺盖呢,带的全是无用之物。我这回有经验了。可是我并没有解释,也没有谦逊几句,只笑了笑。

我们买的是三等坐席,对坐车上,彼此还陌生,至多他问我答,而且大家感到疲倦,没什么谈兴。不过成天对坐,不熟也熟了。到吃饭时,我吃不惯火车上卖的油腻腻、硬生生的米饭或面条,所以带匣儿饼干和一些水果。宾四先生很客气,我请他吃,他就躲到不知哪里去了。后来我发现他吃的是小包的麻片糕之类,那是当点心的。每逢停车,站上有卖油豆腐粉汤之类的小贩。我看见他在那里捧着碗吃呢,就假装没看见。我是一个学生,向来胃口不佳,食量又小,并不觉得自己俭朴。可是看了宾四先生自奉菲薄,很敬重他的俭德。

车过了"蔚然而深秀"的琅玡山,窗外逐渐荒凉,没有山,没有水,没有树,没有庄稼,没有房屋,只是绵延起伏的大土墩子。火车走了好久好久,过了蚌埠,窗外景色还是不改。我叹气说:"这段路最乏味了。"宾四先生说:"此古战场也。"经他这么一说,历史给地理染上了颜色,眼前的景物顿时改观。我对绵延多少里的土墩子发生了很大的兴趣。宾四先生对我讲,哪里可以安营(忘了是高处还是低处),哪里可以冲杀。尽管战死的老百姓朽骨已枯、磷火都晒干了,我还不免油然起了吊古之情,直到泰山在望,才离开这片辽阔的"古战场"。

车入山东境,车站迫近泰山,山好像矗立站边。等火车开动,宾四先生谈风健了。他指点着告诉我临城大劫案的经过(可惜细节我已忘记),又指点我看"抱犊山"。山很陡。宾四先生说,附近居民把小牛犊抱上山冈,小牛就在山上吃草——我忘了小牛怎么下冈,大约得等长成大牛自己下山。

我对宾四先生已经不陌生了。不过车到北京,我们分手后再也没有见面。我每逢寒假暑假总回苏州家里度假,这条旅途来回走得很熟,每过"古战场",常会想到宾四先生谈风有趣。

一九八五年,苏州市举行建城二千五百年纪念大会。默存应主办单位的要求,给宾四先生写了一封信,邀请他回大陆观礼。默存的信写错了年份,把"明年"写成"今年",把"二千五百年"写成"二千年",主办单位把信退回,请他改正重写。我因而获得这封作废的信。我爱他的文字,抢下没让他撕掉(默存写信不起草稿,也不留这类废稿)。宾四先生没有回信,也没有赴请。如果他不忆念故乡,故乡却没有忘记他,所以我把此信附录于后。

一九九一年一月

附 录

钱锺书致钱穆书

宾四宗老大师道座：契阔暌违，忽五十载。泰山仰止，鲁殿岿存，远播芳声，时殷遐想。前岁获睹大著忆旧一编，追记先君，不遗狂简，故谊亲情，感均存殁。明年苏州市将举行建城二千五百年纪念大会。此间人士佥以公虽本贯吾邑，而梓乡与苏接壤，处廉让之间，又卜宅吴门，乃古方志所谓"名贤侨寓"。且于公钦心有素，捧手无缘，盛会适逢，良机难得，窃思届时奉屈贲临，以增光宠，俾遂瞻对。区区之私，正复齐心同愿。"旧国旧乡，望之畅然，而况于闻闻见见"，庄生至言，当蒙忻许，渴盼惠来。公家别具专信邀请，敬请片楮，聊申劝驾之微忱。衬拳边鼓，力薄而意则深也。即叩春安不备。

宗末锺书上

杨　绛同候

一九八五年二月三日

纪念温德先生

温德(Robert Winter)先生享年百岁,无疾而终。

五十多年前,我肄业清华研究院外文系,曾选修温德先生的法国文学课(他的专业是罗曼语系文学)。锺书在清华本科也上过他两年课。一九四九年我们夫妇应清华外文系之邀,同回清华。我们拜访了温德先生。他家里陈设高雅,院子里种满了花,屋里养五六只暹罗猫,许多青年学生到他家去听音乐,吃茶点,看来他生活得富有情趣。当时,温先生的老友张奚若先生、吴晗同志等还在清华院内,周培源、金岳霖先生等都是学校负责人。据他们说:温先生背着点儿"进步包袱",时有"情绪";我们夫妇是他的老学生,他和锺书两人又一同负责研究生指导工作,我们该多去关心他,了解他。我们并不推辞。不久,锺书调往城里工作,温先生就由我常去看望。

温先生的"情绪"只是由孤寂而引起的多心,一经解释,就没有了。他最大的"情绪"是不服某些俄裔教员所得的特殊待遇,说他们毫无学问,倒算"专家",月薪比自己所得高出几倍。我说:"你凭什么和他们比呢?你只可以跟我们比呀。"这话他倒也心服,因为他算不得"外国专家",他只相当于一个中国老知识分子。

据他告诉我:他有个大姐九十一岁了,他是最小的弟弟;最近大姐来信,说他飘零异国,终非了局,家里还有些产业,劝他及早回国。我问:"你回去吗?"温先生说:"我是美国黑名单上的人,怎能回去。况且我厌恶美国,我不愿回去。我的护照已过期多年,我早已不是美国人了。"我听说他在昆明西南联大的时候,跟着进步师生游行反美。抗美援朝期间,他也曾公开控诉美国。他和燕京大学的美籍教师都合不来。他和美国大使馆和领事馆都绝无来往。换句话说,他是一个丧失了美国国籍的人,而他又不是一个中国人。

据温先生自己说:他是吴宓先生招请到东南大学去的;后来他和吴宓先生一同到了清华,他们俩交情最老。他和张奚若先生交情也很深。我记得他向我谈起闻一多先生殉难后,他为张奚若先生的安全担忧,每天坐在离张家不远的短墙上遥遥守望。他自嘲说:"好像我能保护他!"国民党在北京搜捕进步学生时,他倒真的保护过个别学生。北京解放前,吴晗、袁震夫妇是他用小汽车护送出北京的。

温先生也许是最早在我国向学生和同事们推荐和讲述英共理论家考德威尔(Christopher Caudwell)名著《幻象和现实》(*Illusion and Reality*)(1937)的人。有一个同事在学生时代曾和我同班上温德先生的课,他这时候一片热心地劝温德先生用马列主义来讲释文学。不幸他的观点过于褊狭,简直否定了绝大部分的文学经典。温德先生很生气,对我说:"我提倡马克思主义的时候,他还在吃奶呢!他倒来'教老奶奶嗑鸡蛋'!"我那位同事确是过"左"些,可是温德先生以马克思主义前辈自居,也许是所谓背了"进步包袱"。

三校合并,温德先生迁居朗润园一隅,在荷塘旁边。吴晗同志花三百元买了肥沃的泥土,把温德先生屋外的院子垫高一厚层。温德先生得意地对我说:"你知道吗?这种泥土,老农放在嘴里一嚼就知道是好土,甜的!"好像他亲自尝过。他和种花种菜的农民谈来十分投合。他移植了旧居的花圃,迁入新屋。他和修屋的工人也交上朋友,工人们出于友情,顺着他的意思为他修了一个天窗。温德先生夏天到颐和园游泳,大概卖弄本领(如仰卧水面看书),吸引了共泳的解放军。他常自诩"我教解放军游泳",说他们浑朴可亲。

温德先生有一两位外国朋友在城里,常进城看望。他告诉我们他结识一位英国朋友,人极好。他曾多次说起他的英国朋友。那时候,我们夫妇已调到文学研究所,不和温德先生同事了。

一九五五年肃反运动,传闻温德先生有"问题",我们夫妇也受到"竟与温德为友"的指摘。我们不得不和他划清界限。偶尔相逢,也不再交谈,我们只向他点个头,还没做到"站稳立场",连招呼也不打。后来知道他已没有"问题",但界限既已划清,我们也不再逾越了。

转眼十年过去。一九六六年晚春,我在王府井大街买东西,正过街,忽在马路正中碰到扶杖从对面行来的温德先生。他见了我喜出意外,回身陪我过街,关切地询问种种琐事。我们夫妇的近况他好像都知道。他接着讲他怎样在公共汽车上猛摔一跤,膝盖骨粉碎,从此只能在平地行走,上不得楼梯了。当时,我和一个高大的洋人在大街上说外国语,自觉惹眼。他却满不理会,有说有笑,旁若无人。我和他告别,他还依依不舍,仔细问了我的新住址,记在小本子上。我把他送过街,急忙转身走开。

不久爆发了"文化大革命"。温德先生不会不波及,不过我们不知道他遭遇的详情。十一届三中全会后,忽报载政府招待会上有温德教授,我们不禁为他吐了一口气,为他欣喜,也为他放心。温德先生爱中国,爱中国的文化,爱中国的人民。他的友好里很多是知名的进步知识分子。他爱的当然是新中国。可是几十年来,他只和我们这群"旧社会过来的知识分子"共甘苦、同命运。这回他终于得到了我们国家的眷顾。

去年,我偶逢戴乃迪女士,听说她常去看望温德,恍然想到温德先生所说的英国好友,谅必是她。我就和她同去看温德先生。自从王府井大街上偶然相逢,又二十年不见了。温德先生见了戴乃迪女士大为高兴,对我说:"这是我最好的朋友!"我猜得显然不错。至于我,他对我看了又看,却怎么也记不起我了。

一九八七年一月

记似梦非梦

这里我根据身经的感觉,写几桩想不明白的事。记事务求确实,不容许分毫想象。

我六七岁上小学的时候,清早起床是苦事,因为还瞌睡呢,醒都醒不过来。有一次,我觉得上下眼皮胶住了,掰也掰不开。我看见帐外满室阳光,床前椅上搭着衣服,桌上有理好的书包,还有三姐临睡吹灭的灯——有大圆灯罩的洋油灯。隔着眼皮都看得清清楚楚,只是睁不开眼。后来姐姐叫醒了我。我睁眼只见身在帐中,帐外的东西什么也看不见,因为帐子是布做的。我从未想到核对一下帐外所见和闭眼所见是否相同,也记不起那是偶然一次还是多次。只因为我有了以后的几次经历,才想到这个问题。

一九三九年夏,我住在爸爸避难上海时租居的寓所。那是两间大房间、一个楼面和一个盥洗室。朝南的一大间爸爸住。朝北的一大间我大姐和阿必住,我带着女儿阿圆也挤在她们屋里。房子已旧,但建筑的"身骨"很结实。厚厚的墙,厚厚的门,门轴两端是圆圆的大铜球,开门关门可以不出声响。

一次,阿必半夜到盥洗室去。她行动很轻,我并未觉醒——也许只醒了一半。我并未听见她出门,只觉得自己醒着。我看见门后有个黑鬼想进门,正在转动门球,慢慢地,慢慢地,慢慢地,这黑鬼在偷偷儿开门。于是门开了一缝,开了一寸、二寸、三寸、半尺、一尺,黑鬼挨身进门来了。我放声大叫,叫了才知道自己是从梦中醒来。大姐立即亮了灯。爸爸从隔室也闻声赶来。

我说:"看见门背后一个黑鬼,想进来,后来真进来了。"

阿必在门边贴墙站着,两手护着胸,怪可怜地说:"绛姐,你把我吓死了!我知道你警醒,我轻轻地、轻轻地……"

她形容自己怎么慢慢儿、慢慢儿转动门球,正像我看见的那样。黑鬼也正是阿必的身量。

爸爸对我说:"你眼睛看到门背后,太灵了,可是连阿必都不认识,又太笨了!"

大家失惊之余,禁不住都笑起来。爸爸放心回房,我们姊妹重又安静入睡。事后大家都忘了。

可是我想不明白。我梦中看见门背后的黑鬼,怎么正是黑地里的阿必呢?我看见黑鬼的动作,怎么恰恰也是阿必的动作呢?假如是梦,梦里的境界是不符真实的。假如不是梦,我怎么又能看到门的背后呢?

一九四二和一九四三年,锺书和我住在他叔父避难上海时租赁的寓所,我们夫妇和女儿阿圆住二楼亭子间。亭子间在一楼和二楼之间,又小又矮,夏天闷热,锺书和阿圆受不了,都到我婆婆的朝北大房间里打地铺去了。我一人睡大床。大床几乎占了亭子间的全部面积。床的一头和床的一侧都贴着墙壁。另一侧的床沿,离门框只有一寸之地。我敞着门,不停地挥扇,无法入睡。天都蒙蒙亮了。我的脸是朝门的,忽然看见一个贼从楼上下来。他一手提着个包裹,一手拿着一根长长的东西,弓着身子,蹑足一级一级下楼,轻轻地,轻轻地,怕惊醒了人似的。我看出他是要到我屋里来。我眼看着他一级一级下楼,眼看着他走到我的门口。他竟跨进房间,走到我床前来了。我惊骇失声,恍惚从梦中醒来,只听得锺书的声音说:"是我,是我,别吓着。"我一看,可不是他!一手提着个草芯枕头,一手拿着一卷席子。他睡了一觉来看看我。朝北的大房间,早上稍有凉意,他想回房在自己大床上躺会儿。可是想不到亭子间照样闷热,他还是待不住,带着枕席还是逃走了。

我躺在床上,一面挥扇,一面直在琢磨。我睡着了吗?我梦里看见的贼不正是锺书吗?假如我不是做梦,那么,我床头的那堵墙,恰好挡住楼道。楼梯有上下两折,下楼十几级,上楼七八级。亭子间墙外是楼梯转折处的一个小平台,延伸过来有一小方地,是打电话的立足之地。亭子间的门对着一小片墙,墙上安着电话机。我躺在床上,只能看到门外的电话机,无论如何看不见上楼下楼的人,除非我的眼睛能透过墙壁。我到底是做梦,还是醒着呢?我想不明白。

一九五四年夏,文化部召开全国翻译会议。我妹妹杨必以代表身份到北京开会,住在我家。我家那时住中关园的小平房。中间是客厅,东侧挡上一个屏风,算书房。西侧是朝南、朝北的两间卧房。当时朝南卧房里放一张大床,是我和锺书的卧房,朝北是阿圆的卧房。锺书怕热,我特为他买一张藤绷的小床,放在东侧书房里。阿必来了,我们很开心。我有个外甥女儿正在北京上大学,知道必阿姨来,也来趁热闹。她也是我们全家非常喜爱的人,大家叫她"妹妹",阿圆称她"妹妹姐姐"。"妹妹"和阿必都是最受欢迎的人。她们俩都来欢聚,我家十分快乐。晚上"妹妹"也留宿我家。

"妹妹"有点儿发烧,不知什么病,体温高了一度左右。我让阿必睡在阿圆房里,叫"妹妹"睡在我的大床上,我便于照顾,同时也不怕传染那两个身体娇弱的阿必和阿圆。

天晚了,大家回房睡觉。各房的灯都已经灭了。"妹妹"央求说:"四阿姨,讲个鬼故事。"

我讲了一个。"妹妹"听完说:"四阿姨,再讲一个。"

我讲完第二个,就说:"得睡了,不讲了。""妹妹"很听话。我们两人都静静躺着。

忽然,我看见锺书站在门外。我就说:"你要什么?"

他说:"还没睡吗?我怕你们睡了。"

他要的什么东西我记不得了,大约是花露水、爽身粉之类。我开了灯,起床开了门,把东西给他。然后关上门,又灭灯睡觉。

"妹妹"说:"四阿姨,四阿姨。"

我以为她还要我讲鬼故事,她却是认真地追问:"你怎么知道四姨夫在外面?"

我是看见的。可是我怎么能看见呢?不用说黑地里看不见,即使亮着灯也看不见,门上虽有玻璃,我挂着两重窗帘呢。因为这间是卧室,我不愿客厅里的人能望见卧室。

我想了想,自己给自己解释似的说:"大概我听见了脚步声。"

"没有声音。一点都没有。真的,四阿姨,没一点声音。"

穿了布底鞋在客厅的水泥地上轻轻地走,可以没有脚步声,可以没一点声音。我实验过。

"四阿姨,我觉得你睡着了。后来你一跳,就问四姨夫要什么。"

那么,是我做梦看见他了?可是他确实是站在门外啊。

当时我没法回答,只摆出长辈的架势,命令说:"不多话了,睡!"

"妹妹"乖乖地翻身朝里睡了。第二天她也忘了,没有追问。

我倒是问了锺书:"你在门口站了多久?"

他说:"才站一站,听听。"他也没追问我怎么知道他在门外。

我心上却时常琢磨自己的梦和醒的分界。我设想,大约我将醒未醒,将睡未睡的时候,感官不坚守岗位,而是在我的四周浮动。我记得一九三五年我没到清华放暑假就赶早回苏州老家,人未到家,爸爸午睡时忽然感觉到我回家了,也该是半睡半醒中感到的吧?只是我并不在他身边,我还在火车站,或是由车站回家的途中。我的心已飞回家中。爸爸称为"心血来潮",和我以上所说的经验稍有不同。

这都是我想不明白的事,所以据实记下,供科学家做研究资料。

一九九三年十月二十一日
(时在病中)

小 吹 牛

我时常听人吹牛,豪言壮语,使我自惭渺小。我也想吹吹牛"自我伟大"一番,可是吹来却"鬼如鼠"。因为只是没发酵的死面,没一点空气。记下三则,聊供一笑。

第 一 则

我小时,在天主教会办的启明女塾上学,住宿在校。我们一群小女孩儿对嬷嬷(修女)的衣着颇有兴趣。据说她们戴三只帽子,穿七条裙子。我恨不能看看三只帽子和七条裙子是怎么穿戴的。

启明称为"外教学堂",专收非教徒学生。天主教徒每年春天上佘山瞻礼,启明也组织学生上佘山。我两个姐姐都去,可是小孩子是不参加的。我当时九岁,大姐姐不放心扔下我一人在校,教我找"校长嬷嬷"去"问准许"——就是要求去,问准不准。校长嬷嬷很高兴,一口答应。我就跟着穿裙子的大同学同去。

带队的是年老的锦嬷嬷,她很喜欢我,常叫我"小康康"。我们乘小船到佘山,上山"拜苦路"等等,下山回船休息,第二天就回校。当晚沿着船舱搭铺,两人合睡一铺,锦嬷嬷带我睡。她等大伙都睡下,才在洋油灯下脱衣服。我装睡,眯着眼偷看。她脱下黑帽子,里面是雪白的衬帽,下面又有一只小黑帽。黑衣黑裙下还有一条黑衬裙,下面是雪白的衬衣衬裙,里面是黑衣黑裤。帽子真有三只,裙子却没有七条,至多三条。以后我就睡着了。

锦嬷嬷第二天关心地说:"小康康跑累了,晚上直踢被窝,我起来给她盖了三次被子。"我有点心虚。我忍着困不睡,为的是要看她脱衣脱帽,她却直怜我累了。

事后我很得意。谁会跟嬷嬷一个被窝睡觉呢?只有我呀!

第 二 则

我刚进东吴大学,女生不多,排球队里我也得充当一员。我们队第一次赛球是和邻校的球队,场地选用我母校的操场。大群男同学跟去助威。母校球场上看赛的都是我的老朋友。轮到我发球。我用尽力气,握着拳头击过一球,大是出人意外。全场欢呼,又是"啦啦",又是拍手,又是喜笑叫喊,那个球乘着一股子狂喊乱叫的声势,竟威力无穷,砰一下落地不起,我得了一分(当然别想再有第二分)。

当时两队正打个平局,增一分,而且带着那么热烈的威势,对方气馁,那场球赛竟是我们胜了。

至今我看到电视荧屏上的排球赛,想到我打过网去的一个球,忍不住悄悄儿吹牛说:"我也得过一分!"

第 三 则

上海沦陷期间,我担任校长的中学停办,我在一所小学里当代课教师。我同伙的几个小学教师都二十来岁。我年长些,不过看来也差不多。我们都很要好,下学总等齐了一同乘有轨电车回家。那是第一站的空车,上车的只我们几个。司机淘气,故意把车开得摇摇晃晃,逗得我同伙又惊又叫又笑。我却是没有放下架子,端坐一旁,不声不响。这路车的头几站没有旁的乘客,司机和售票员和我的同伙有说有笑,我总是默默无言。有一次,售票员忍着笑,无限同情地讲他同事某某:"伊肚皮痛啦",一天找错了不知多少钱,又不能下车。我忽然觉得他们不是什么"开车的""卖票的",而是和我一样的人。我很自然地加入了他们的圈子。他们常讲今天某人家里有什么事,待会儿得去替他;或是某人不善心算,老找错钱,每天赔钱;又讲查账的洋人怎么厉害等等。我说话不多,也许他们觉得我斯文些,不过我已成了他们的同伙。

这路车渐入闹市,过大马路永安公司是最热闹的一段。我有一次要到永安公司买东西,预先站在司机背后等下车。车到站,我却忘了下车;等车开了,我忽然"啊呀"一声。司机并不回头,只问"那能啦?"我说忘了下车。他说:"勿要紧,送侬到门口。"永安公司的大门在交叉路口,不准停车的。可是司机把车开得很慢,到了那里,似停非停的停了一下。他悄悄儿把铁栅拉开一缝,让我溜下车,电车就开了。我曾由有轨电车送到永安公司门口,觉得大可自诩。

一九九一年三月

黑皮阿二

日军侵华,上海已沦陷。苏州振华女校特在上海开了个分校,在租界的孤岛上开学,挂上学校的牌子。我好比"狗耕田",当了校长。我们的事务主任告诉我,凡是挂牌子的(包括学校),每逢过节,得向本区地痞流氓的头儿送节赏。当时我年纪未满三十,对未曾经历的事兴趣甚浓。地痞流氓,平时逃避都来不及,从不敢正面相看,所以很想见识见识他们的嘴脸。

恰逢中秋佳节,讨赏的来了一个又一个。我的模样既不神气,也不时髦,大约像个低年级的教师或办公室的职员,反正绝不像校长。我问事务主任:"我出去看看行不行?"他笑说:"你看看去吧。"

我冒充他手下的职员,跑到接待室去。

来人身材矮小,一张黑皱皱的狭长脸,并不凶恶或狡猾。

我说:"刚开发了某某人,怎么又来了?"

他说:"××啊?伊是'瘪三'!"

"前天还有个××呢?"

他说:"伊是'告化甲头'。"

我诧异地看着他问:"侬呢?"

他翘起大拇指说:"阿拉是白相人啦!"接着一口气列举上海最有名的"白相人",表示自己是同伙。然后伸手从怀里掏出一张名片。这张名片纸质精良,比通常用的窄四分之一,名字印在上方右侧,四个浓黑的字:"黑皮阿二"。

我看着这枚别致的名片,乐得心上开花。只听他解释说:"阿拉专管抢帽子、抢皮包。""专管"云云,可以解作专干这件事,也可以解作保管不出这种事。我当时恰似小儿得饼,把别的都忘了,没再多听听他的宏论,忙着进里间去向事务主任汇报,让他去对付。

我把这枚希罕的名片藏在皮包里,心想:我这皮包一旦被抢,里面有这张名片,说不定会有人把皮包还我。他们得讲"哥儿们义气"呀!可惜我几番拿出来卖弄,不知怎么把名片丢了。我也未及认清那位黑皮阿二。

一九八八年十二月

钱锺书离开西南联大的实情

一九三九年暑假,锺书由昆明西南联大回上海探亲,打算过完暑假就回校。可是暑假没过多久,他就接到他父亲来信,说自己年老多病,远客他乡,思念儿子,又不能回沪。当时他父亲的老友廖茂如先生在湖南蓝田建立师范学院,要他父亲帮忙,他父亲就在蓝田师范任职,并安排锺书到蓝田师范当英文系主任,锺书可陪侍父亲,到下一年暑假,父子俩可结伴同回上海。锺书的母亲,弟弟,妹妹,连同叔父,都认为这是天大好事。有锺书陪侍他父亲,他们都可放心;锺书由他父亲的安排,还得了系主任的美差。这不就完善得"四角俱全"了吗?锺书不是不想念父亲。但是清华破格聘他为教授,他正希望不负母校师长的期望,好好干下去。他工作才一年,已经接了下一年的聘书,怎能"跳槽"到蓝田去当系主任呢?他又不想当什么系主任。即使锺书这么汲汲"向上爬",也不致愚蠢得不知国立清华大学和湖南蓝田师院的等差。不论从道义或功利出发,锺书决没有理由舍弃清华而到蓝田师院去。锺书没有隐瞒他的为难。可是家里人谁也不理睬,谁也不说一句话,只是全体一致,认为他当然得到蓝田去,全体一致保持严肃的沉默。锺书从小到大,从不敢不听父亲的话(尽管学术上提出异议),他确也不忍拂逆老父的心愿。我自己的父亲很"民主",从不"专孩子的政",可是我们做儿女的也从不敢违抗父亲。现代的青年人，恐怕对这点不大理解了。锺书表示为难，已有倔强之嫌；他毕竟不敢违抗父命。他父亲为师院聘请的人，已陆续来找锺书。他父亲已安排停当；找这人那人，办事那事。锺书在家人的压力下，不能不合作。可是就此舍弃清华，我们俩都觉得很不愿意。

我们原先准备同过一个愉快的暑假，没想到半个暑假只在抗衡不安中过去。拖延到九月中旬，锺书只好写信给西南联大外语系主任叶公超先生，说他因老父多病，需他陪侍，这学年不能到校上课了。（参看《吴宓日记》第七册74页"1939年9月21日，8:30回舍，接超［叶公超］片约，即至其宅，悉因钱锺书辞职别就，并谈商系中他事。"）锺书没有给梅校长写信辞职，因为私心希望下一年暑假陪他父亲回上海后重返清华。

叶公超先生没有任何答复。我们等着等着，不得回音，料想清华的工作已辞掉。十月十日或十一日，锺书在无可奈何的心情下，和兰田师院聘请的其他同事结伴离开上海，同往湖南兰田。他刚走一两天，我就收到沈茀斋先生（梅校长的秘书长，也是我的堂姐夫）来电，好像是责问的口气，怪锺书不回复梅校长的电报。我莫名其妙。梅校长并没来什么电报呀！我赶紧给茀斋哥回了电报，说没接到梅校长的电报，锺书刚刚走。同时我立即写信告诉锺书梅校长发来电报，并附去茀斋哥的电报。信寄往兰田师院。

我曾在报纸上看到有人发表钱锺书致梅贻琦和沈履（即沈茀斋）信，我没见到过锺书这两封信，值得重抄一遍。钱锺书致沈履信如下：

茀斋哥道察：十月中旬去沪入湘，道路阻艰，行李繁重，万苦千辛,非言可尽,行卅四日方抵师院,皮骨仅存,心神交瘁,因之卧病,遂阙音书。十四日得季康书云,公有电相致云虽赴湘亦速复梅电云云,不胜惊怵。不才此次之去滇,实为一有始无终之小人。此中隐情,不堪为外人道。老父多病,思子欲痗,遂百计强不才来,以便明夏同归。其实情如此,否则虽茂如相邀,未必遽应。当时便思上函梅公,而怯于启齿。至梅公赐电,实未收到,否则断无不复之理。向滇局一查可知也。千差万错,增我之罪。静焉思之,惭愤交集。急作书向梅公道罪。亦烦吾兄婉为说辞也……昆明状态想依然。此地生活尚好,只是冗闲。不知明年可还我自由否。匆匆不尽。书已专函寄梅公矣。即颂

近安

小弟 锺书顿首 十二月五日

钱锺书致梅贻琦信如下:

月涵校长我师道察:七月中匆匆返沪,不及告辞。疏简之罪,知无可逭。亦以当时自意假满重来,侍教有日,故衣物书籍均在昆明。岂料人事推排,竟成为德不卒之小人哉。九月杪屡欲上书,而念负母校庇荫之德,吾师及芝生师栽植之恩,背汗面热,羞于启齿。不图大度包容,仍以电致。此电寒家未收到,今日得妇书,附莘斋先生电,方知斯事。六张五角,弥增罪戾,转益悚惶。生此来有难言之隐,老父多病,远游不能归,思子之心形于楮墨。遂毅然入湘,以便明年侍奉返沪。否则熊鱼取舍,有识共知,断无去滇之理。尚望原心谅迹是幸。书不尽意。专

肃即叩

钧安

门人　钱锺书顿首上　十二月五日

致沈履信所说"十四日得季康书",当是十一月十四日,钱锺书到达兰田师院的日子,因为他路上走了三十四天。给梅校长信上的"今日",当是泛说"现在"。他跋涉一个多月到达兰田,方知梅校长连着给了他两个电报。他不该单给叶先生写信而没给梅校长写信,这是他的疏失。梅校长来电促他回校,实在是没想到的"大度宽容"。不知前一个电报是由谁发的、什么时候发的。我们确实没有收到。不知校方是否查究过这个电报的下落。第二个电报偏又迟到了一两天。如果锺书及时收到任何一个电报,他是已经接了聘约的,清华没解聘,他就不能擅离本职另就他职。他有充分理由上禀父母。他可以设法去看望父亲而不必离开清华。命运就是这么别扭。工作才开始,就忙不迭地跳出去"高升"了,不成了一个"为德不卒""有始无终"的"小人"吗!锺书所谓"难言之隐""不堪为外人道"的"隐情",说白了,只是"迫于严命",而锺书始终没肯这么说。做儿子的,不愿把责任推给父亲,而且他自己也确是"毅然入湘"。锺书就是在这样的情况下,离开了西南联大。

一九九九年五月

怀念石华父

石华父是陈麟瑞同志的笔名。他和夫人柳无非同志是我们夫妇的老友。抗战期间,两家都在上海,住在同一条街上,相去不过五分钟的路程,彼此往来很密。我学写剧本就是受了麟瑞同志的鼓励,并由他启蒙的。

在我们夫妇的记忆里,麟瑞同志是最随和、最宽容的一位朋友。他曾笑呵呵指着默存对我说:"他打我踢我,我也不会生他的气。"我们每想到这句话,总有说不尽的感激。他对朋友,有时像老大哥对小孩子那么纵容,有时又像小孩子对老大哥那么崇敬。他往往引用这位或那位朋友的话,讲来满面严肃,好像是至高无上的权威之论。后来那几位朋友和我们渐渐熟识,原来他们和麟瑞同志一样,并不以权威自居。他们的话只是朋友间随意谈论罢了,麟瑞同志却那么重视。他实在是少有的忠厚长者、谦和君子。

去年,我在报纸上读到一篇《陈麟瑞先生二三事》[①],作者吴岩是麟瑞同志在暨南大学教过的学生;据说麟瑞同志是最认真、最严格的老师。我想,他的温厚谦虚,也许正出于他对待自己的严格认真。他对自己剧作的要求,显然比他对学生功课上的要

---

① 见《新民晚报》(一九八四年四月二十四日)。

求更加严格认真。

据吴岩同志的记述,一九六五年,某出版社要求重出他的剧本。他婉拒说,那些旧作还待修改后看看是否值得重版。又据说,他曾告诉学生,他在哈佛大学专攻戏剧,对喜剧尤感兴趣,可是他从未透露自己用石华父的笔名写戏。这都可见他对自己剧作的态度多么严谨。

最近《上海抗战时期文学丛书》要出版石华父的剧本选集。无非同志请柯灵同志选定剧目。选出的剧本有以下三种:《职业妇女》是创作,《晚宴》是由美国名剧改编的悲剧,《雁来红》是由英国名剧改编的喜剧。原先打算选入的《尤三姐》或《海葬》都是由小说改编的,可惜稿本遍觅不得,只好作罢。

《职业妇女》是轻巧的四幕喜剧,无非同志说是一九三九年左右写成的。剧里讽刺一个假道学的局长把女职员当作玩物,定下规章,只雇用未婚妇女,结婚就解雇。他挪用公款做投机买卖,牟取暴利,打算带着女秘书到香港去享用,船票都买好了。他的女儿看中一个有志青年,可是他管教很严,不许女儿交男友。他的女秘书其实已经结婚,丈夫就是那个有志青年的朋友。局长挪用公款的事差点儿败露,女秘书乘机对他施加压力,成全了他女儿的婚姻,并利用现成的船票,让那一对青年奔赴大后方。剧情演变自然,讽刺的人和事都是很可笑的。麟瑞同志熟谙戏剧结构的技巧,对可笑的事物也深有研究。他的藏书里有半架子英法语的"笑的心理学"一类的著作,我还记得而且也借看过。

《晚宴》和《雁来红》都是一九四二年以后上演的,那时上海已经沦陷。麟瑞同志在《晚宴》的序里说,他当时"心境非常恶劣,除开改编,恐怕什么都写不出"。他读过很多英美的热门戏剧,这两个剧本的原作都曾风行一时。可是要把外国的剧情改得适合我国当时的社会,并不容易,还需运用精细的手法,来一番再创造。这两出戏都已经改得不像外国戏了。这里还保存着一份《晚宴》的演员表,上面的主角配角全都是第一流的名演员。由此可见剧本多么受重视,也可以料想演出多么成功。

我记得《尤三姐》演出后颇得好评,也记得麟瑞同志改编《海葬》很下功夫。舞台上末一幕里,大幅的蓝色绸子映着灯光幻成海浪,麟瑞同志看得非常欣赏。我希望将来这两个剧本还能找到。

我们下干校的前夕,风闻麟瑞同志"暴病"去世。我们从干校一回来就去看望无非同志,得知麟瑞同志在文化大摧残的时期,绝望灰心,"劈开生死路,退出是非门"。他生前常对我们讲,他打算写一部有关喜剧和笑的论著,还在继续收集资料。可是他始终没有动笔,如今连他已写成的作品都不齐全了。看到他残存的三个剧本,我们有无穷感慨;对他没有心绪写出的剧本和没有时间写出的著作,更有无限向往。

一九八五年

闯祸的边缘

——旧事拾零

珍珠港事变后,上海的"孤岛"已经"淹没"——就是说,租界也被日军控制。可是上海的小学校还未受管辖。我当时正在一个半日小学做代课先生;我贪图学校每月给的三斗米,虽然不是好米,却比当局配给的细砂混合的米籼强得多。我也贪图上课只下午半天,课卷虽多,我很快就能改完。可是学校在公共租界,很远,我家住法租界。我得乘车坐到法租界的边缘,步行穿过不属租界的好一段路,再改乘公共租界的有轨电车。车过黄浦江上的大桥,只许过空车,乘客得步行过桥。桥上有日本兵把守。车上乘客排队过桥,走过日本兵面前,得向他鞠躬。我不愿行这个礼,低着头就过去了,侥幸没受注意。后来改变办法,电车载着乘客停在桥下,由日本兵上车检查一遍,就开过桥去,免得一车人下车又上车。不过日本兵上车后,乘客都得站起来。

有一次,我站得比别人略晚了些,这也和我不愿鞠躬同一道理。日本兵觉察了,他到我面前,瞧我低头站着,就用食指在我领下猛一抬。我登时大怒。他还没发话,我倒发话了。我不会骂人,只使劲咬着一字字大声说:"岂有此理!"

日本兵一上车,乘客就停止说话,车上原是静的。可是我这一发作,车上的静默立即升到最高度,地上如有蚂蚁爬,该也能听见声音。我自己知道闯祸了。假如日本人动手打我,我能还手吗?我看见日本兵对我怒目而视。我想,我和他如目光相触,就成了挑战。我怎能和他挑战呢。但事已至此,也不可示弱。我就怒目瞪着前面的车窗。我们这样相持不知多久,一秒钟比一分钟还长。那日本人终于转过身,我听他蹬着笨重的军靴一步步出去,瞥见他几次回头看我,我保持原姿态一动都不动。他一步步走出车厢,一级级走下车,电车又缓缓开动。同车厢的乘客好似冰冻的人一个个融化过来,闹哄哄地纷纷议论。

我旁边的同事吓呆了。她喘了口气说:"啊唷!啊唷!侬吓杀吾来!侬哪能格?侬发痴啦?"我半晌没有开口,一肚子没好气,恨不能放声大哭;也觉得羞惭,成了众人注目和议论的中心。车又走了好一段路,我才慢慢意识到自己侥幸没闯大祸。那日本兵想必不懂什么"岂有此理",这话实在很书呆子气,不显得凶狠,连我的怒容也不够厉害,只是板着脸罢了。那日本兵也许年纪较小,也许比较老实,一时上不知怎么对付了。可是,我如果明天再碰见他,我就赶紧站起来恭候他吗?不,我明天决不能再乘这辆车,得换一条路线。

换一条路线道路较远,下车还得退回半站路,中间还得走过"大世界"一带闲人、坏人丛集的地段。我走过这段路,经常碰到流氓盯梢,得急急往前走,才能脱身。有一次一个流氓盯得很紧,嘴里还风言风语。我急了,干脆停步转身,迎着他当面站定。这流氓大约是专心要找个对象,看了我的嘴脸,显然不是他的对象,就扬长走入人群中去。我只怕流氓不见得个个都这么知趣,还是避开这条远路为妙。

我早央求我那位同事注意查车的日本兵换了没有。据她说,好像天天换人。我想,日本兵既没有固定的岗位,我换了路线保不定还会碰到他。可是每天车来车往,他又怎会记得我呢。一个多星期过去了,假如再相遇,我也不认识他了。我不妨仍走原路。我回复原路线的头几天心上还惴惴不安,只恨乘客不够拥挤。总算不久我教课的小学由日本人接管了,我也就辞职了。

一九八八年九月三日

客气的日本人

抗战后期,我和默存一同留在沦陷的上海,住在沿街。晚上睡梦里,或将睡未睡、将醒未醒的时候,常会听到沉重的军靴脚步声。我们惊恐地悄悄说:"捉人!"说不定哪一天会轮到自己。

朋友间常谈到某人某人被捕了。稍懂门路的人就教我们,一旦遭到这类事,可以找某某等人营救;受讯时第一不牵累旁人,同时也不能撒谎。回答问题要爽快,不能迟疑,不能吞吞吐吐,否则招致敌人猜疑。谎话更招猜疑,可是能不说的尽量巧妙地隐瞒。

那时默存正在写《谈艺录》。我看着稿子上涂改修补着细细密密的字,又夹入许多纸条,多半是毛边纸上用毛笔写的。我想这部零乱的稿子虽是学术著作,却经不起敌人粗暴的翻检,常为此惴惴不安。

一九四五年四月间,一天上午九十点钟,默存已到学校上课。我女儿圆圆幼年多病,不上学,由我启蒙,这时正在卧房里做功课。我们的卧房是个亭子间,在半楼梯。楼下挨厨房的桌上放着砧板,摊着待我拣挑的菜——我正兼任女佣,又在教女儿功课。忽听得打门声,我就去应门;一看二位来客,觉得他们是日本人(其实一个是日本人,一个是朝鲜人,上海人称为"高丽棒子")。我忙请他们进来,请他们坐,同时三脚两步逃上半楼梯的亭子间,把一包《谈艺录》的稿子藏在我认为最妥善的地方,随即斟了两杯茶送下去——倒茶是为藏稿子。

他们问:"这里姓什么?"

"姓钱。"

"姓钱?还有呢?"

"没有了。"

"没有别家?只你们一家?"

"只我们一家。"

他们反复盘问了几遍,相信我不是撒谎,就用日语交谈,我听不懂。

"有电话吗?"

我告诉他们电话在半楼梯(我们卧房的门口)。我就站在桌子旁边拣菜。

叔父在三楼,听日本人用日本话打电话,就下楼来。他走到我身边,悄声说:

"他们是找你。我看见小本子上写的是杨绛。你还是躲一躲吧。"

我不愿意躲,因为知道躲不了。但叔父是一家之主,又是有阅历有识见的人,他叫我躲,我还是听话。由后门出去,走几步路就是我大姐的朋友家。我告诉叔父"我在五号",立即从后门溜走。

我大姐的朋友大我十五六岁,是一位老姑娘,一人带着个女佣住一间底层的大房间。我从小喜欢她,时常到她家去看看她。她见了我很高兴,说她恰恰有几个好菜,留我吃饭。她怕我家里有事,建议提早吃饭。我和她说说笑笑闲聊着等吃饭。饭菜有炒虾仁、海参、蹄筋之类。主人殷勤劝食,我比往常多吃了半碗饭。我怕吓着老人,一字未提家有日本人找,不过一面和她说笑,心上直挂念着该怎么办。

饭后,她叫我帮她绕毛线。我一面绕,一面闲闲地说起:家里有日本人找我呢,我绕完这一股,想回去看看。

她吃一大惊说:"啊呀!你怎么没事人儿似的呀?"

我说:"不要紧的,我怕吓了你。"

正说着,九弟(默存的堂弟)跑来了。他说:"日本人不肯走,他们说嫂嫂不回去,就把我和多哥(默存的另一堂弟)带走。"

我知道这是叔父传话,忙说:"我马上回来。你在大门口附近等着宣哥(默存),叫他别回家,到陈麟瑞先生家去躲一躲。"九弟机灵可靠,托他的事准办到。

我想:溜出门这半天了,怎么交代呢。一眼忽见一篮十几个大鸡蛋,就问主人借来用用。我提着篮子,绕到自己家大门口去敲门。我婆婆来开门。她吓得正连声噫气,见了我惶急说:"你怎么来了?"我偷偷儿对她摆手,一面大步往里走,一面大声说:"我给你买来了新鲜大鸡蛋!又大又新鲜!"说着已经上楼,到了亭子间门口。只见圆圆还坐在小书桌横头,一动不动,一声不响。柜子和书桌抽屉里的东西都倒翻在书桌上、床上和柜子上。那"高丽棒子"回身指着我大声喝问:

"杨绛是谁?"

我说:"是我啊。"

"那你为什么说姓钱?"

"我嫁在钱家,当然姓钱啊!"

我装出恍然大悟的样儿说:"原来你们是找我呀？咳！你们怎么不早说？"我把篮子放在床上,抱歉说:"我婆婆有胃病,我给她去买几个鸡蛋——啊呀,真对不起你们两位了,耽搁了你们这么多时间。好了,我回来了,我就跟你们走。"

日本人拿出一张名片给我。他名叫荻原大旭,下面地址是贝当路日本宪兵司令部。

我说:"好吧,我跟你们一起去。"

日本人说:"这会儿不用去了。明天上午十点,你来找我。"

我问:"怎么找呢？"

"你拿着这个名片就行。"他带着"高丽棒子"下楼。我跟下去,把他们送出大门。

据家里人讲,我刚溜走,那两个客人就下楼找"刚才的妇女"。他们从电话里得知杨绛是女的,而我又突然不见,当然得追究。我婆婆说"刚才的妇女"就是她。她和我相差二十三岁,相貌服装全然不同。日本人又不是傻瓜。他们随即到我屋里去搜查,一面追问圆圆,要她交代妈妈哪里去了。圆圆那时八岁,很乖,随那两人吓唬也罢,哄骗也罢,她木无表情,百问不一答。

日本人出门之后,家里才摆上饭来。我婆婆已吓得食不下咽。我却已吃了一餐好饭,和默存通过电话,他立即回家。他也吃过饭了。我把散乱在桌上、柜上和床上的东西细细拣点,发现少了一本通信录,一叠朋友寄我的剪报,都是宣传我编的几个剧本的,还有剧团演员联名谢我的一封信。这个剧团的演员都很进步,我偶去参观他们排演,常看到《四大家族》之类的小册子。不过他们给我的信上并没有任何犯禁的话。他们都是名演员,不必看了信才知道名字。

那时候李健吾先生已给日本宪兵司令部拘捕多时,还未释放。我料想日本人找我,大约为了有关话剧的问题,很可能问到李先生。那么,我就一口咬定和他不熟,他的事我一概不知,我只因和李太太是同乡又同学,才由她认识了李先生(其实,我是由陈麟瑞先生而认识李先生的)。

听略有经验的人说,到日本宪兵司令部去的都要填写一份表格,写明自己的学历、经历等等。最关键的部分是社会关系。我想,我的通信簿既已落在他们手里,不妨把通信簿上女朋友的姓字填上几个,反正她们是绝无问题的;李太太的名字当然得填上。至于话剧界的人,导演是人人皆知的名人,剧团的头儿也是广告上常见的。如果问到,我只说个名字,有关他们的事,我和他们没有私交,一概不知。我像准备考试一般,把自己的学历经历温习一下,等着明天去顶就是了。所以我反而一心一意,上床就睡着了。半夜醒来,觉得有件大事,清醒了再想想,也没有什么办法,就把准备回答的问题在心上复习一遍,又闭目入睡。我平时不善睡,这一晚居然睡得相当平静。

明早起来,吃完早点就准备出门。穿什么衣服呢?不能打扮,却也不能肮脏。我穿一身半旧不新的黑衣黑鞋,拿一只黑色皮包。我听说日本人报复心很强。我害他们等了我半天,就准备他们叫我等待一天。我免得耗费时间,也免得流露出不安的情绪,所以带本书去看看。我不敢带洋书,带了一本当时正在阅读的《杜诗镜铨》。那是石印的线装书,一本一卷,放在皮包里大小正合适。我告诉家里:上午别指望我能回家,如果过了一夜不归,再设法求人营救。我雇了一辆三轮到日本宪兵司令部。

到那里还早十多分钟。我打发了三轮,在干净而清静的人行道上慢慢儿走了一个大来回,十点前三分,我拿着荻原大旭的名片进门。

有人指点我到一间大教室似的屋里去。里面横横竖竖摆着大小各式的桌子和板凳。男女老少各等各样的人都在那儿等待。我找个空座坐下,拿出书来,一门心思看书。不到半小时,有人来叫我,我就跟他走,也不知是到哪里去。那人把我领到一间干净明亮的小会客室里,长桌上铺着白桌布,沙发上搭着白纱巾,太阳从白纱窗帘里漏进来。那人让我坐在沙发上,自己抽身走了。我像武松在牢房里吃施恩家送的酒饭一样,且享受了目前再说,就拿出书来孜孜细读。

我恰好读完一卷,那日本人进来了。我放下书站起身。他拿起我的书一看,笑说:

"杜甫的诗很好啊。"

我木然回答"很好"。

他拿出一份表格叫我填写,随后有人送来了墨水瓶和钢笔。我坐下当着这日本人填写。填写完毕,不及再看一遍,日本人就收去了。他一面看,一面还敷衍说:"巴黎很美啊。"

我说:"很美。"

他突然问:"谁介绍你认识李伯龙的?"(李伯龙是同茂剧团的头头)

我说:"没人介绍,他自己找到我家来的。他要我的剧本。"(这是实情)

"现在还和他们来往吗?"

"我现在不写剧本,他们谁还来理我呢。"

忽然那"高丽棒子"闯进来,指着我说:

"为什么你家人说你不在家?"

"我不是去买鸡蛋了吗?"

"说你在苏州。"

"是吗?我父亲刚去世,我是到苏州去了一趟,不过早回来了。"

"可是他们说你在苏州。"

"他们撒谎。"

"高丽棒子"厉声喝问:"为什么撒谎?"

我说:"害怕呗。"

日本人说:"以后我们还会来找你。"

我说:"我总归在家——除非我出去买东西。我家没有佣人。"

"高丽棒子"问:"为什么不用佣人?"

我简单说:"用不起。"

我事后知道,他们找的是另一人,以为"杨绛"是他的化名。传我是误传,所以没什么要审问的,他们只强调以后还要来找我。我说我反正在家,尽管再来找。审讯就完毕了。日本人很客气地把我送到大门口。我回到家里,正好吃饭。

朋友间谈起这件事,都说我运气好。据说有一位女演员未经审问,进门就挨了两个大耳光。有人一边受审问,一边奉命双手举着个凳子不停地满地走。李健吾先生释放后讲起他经受的种种酷刑,他说,他最受不了的是"灌水":先请他吃奶油蛋糕,吃饱以后,就把自来水开足龙头,对着他嘴里灌水,直灌到七窍流水,昏厥过去。我说,大概我碰到的是个很客气的日本人,他叫荻原大旭。

　　李先生瞪着眼说:"荻原大旭？他！客气！灌我水的,就是他!"

一九八八年八月

难忘的一天

一九四四年冬,上海盛传美军将对上海来一个"地毯式轰炸"。逃到上海避难的人,又纷纷逃出。我父亲带了我的大姐和三姐、三姐夫的全家老小,回到苏州庙堂巷的老家。我们夫妇和女儿阿圆,以及寄宿在校的小妹妹杨必;还有当眼科医生的弟弟,都还留在上海。

一九四五年三月二十六日午后五时左右,弟弟忽来电话,说接到大姐姐从苏州打来的长途电话,说爸爸有病,叫弟弟尽快回苏州。弟弟立即通知了我和阿必。那时上海沦陷在日军管辖下,买火车票很困难。我们无法买到二十七日的车票。要赶早回苏州,惟一的办法是乘长途汽车。经电话问讯,得知长途汽车不一定开往苏州,需当天去问,当天买票。

阿必到我家来住了一晚。二十七日清早,天蒙蒙亮,阴有小雨,我和阿必忙忙地吃了几口粥,各带一个小小的提包,临走还想到带了一个热水瓶和一小包饼干,撑着伞一同出门,乘三轮赶往约会的公共汽车站。弟弟也到得早,那时还不到七点钟。我们三个是赶早去买车票的。

站上陆陆续续来了不少人,都是要到苏州的;都不知有车没车,也不知何处买票。所谓汽车站,只是一大间汽车房前面的一片水泥地。满地泥泞,满地新痰旧痰。我提着一水瓶热水,只好提在手里,没个地方可放。手提包当然也只好拎着。

买票的越来越多,地下的痰涕又添了不少。卖票处还不知在哪里。一群人有的呆站着,有的团团转,个个焦急万状。将近八点,忽来了两三个人,把汽车房打开:售票了!只见车库门后有一张小桌子,那就是售票处。

大家知道我们三人到得最早,让我们挤向前去,买到了三张到苏州的车票。一大堆人虽然拥挤着买,却都买到了票;卖得相当快。然后车库里轰隆隆开出一辆破旧的大卡车。卡车有十个轮子。前后双轮,中间单轮,上有两片帆布盖顶。车顶上有几条由前到后的铁条,帆布搭在铁条上。卡车上共有四条长椅:卡车两侧各有一条长椅,中间相背着设两条长椅。乘客都一拥而上。我们忙收了伞,挤上车,居然在靠边长椅上找到了坐位。看着那一大堆人乱哄哄地一一往车上挤,担心一辆卡车挤得上那么多人吗?长椅坐满了,还有两条空道。长椅没有间隔,可以挤了再挤。两条空道里也可以挤了再挤。终于大堆的人都挤上了。两片帆布的隙缝里漏下雨来。卡车两侧飘进雨来。幸好只是间歇的小雨,不久就停了。大家总算都上了车,稍稍舒了一口气。

车摇晃了几下,好像开不动似的。再摇晃几下,居然动了。车就缓缓开出去。没开多远,车停了。还好不是车开不动,是有人送上两麻袋货物:一大麻袋臭咸鱼,一大麻袋糖,大概都是苏州城里走俏的货。麻袋塞在长椅底下,但是麻袋比椅子阔大,得占点中间的通道。乘客不得已,只好更挤挤。男客可以攀住顶上的铁条。女客身量矮,只好往坐着的乘客身上靠。坐客都斜过膝腿,多让出空间。有的女客扶着我的肩,有的扶着我椅后车侧的木板。车又开了。

颠呀颠呀颠,摇晃摇晃摇,只要车能开动就好。乘客的紧张稍稍放松,开始互相交谈。有人是奔丧,多半是亲人急病,只有一对未婚夫妻是回家结婚。车开出上海,走在荒郊野地里的公路上。我突然觉得失去了城市的保障。天上有日寇的飞机,随时可投下炸弹,不会有警报。路上也会有拦路打劫的土匪。我们满车乘客倒像是急难中的亲人了。

车走得很慢,我不时看看表。八点左右开的车,将近九点,我们还没走多远。人太多,车太重,别抛锚才好,真不知多早晚才能到苏州。我们三人总算占到了坐位,卡车颠颠簸簸,站着的都东倒西歪挣扎着站稳。

前面忽然出现一座木桥。车开得更慢了,没到桥,车就停下,叫乘客全部下车,步行过去。桥已遭日军破坏。司机和同伙一二人抬了长长短短的木条盖上破缺处,空车慢慢地开过桥,然后乘客又一拥而上。这回我们没有占到坐位,只好站着。

从上海到苏州,公路上不知多少桥呢,全是木头的,全都遭敌军破坏,只是破损的程度不同。反正每次过桥,都得下车,上了车有座没座,都是暂时的事了。大家疲劳地挤下车,又挤上车。有的急急惶惶,有的愁眉苦脸,有的心事重重,有的唉声叹气;说话也只是互相诉苦。只有那一对含羞带笑的未婚夫妻,散发出几分喜气,冲淡了笼罩全车的愁雾。

我和弟弟妹妹心上都在想着一件事:爸爸什么病?大姐姐要弟弟赶紧回去,我们料定是什么病,可是谁也不忍提。十二点左右,我们恰好占有座位,乘客都在吃糕点。我问阿必饿不饿,她说:"给你一问,真饿了。"弟弟要喝水。我们用瓶盖分喝了热水,也分吃了饼干,继续那颠颠簸簸、断断续续的旅行。每过一桥,乱糟糟地大家下车;等卡车艰难地开过桥,又乱糟糟地挤上车,留心望着前面是否又有桥。

终于没有桥了。连桥架子都没有。路断了。时间是下午三点多,已到太仓。据当地人说,前面还有两处断桥。不论两处、三处,反正一处断桥,卡车就不能前行。太仓离苏州不远了,可是路已断,卡车还能往前开吗?

未婚夫妻的目的地就是太仓。火车不经过太仓,所以他们乘公共汽车。他们欢欢喜喜地下车了。许多人也下车,有的打算雇黄包车,有的打算找亲戚,也有人说自己走;他们乱纷纷下了车,还在卡车旁边打转。长途汽车已走了七个多小时,没闲工夫犹豫。司机声明立即返回上海。无路可走的只好留在车上。我们三人之外,还有四五个乘客。

我们估计回到上海,准要十点或十一点了。卡车夜间走在公路上,开着灯,敌机看见了准会投炸弹;不开灯,必撞入河浜里。假如黑地里下车过破桥,踩了个空,怎么办?假如不及赶上车,给甩下了,怎么办?车上倒是空了,坐得很宽舒。我坐在靠边长椅的最后面。

下车的乘客让开路,卡车带着未下车的乘客掉转头,一变来时风度,逃亡似的奋不顾身。它大摇大摆、大颠大簸地往回途奔驰,一会儿便开到桥边。但是车并不停,呼、呼、呼一阵子冲了过去。这座桥还算完整。司机抢命似的冲过一桥又冲一桥,压根儿不想停。当初过桥时也是空车,怎么那样艰难、那么谨慎啊?这时乘着一股子冲劲儿,很塌败的破桥也飞跃而过。我眼看成双的后轮四分之三都悬空。卡车如翻入河里浜里,我正好压在车下。车上每个人都提着心,吊着胆,屏着气,没人叫唤一声。

卡车没命地奔驰,颠簸颠簸、摇摆摇摆,呼、呼、呼,冲过一桥;颠簸颠簸,摇摆摇摆,呼、呼、呼,又冲过一桥。卡车上有臭咸鱼一大麻袋,糖一大麻袋,也许还有钱,卡车也值钱,车上还有四五个女人呢,随处可碰到拦路抢劫的土匪。一会儿天黑了,不能开灯,天上有打转的敌机。所以司机也只好没命地奔驰腾飞。意想不到,卡车竟平安无事地回到了满地痰涕的洋灰地车场上,还不到六点钟。

我们如在梦中。下了车,我们姐妹和弟弟分头雇车回家。我和阿必并坐在三轮车上,还惊魂未定。

到家了,我不记得是谁开的门。只记得我声带歇斯底里,如哭如笑地说:"走了一天,又回来了!"

客厅里坐满了人,我婆婆、叔父、婶母,还有大大小小的孩子,都满面严肃,好像都在等待我们白走一天又回来。我怔住了。锺书过来牵着我的手,把我带到离他们一家人稍远的灯光昏暗处。阿必也跟了过来。锺书缓缓地轻声说:"刚才苏州来了电话,爸爸已经过去了。"

悲恸结束了这紧张的一天,也是最无可奈何的一天。

二〇〇一年十月十日

怀念陈衡哲[*]

我初识陈衡哲先生是一九四九年在储安平先生家。储安平知道任鸿隽①、陈衡哲夫妇要到上海定居,准备在家里摆酒请客,为他们夫妇接风。他已离婚,家无女主,预先邀我做陪客,帮他招待女宾。锺书已代我应允。

锺书那时任中央图书馆的英文总纂,每月须到南京去汇报工作。储安平为任、陈夫妇设晚宴的那天,正逢锺书有事须往南京,晚饭前不及赶回上海。储安平家住公共租界,我们家住法租界,不仅距离远,而且交通很不便,又加我不善交际,很怕单独一人出去做客。锺书出门之前,我和他商量说:"我不想去了。不去行不行?"他想了一想说:"你得去。"他说"得去",我总听话。我只好硬硬头皮,一人出门做客。我先挤无轨电车,然后改坐三轮到储家。

那晚摆酒两大桌,客人不少。很多人我也见过。只因我不会应酬,见了生人不敢说话,也记不住他们的名字,所以都报不

---

* 陈衡哲(1890—1976),我国新文学运动中最早的女学者、作家、诗人和散文家。文笔清新而时有凌厉峻峭的风格。
① 任鸿隽(1886—1961),字叔永,中国现代科学事业的倡导者和组织者,中国科学社的主要创始人,曾长期担任该社领导职务。晚年曾任上海图书馆馆长。

出名了。我只记得一位王云五,因为他席间常高声用上海话说"吾云五"。还有一位是刘大杰。因为他在储安平向陈衡哲介绍我的时候,跌足说:"咳!今天钱锺书不能来太可惜了!他们可真是才子佳人哪!"

我当不起"佳人"之称,而且我觉得话也不该这么说。我没有锺书在旁护着,就得自己招架。我忙说:"陈先生可是才子佳人兼在一身呢。"

陈衡哲先生的眼镜后面有一双秀美的眼睛,一眼就能看到。她听了我的话,立即和身边一位温文儒雅的瘦高个儿先生交换了一个眼色,我知道这一位准是任先生了。我看见她眼里的笑意传到了他的嘴角,心里有点着慌,自问"我说错了话吗?我把这位才子挤掉了吗?可是才子也可以娶才子啊。"我赧然和任先生也握了手。

那天的女客共三人。我一个,陈衡哲先生之外还有一位黄郛夫人。她们俩显然是极熟的朋友。入席后,她们并坐在我的对面。我面门而坐。另一桌摆在屋子的靠里一边。我频频听到那边桌上有人大声说"吾云五",主人和任先生都在那边桌上,他们谈论中夹杂着笑声。我们这桌大约因为有女宾的缘故,多少有点拘束。主要是我不会招待,所以我们这边远不如那边一桌热闹,没有人大说大笑,大家只和近旁的人轻声谈话。

我看见陈衡哲先生假装吃菜,眼睛看着面前的碗碟,手里拿着筷子,偷偷用胳膊肘儿撞一撞黄夫人,轻声说话,却好像不在说话。她说一个字,停一停,又说一个字,把二寸短话拉成一丈长,每两个字中间相隔一寸两寸,每个字都像是孤立的。我联上了。她在说:"你看她,像不像一个人?"黄郛夫人隔着大圆桌面把我打量了几眼。她毫无掩饰,连声说:"像!像!像极了!"她们在议论我。我只好佯作不知。但她们的目光和我的偶尔相触时,我就对她们微微笑笑。

散席后,黄郛夫人绕过桌子来,拉着我的手说:"你和我的妹妹真像!"我不知该怎么回答,显得很窘。黄夫人立即说:"我妹妹可不像我这个样子的。我妹妹是个很漂亮的人物。"黄夫人端正大方,头发向上直掠,一点不打扮,却自有风度。我经她这么一说,越发窘了,因为不美的人也可以叫人觉得和美人有相似处;像不像也不由自己做主。幸好陈衡哲先生紧跟着她一起过来。她拉我在近处坐下,三个人挤坐一处,很亲近也很随便地交谈,多半是她们问,我回答。

解放后我到了清华,张奚若太太一见我就和我交朋友,说我像她的好朋友,模样儿像,说话也像,性情脾气也像。我和她相熟以后,问知她所说的朋友,就是黄郛夫人的妹妹,据说是一位英年早逝的才女。黄郛夫人热情地和我拉手,是因为看见了与亡妹约莫相似的影子。我就好比《红楼梦》里的"五儿承错爱"了。

黄郛夫人要送我回家。她乘一辆簇新的大黑汽车——当时乘汽车的客人不多。陈衡哲先生也要送我回去。经任鸿隽先生问明地址,任先生的车送我回家是顺路。我就由他那辆带绿色的半旧汽车送回家。黄郛夫人曾接我到她家一次。她住的是花园洋房。房子前面的墙上和墙角爬满了盛开的白蔷薇。她赠我一大捧带露的白蔷薇。我由此推断我初会陈衡哲先生是蔷薇盛开的春季。

抗战胜利后，锺书在中央图书馆有了正式职业，又在暨南大学兼任教授，同时也是《英国文化丛书》的编辑委员。他要请任鸿隽先生为《英国文化丛书》翻译一本有关他专业的小册子，特到他家去拜访。我也跟他同去，谢谢他们汽车送我回家。过两天他们夫妇就到我家回访。我家那时住蒲石路蒲园，附近是一家有名的点心铺。那家的鸡肉包子尤其走俏，因为皮暄、汁多、馅细，调味也好。我们就让阿姨买来待客。任先生吃了非常欣赏。不多久陈先生邀我们去吃茶。

他们家住贝当路贝当公寓。两家相去不远，交通尤其方便。我们出门略走几步，就到有轨电车站；有轨电车是不挤的，约三站左右，下车走几步就到他们家了。我们带两条厚毛巾，在点心铺买了刚出笼的鸡肉包子，用双重毛巾一裹，到他们家，包子热气未散，还热腾腾的呢。任先生对鸡肉包子还是欣赏不已。

那时候，我们的女儿已经病愈上学，家有阿姨，我在震旦女子文理学院教两三门课，日子过得很轻松。可是我过去几年，实在太劳累了。身兼数职，教课之外，还做补习教师，又业余创作，还充当灶下婢；积劳成病，每天午后三四点总有几分低烧，体重每个月掉一磅，只觉得疲乏，医院却验查不出病因。我原是个闲不住的人，最闲的时候，我总是一面看书，一面织毛衣。我的双手已练成自动化的机器。可是天天低烧，就病恹恹地，连看书打毛衣都没精神。我爸爸已经去世，我不能再像从前那样，经常在爸爸身边和姊妹们相聚说笑。锺书工作忙，偷空读书。他正在读《宋诗纪事》，还常到附近的合众图书馆去查书，我不愿打搅他。

恰巧,任鸿隽也比陈衡哲忙。陈衡哲正在读汤因比(Toynbee)①的四卷本西洋史,已读到第三册的后半本,但目力衰退,每到四时许,就得休息眼睛。她常邀我们去吃茶。(她称"吃tea",其实吃的总是咖啡。)她做的咖啡又香又浓,我很欣赏。我们总顺路买一份刚出笼的鸡肉包子,裹在毛巾里带去。任先生总是特别欣赏。锺书和任先生很相投,我和陈先生很相投。"吃tea"几次以后,锺书就恝惠我一个人去,我也乐于一个人去。因为我看出任先生是放下了工作来招待的,锺书也是放下了工作陪我去的。我和陈衡哲呢,"吃tea"见面之外,还通信,还通电话。我一个人去,如果任先生在家,我总为他带鸡肉包子,但是我从不打扰他的工作。他们的客厅比较大,东半边是任先生工作的地方;西边连卧房。我和陈衡哲常在客厅西半边靠卧房处说话。

我为任先生带鸡肉包子成了习惯。锺书常笑说:"一骑红尘妃子笑",因为任先生吃鸡肉包子吃出了无穷的滋味,非常喜爱。我和陈衡哲对鸡肉包子都没多大兴趣。

陈衡哲我当面称陈先生,写信称莎菲先生,背后就称陈衡哲。她要我称她"二姐",因为她的小弟弟陈益(谦受)娶了我的老朋友蒋恩钿。但是陈益总要我称他"长辈",因为他家大姐的大儿媳妇我称五姑。(胡适《四十自述》里提到的杨志洵老师,我称景苏叔公。五姑是叔公的女儿。)我当时虽然不知道陈衡哲的年龄,觉得她总该是前辈。近年我看到有关于她的传记,才

---

① 汤因比(1889—1975),英国历史学家,曾任伦敦大学教授,并出版过十二卷巨著《历史研究》。

知道她长我二十一岁呢。可是我从未觉得我们中间有这么大的年龄差距。我并不觉得她有多么老,她也没一点架子。我们非常说得来,简直无话不谈。也许她和我在一起,就变年轻了,我接触的是个年轻的陈衡哲。

她谈到她那一辈有名的女留学生,只说:"我们不过是机会好罢了。当时受高等教育的女学生实在太少了。"我不是"承错爱"的"五儿",也不靠"长辈""小辈"的亲戚关系;我们像忽然相逢的朋友。

她曾赠我一册《小雨点》。我更欣赏她的几首旧诗,我早先读到时,觉得她聪明可爱。我也欣赏她从前给胡适信上的话:"你不先生我,我不先生你;你若先生我,我必先生你。"我觉得她很有风趣。我不知高低,把自己的两个剧本也赠她请教。她看过后对我说:"不是照着镜子写的。"那两册剧本,一直在她梳妆台上放着。

我是他们家的常客,他们并不把我当作客人。有一次我到他们家,他们两口子正在争闹;陈先生把她瘦小的身躯撑成一个"大"字,两脚分得老远,两手左右撑开,挡在卧房门口,不让任先生进去。任先生做了几个"虎势",想从一边闯进去,都没成功。陈先生得胜,笑得很淘气;任先生是输家,也只管笑。我在一边跟着笑。他们并不多嫌我,我也未觉尴尬。

有一个爱吹诩"我的朋友某某"的人对我和锺书说:"昨晚在陈衡哲家吃了晚饭,谈到夜深,就在他们客厅的沙发上睡了一晚。"过一天我见到陈衡哲就问她了。她说:"你看看我这沙发有多长,他睡得下吗?"当然,她那晚也没请人吃晚饭。她把这话说给任先生听,他们两个都笑,我也大长识见。

那时陈衡哲家用一个男仆,她称为"我们的工人"。这位"工人"大约对女主人不大管用,需要他的时候常不在家。她请人吃茶或吃饭,常邀我"早一点来,帮帮我"。有一次她认真地嘱我早一点去。可是她待我帮忙的,不过是把三个热水瓶从地下搬到桌上。热水瓶不是盛五磅水的大号,只是三磅水的中号。我后来自己老了,才懂得老人腕弱,中号的热水瓶也须用双手捧。陈衡哲身体弱,连双手也捧不动。

渐渐地别人也知道我和陈衡哲的交情。那时上海有个妇女会,会员全是大学毕业生。妇女会要请陈衡哲讲西洋史。会长特地找我去邀请。陈先生给我面子,到妇女会去作了一次讲演,会场门口还陈列着汤因比的书。

胡适那年到上海来,人没到,任家客厅里已挂上了胡适的近照。照片放得很大,还配着镜框,胡适二字的旁边还竖着一道杠杠(名字的符号)。陈衡哲带三分恼火对我说:"有人索性打电话来问我,适之到了没有。"问的人确也有点唐突。她的心情,我能领会。我不说她"其实乃深喜之",要是这么说,就太简单了。

胡适的《哲学史大纲》我在高中和大学都用作课本,我当然知道他的大名。他又是我爸爸和我家亲友的熟人。他们曾谈到一位倒霉的女士经常受丈夫虐待。那丈夫也称得苏州一位名人,爱拈花惹草。胡适听到这位女士的遭遇,深抱不平,气愤说:"离婚!趁丰采,再找个好的。"我爸爸认为这话太孩子气了。那位女士我见过多次,她压根儿没什么"丰采"可言,而且她已经是个发福的中年妇人了。"趁丰采"是我爸爸经常引用的笑谈。我很想看看说这句话的胡适。

一次，我家门房奉命雇四头驴子。因为胡适到了苏州，要来看望我爸爸，而我家两位姑母和一位曾经"北伐"的女校长约定胡适一同骑驴游苏州城墙。骑驴游苏州城墙确很好玩。我曾多次步行绕走城墙一圈。城墙内外都有城河。内城河窄，外城河宽，走在古老的城墙上，观赏城里城外迥不相同的景色，很有意思。步行一圈费脚力，骑个小驴在城墙上跑一圈一定有趣。

可是苏州是个很保守的城市。由我家走上胥门城墙，还需经过一段街道。苏州街上，男人也不骑驴。如有女人骑驴，路上行人必定大惊小怪。我的姑母和那位"北伐"的女士都很解放，但是陪三位解放女士同在苏州街上骑驴的惟一男士，想必更加惹眼。我觉得这胡适一定兴致极好，性情也很随和，而且很有气概，满不在乎路人非笑。

我家门房预先雇好了四头驴，早上由四个驴夫牵入我家的柏树大院等候。两位姑母和两位客人约定在那儿上驴出发。我爸爸会见了客人，在院子里相送。

我真想出去看看。但是爸爸的客人我们从不出见。我不敢出去。姑母和客人都已出门，爸爸已经回到内室，我才从"深闺之中"出来张望。我家的大门和两重屏门都还敞着呢。我实在很想看看胡适骑驴。但是结集出发的游人，不用结队回来。路人惊诧的话，或是门房说的，或是二位姑妈回来后自己讲的。

胡适照相的大镜框子挂在任家客厅贴近阳台的墙上。不久后，锺书对我说："我见过胡适了。"锺书常到合众图书馆查书。胡适有好几箱书信寄存在合众图书馆楼上，他也常到这图书馆去。锺书遇见胡适，大概是图书馆馆长顾廷龙（起潜）为他们介绍的。锺书告诉我，胡适对他说，"听说你做旧诗，我也做。"说着就在一小方白纸上用铅笔写下了他的一首近作,并且说,"我可以给你用墨笔写。"我只记得这首诗的后两句:"几支无用笔,半打有心人。"我有一本红木板面的宣纸册子,上面有几位诗人的墨宝。我并不想请胡适为我用墨笔写上这样的诗。所以我想,这胡适很坦率,他就没想想,也许有人并不想求他的墨宝呢。可是他那一小方纸,我也直保留到"文化大革命",才和罗家伦赠锺书的八页大大的胖字一起毁掉。

陈衡哲对我说,"适之也看了你的剧本了。他也说,'不是对着镜子写的'。他说想见见你。"

"对着镜子写",我不知什么意思,也不知是否有所指,我没问过。胡适想见见我,我很开心,因为我实在很想见见他。

陈衡哲说:"这样吧,咱们吃个家常 tea,你们俩,我们俩,加适之。"她和我就这么安排停当了。

我和锺书照例带了刚出笼的鸡肉包子到任家去。包子不能多买,因为总有好多人站着等待包子出笼。如要买得多,得等下一笼。我们到任家,胡适已先在。他和锺书已见过面。陈衡哲介绍了我,随即告诉我说:"今天有人要来闯席,林同济和他的 ex-wife(前妻)知道适之来,要来看看他。他们晚一会儿来,坐一坐就走的。"

不知是谁建议先趁热吃鸡肉包子。陈衡哲和我都是胃口欠佳的人,食量也特小。我带的包子不多,我和她都不想吃。我记得他们三个站在客厅东南隅一张半圆形的大理石面红木桌子旁边,有人靠着墙,有人靠着窗(窗外是阳台),就那么站着同吃鸡肉包子,且吃且谈且笑。陈衡哲在客厅的这一边从容地为他们调咖啡,我在旁边帮一手。他们吃完包子就过来喝咖啡。胡适是这时候对我说他认识我叔叔、姑姑以及"你老人家是我的先生"等话的。

林同济不仅带了他已经离婚的洋夫人,还带了离婚夫人的女朋友(一个二十多岁的美国姑娘)同来。大家就改用英语谈话。胡适说他正在收集怕老婆的故事。他说只有日本和德国没有这类故事。他说:"有怕老婆的故事,就说明女人实际上的权力不输于男人。"我记不准这话是当着林同济等客人谈的,还是他们走了以后谈的。现在没有锺书帮我回忆,就存疑吧。闯席的客人喝过咖啡,礼貌性地用过点心,坐一会儿就告辞了。

走了三个外客,剩下的主人客人很自在地把坐椅挪近沙发,围坐一处,很亲近地谈天说地。谈近事,谈铁托,谈苏联,谈知识分子的前途等等。

谈近事,胡适跌足叹恨烧掉了他的书信。尤其内中一信是自称"你的学生×××"写的。胡适说,"这一封信烧掉,太可惜了。"

当时五个人代表三个家。我们家是打定主意留在国内不走的。任、陈两位倾向于不走,胡适却是不便留下的。我们和任、陈两位很亲密,他们和胡适又是很亲密的老友,所以这个定局,大家都心照不宣。那时反映苏联铁幕后情况的英文小说,我们大致都读过。知识分子将面临什么命运是我们最关心的事,因为我们都是面临新局面的知识分子。我们相聚谈论,谈得很认真,也很亲密,像说悄悄话。

那天胡适得出席一个晚宴,主人家的汽车来接他了。胡适忙起身告辞。我们也都站起来送他。任先生和锺书送他到门口。陈衡哲站起身又坐回沙发里。我就陪她坐着。我记得胡适一手拿着帽子,走近门口又折回来,走到摆着几盘点心的桌子旁边,带几分顽皮,用手指把一盘芝麻烧饼戳了一下,用地道的上海话说:"'蟹壳黄'也拿出来了。"说完,笑嘻嘻地一溜烟跑往门口,由任先生和锺书送出门(门外就是楼梯)。

陈先生略有点儿不高兴,对我说:"适之 spoilt(宠坏)了,'蟹壳黄'也勿能吃了。"

我只笑笑,没敢说什么。"蟹壳黄"又香又脆,做早点我很爱吃。可是作为茶点确是不合适。谁吃这么大的一个芝麻烧饼呢!所以那盘烧饼保持原状,谁都没碰。不过我觉得胡适是临走故意回来惹她一下。

锺书陪任先生送客回来,我也卷上两条毛巾和锺书一起回家。我回家和锺书说:"胡适真是个交际家,一下子对我背出一大串叔叔姑母。他在乎人家称'你的学生',他就自称是我爸爸的学生。我可从没听见爸爸说过胡适是他的学生。"锺书为胡适辩解说:胡适曾向顾廷龙打听杨绛其人;顾告诉他说,"名父之女,老圃先生的女儿,钱锺书的夫人。"我认为事先打听,也是交际家的交际之道。不过锺书为我考证了一番,说胡适并未乱认老师,只是我爸爸决不会说"我的学生胡适之"。

我因为久闻胡适大名,偶尔又常听到家里人谈起他,他还曾到过我家,我确是很想见见他。所以这次茶叙见面,给我留下了很深的印象。至于胡适,他见过的人很多,未必记得我们两个。他在亲密的老友家那番"不足为外人道"的谈论中,他说的话最多。我们虽然参与,却是说得少,听得多,不会叫他忘不了。以后锺书还参加了一个送别胡适的宴会,同席有郑振铎;客人不少呢,同席的人是不易一一记住的。据唐德刚记胡适评钱锺书的

《宋诗选注》时,胡适说,"我没见过他",这很可能是"贵人善忘"。但是他同时又说,"大陆上正在'清算'他",凭这句话,我倒怀疑胡适并未忘记。他自己隔岸挨骂,可以不理会。但身处大陆而遭"清算",照他和我们"吃 tea"那晚的理解,是很严重的事。他说"我没见过他",我怀疑是故意的。其实,我们虽然挨批挨斗,却从未挨过"清算"。

有一次,任先生晚间有个应酬而陈先生懒得去,她邀我陪她在家里吃个"便饭",只我们两个人。我去了。大概只有我可以去吃她的"便饭",而真的"便",因为我们的饭量一样小。我也只用小小的饭碗盛半碗饭。菜量也一样小。我们吃得少,也吃得慢。话倒是谈了很多。谈些什么现在记不起了。有一件事,她欲说又止,又忍不住要说。她问我能不能守秘密。我说能。她想了想,笑着说,"连钱锺书也不告诉,行吗?"我斟酌了一番,说"可以"。她就告诉了我一件事。我回家,锺书正在等我。我说,"陈衡哲今晚告诉我一件事,叫我连你也不告诉,我答应她了。"锺书很好,一句也没问。

既是秘密,我就埋藏在心里。事隔多年,很自然地由埋没而淡忘了。我记住的,只是她和我对坐吃饭密谈,且谈且笑的情景。

一九四九年的八月间,锺书和我得到清华大学给我们两人的聘约。锺书说,也许我换换空气,身体会好。我们是八月底离开上海的。我还记得末一次在陈衡哲家参加的那个晚宴,客人有一大圆桌。她要量血压,约了一位医生带着量血压器去。可是医生是忙人,不及等到客人散尽;而陈衡哲不好意思当着客人量血压,所以她预先和我商定,只算是我要量血压,她特地约了医生。到我量血压的时候,她就凑上来也量量。我们就是这样安排的。那晚锺书和我一同赴宴。

陈先生血压正常,我的血压却意外地高。陈先生一再叮嘱,叫我吃素,但不必吃净素。她笑着对我和锺书讲有关吃素的趣事。提倡素食的李石曾定要他的新夫人吃素。新夫人嘴里淡出鸟来,只好偷偷儿到别人家去开荤。李石曾住蒲园,和我们家是紧邻。解放军过河之前,他们家就搬走了,进驻了解放军。

我们到了清华,我和莎菲先生还经常通信,只是不敢畅所欲言了。"三反运动"(当时称"洗澡")之后,我更加拘束,拿着笔不知怎么写,语言似乎僵死了。我不会虚伪,也不愿敷衍,我和她能说什么呢?我和她继续通信是很勉强的。

随后是"三校合并",我们由清华大学迁入新北大的中关园小平房。锺书那时借调到城里,参加翻译毛选工作。有一天任鸿隽先生和竺可桢先生同来看锺书。锺书在城里。我以前虽然经常到任先生家去,我只为他带鸡肉包子,只和陈衡哲说话,我不会和名人学者谈话。那天,我活是一个家庭妇女,奉茶陪坐之外,应对几句就没话可说。锺书是等不回来的,他们坐一会儿就走了,我心上直抱歉。从此我没有再见到任先生。他是一九六一年去世的。我留下的是任先生赏我的墨宝,我征得他子女的同意,复印了作为本文附录,希望任先生的诗集能早日问世。

一九六二年八月,我家迁入干面胡同新建的宿舍大楼。夏鼐先生和我们同住一个单元。大约一两年之后,他一次出差上海归来,对我说,陈衡哲先生托他捎来口信,说她还欠我一封信,但是她眼睛将近失明,不能亲自写信了,只好让她女儿代笔了。我知道他们的孝顺女儿任以书女士是特地从美国回来侍奉双亲的。我后来和她通过一次或两次信。到"文化大革命",我和陈先生就完全失去联系。在我们"流亡"期间,一九七六年一月,我们从报上得知她去世的噩耗。

我和陈衡哲经常聚会的日子并不长,只几个月,不足半年。为什么我们之间,那么勉强的通信还维持了这么多年呢。只因为我很喜欢她,她也喜欢我,我们之间确曾有过一段不易忘记的交情。我至今还想念她。

二〇〇二年三月二十日定稿

杜鵑聲裏杜鵑花 誰可看花不憶
家 記得江南春雨渡 馬頭逢認赤城

雲看花筑貴渡渝中一例春風卷
短叢好是半山松翠映崖放
幾枝紅　　陽雲山觀杜鵑 山杜鵑處
　　　　　北塘抗戰期間亦歷往迹

一水衡田一鷺鷥 竟魚笈波計何癡
羞為飛向青山去 煙雨空濛也自奇

就上人家秋意酣 蘆花飛雪水拖藍
若為畫作江南道 只欠丹楓些兩三
　　　　成渝道中書所見

　　　季康夫人哂正
　　　　　　　　鴻雋

花　花　儿

我大概不能算是爱猫的,因为我只爱个别的一只两只,而且只因为它不像一般的猫而似乎超出了猫类。

我从前苏州的家里养许多猫,我喜欢一只名叫大白的。它大概是波斯种,个儿比一般的猫大,浑身白毛,圆脸,一对蓝眼睛非常妩媚灵秀,性情又很温和。我常胡想,童话里美女变的猫,或者能变美女的猫,大概就像大白。大白如在户外玩够了想进屋来,就跳上我父亲书桌横侧的窗台,一只爪子软软地扶着玻璃,轻轻叫唤一声,看见父亲抬头看见它了,就跳下地,跑到门外蹲着静静等候。饭桌上尽管摆着它爱吃的鱼肉,它决不擅自取食,只是忙忙地跳上桌子又跳下地,仰头等着。跳上桌子是说:"我也要吃。"跳下地是说:"我在这儿等着呢。"

默存和我住在清华的时候养一只猫,皮毛不如大白,智力远在大白之上。那是我亲戚从城里抱来的一只小郎猫,才满月,刚断奶。它妈妈是白色长毛的纯波斯种,这儿子却是黑白杂色:背上三个黑圆,一条黑尾巴,四只黑爪子,脸上有匀匀的两个黑半圆,像时髦人戴的大黑眼镜,大得遮去半个脸,不过它连耳朵也是黑的。它是圆脸,灰蓝眼珠,眼神之美不输大白。它忽被人抱出城来,一声声直叫唤。我不忍,把小猫抱在怀里一整天,所以它和我最亲。

我们的老李妈爱猫。她说："带气儿的我都爱。"小猫来了我只会抱着，喂小猫的是她，"花花儿"也是她取的名字。那天傍晚她对我说："我已经给它把了一泡屎，我再把它一泡溺，教会了它，以后就不脏屋子了。"我不知道李妈是怎么"把"、怎么教的，花花儿从来没有弄脏过屋子，一次也没有。

我们让花花儿睡在客堂沙发上一个白布垫子上，那个垫子就算是它的领域。一次我把垫子双折着忘了打开，花花儿就把自己的身体约束成一长条，趴在上面，一点也不越出垫子的范围。一次它聚精会神地蹲在一叠箱子旁边，忽然伸出爪子一捞，就逮了一只耗子。那时候它还很小呢。李妈得意说："这猫儿就是灵。"它很早就懂得不准上饭桌，只伏在我的座后等候。李妈常说："这猫儿可仁义。"

花花儿早上见了李妈就要她抱。它把一只前脚勾着李妈的脖子，像小孩儿那样直着身子坐在李妈臂上。李妈笑说："瞧它！这猫儿敢情是小孩子变的，我就没见过这种样儿。"它早上第一次见我，总把冷鼻子在我脸上碰碰。清华的温德先生最爱猫，家里总养着好几只。他曾对我说："猫儿有时候会闻闻你，可它不是吻你，只是要闻闻你吃了什么东西。"我拿定花花儿不是要闻我吃了什么东西，因为我什么都没吃呢。即使我刚吃了鱼，它也并不再闻我。花花儿只是对我行个"早安"礼。我们有一罐结成团的陈奶粉，那是花花儿的零食。一次默存要花花儿也闻闻他，就拿些奶粉做贿赂。花花儿很懂事，也很无耻。我们夫妇分站在书桌的两头，猫儿站在书桌当中。它对我们俩这边看看，那边看看，要往我这边走，一转念，决然走到拿奶粉罐的默存那边去，闻了他一下脸。我们都大笑说："花花儿真无耻，有奶便是娘。"可是这充分说明,温德先生的话并不对。

一次我们早起不见花花儿。李妈指指茶几底下说:"给我拍了一下,躲在那儿委屈呢。我忙着要扫地,它直绕着我要我抱,绕得我眼睛都花了。我拍了它一下,瞧它!赌气了!"花花儿缩在茶几底下,一只前爪遮着脑门子,满脸气苦,我们叫它也不出来。还是李妈把它抱了出来,抚慰了一下,它又照常抱着李妈的脖子,挨在她怀里。我们还没看见过猫儿会委屈,那副气苦的神情不是我们唯心想象的。它第一次上了树不会下来,默存设法救了它下来,它把爪子软软地在默存臂上搭两下,表示感激,这也不是我们主观唯心的想象。

花花儿清早常从户外到我们卧房窗前来窥望。我睡在离窗最近的一边。它也和大白一样,前爪软软地扶着玻璃,只是一声不响,目不转睛地守着。假如我不回脸,它决不叫唤;要等看见我已经看见它了,才叫唤两声,然后也像大白那样跑到门口去蹲着,仰头等候。我开了门它就进来,跳上桌子闻闻我,并不要求我抱。它偶然也闻闻默存和圆圆,不过不是经常。

它渐渐不服管教,晚上要跟进卧房。我们把它按在沙发上,可是一松手它就蹿进卧房;捉出来,又蹿进去,两只眼睛只顾看着我们,表情是恳求。我们三个都心软了,就让它进屋,看它进来了怎么样。我们的卧房是一长间,南北各有大窗,中间放个大衣橱,把屋子隔成前后两间,圆圆睡后间。大衣橱的左侧上方是个小橱,花花儿白天常进卧房,大约看中了那个小橱。它仰头对着小橱叫。我开了小橱的门,它一蹿就蹿进去,蜷伏在内,不肯出来。我们都笑它找到了好一个安适的窝儿,就开着小橱的门,让它睡在里面。可是它又不安分,一会儿又跳到床上,要钻被窝。它好像知道默存最依顺他,就往他被窝里钻,可是一会儿又嫌闷,又要出门去。我们给它折腾了一顿,只好狠狠心把它赶走。经过两三次严厉的管教,它也就听话了。

一次我们吃禾花雀,它吃了些脖子爪子之类,快活得发疯似的从椅子上跳到桌上,又跳回地上,欢腾跳跃,逗得我们大笑不止。它爱吃的东西很特别,如老玉米,水果糖,花生米,好像别的猫不爱吃这些。转眼由春天到了冬天。有时大雪,我怕李妈滑倒(她年已六十),就自己买菜。我买菜,总为李妈买一包香烟,一包花生米。下午没事,李妈坐在自己床上,抱着花花儿,喂它吃花生。花花儿站在她怀里,前脚搭在她肩上,那副模样煞是滑稽。

花花儿周岁的时候李妈病了;病得很重,只好回家。她回家后花花儿早晚在她的卧房门外绕着叫,叫了好几天才罢。换来一个郭妈又凶又狠,把花花儿当冤家看待。一天我坐在书桌前工作,花花儿跳在我的座后,用爪子在我背上一拍,等我回头,它就跳下地,一爪招手似的招,走几步又回头叫我。我就跟它走。它把我直招到厨房里,然后它用后脚站起,伸前爪去抓菜橱下层的橱门——里面有猫鱼。原来花花儿是问我要饭吃。我一看它的饭碗肮脏不堪,半碗剩饭都干硬了。我用热水把硬饭泡洗一下,加上猫鱼拌好,花花儿就乖乖地吃饭。可是我一离开,它就不吃了,追出来把我叫回厨房。我守着,它就吃,走开就不吃。后来我把它的饭碗搬到吃饭间里,它就安安顿顿吃饭。我心想:这猫儿又作怪,它得在饭厅里吃饭呢!不久我发现郭妈作弄它。她双脚夹住花花儿的脑袋,不让它凑近饭碗,嘴里却说:"吃啊!吃啊!怎不吃呀?"我过去看看,郭妈忙一松腿,花花儿就跑了。

我才懂得花花儿为什么不肯在厨房吃饭。

花花儿到我家一二年后,默存调往城里工作,圆圆也在城里上学,寄宿在校。他们都要周末才回家,平时只我一人吃饭。每年初夏我总"疰夏",饭菜不过是西红柿汤,凉拌紫菜头之类。花花儿又作怪,它的饭碗在我座后,它不肯在我背后吃。我把它的饭碗挪在饭桌旁边,它才肯吃;吃几口就仰头看着我,等我给它滴上半匙西红柿汤,它才继续吃。我假装不看见也罢,如果它看见我看见它了,就非给它几滴清汤。我觉得这猫儿太唯心了,难道它也爱喝清汤!

猫儿一岁左右还不闹猫,不过外面猫儿叫闹的时候总爱出去看热闹。它一般总找最依顺它的默存,要他开门,把两只前爪抱着他的手腕子轻轻咬一口,然后叼着他的衣服往门口跑,前脚扒门,抬头看着门上的把手,两只眼睛里全是恳求。它这一出去就彻夜不归。好月亮的时候也通宵在外玩儿。两岁以后,它开始闹猫了。我们都看见它争风打架的英雄气概,花花儿成了我们那一区的霸。

有一次我午后上课,半路上看见它"嗷、嗷"怪声叫着过去。它忽然看见了我,立即回复平时的娇声细气,"啊,啊,啊"向我走来。我怕它跟我上课堂,直赶它走。可是它紧跟不离,直跟到洋灰大道边才止步不前,站定了看我走。那条大道是它活动区的边界,它不越出自定的范围。三反运动期间,我每晚开会到半夜三更,花花儿总在它的活动范围内迎候,伴随我回家。

花花儿善解人意,我为它的聪明惊喜,常胡说:"这猫儿简直有几分'人气'。"猫的"人气",当然微弱得似有若无,好比"人为万物之灵",人的那点灵光,也微弱得只够我们惶惑地照见自己多么愚昧。人的智慧自有打不破的局限,好比猫儿的聪明有它打不破的局限。

花花儿毕竟只是一只猫。三反运动后"院系调整",我们并入北大,迁居中关园。花花儿依恋旧屋,由我们捉住装入布袋,搬入新居,拴了三天才渐渐习惯些,可是我偶一开门,它一道电光似的向邻近树木繁密的果园蹿去,跑得无影无踪,一去不返。我们费尽心力也找不到它了。我们伤心得从此不再养猫。默存说:"有句老话:'狗认人,猫认屋',看来花花儿没有'超出猫类'。"他的《容安室休沐杂咏》还有一首提到它:"音书人事本萧条,广论何心续孝标,应是有情无着处,春风蛱蝶忆儿猫。"

一九八八年九月

控 诉 大 会

三反运动期间,我在清华任教。当时,有的大学举办了资产阶级腐朽思想的图书展览,陈列出一批思想腐朽的书籍。不过参观者只能隔着绳索圈定的范围,遥遥望见几个书题和几个人名,无从体会书籍如何腐朽。我校举行的控诉大会就不同了。全校师生员工大约三千人都参加,大礼堂里楼上楼下坐得满满的。讲台上有声有色的控诉,句句都振动人心。

我也曾参与几个"酝酿会"。那就是背着被控诉的教师,集体搜索可资控诉的材料,例如某教师怎么宣扬资产阶级的生活方式,某教师怎么传布资产阶级的思想等等。

我当时教一门"危险课"。外文系的"危险课"原有三门:诗歌、戏剧、小说。后来这三门课改为选修,诗歌和戏剧班上的学生退选,这两门课就取消了。我教的是大三的英国小说,因为仍有学生选修,我只好开课。我有个朋友思想很进步,曾对我说,你那老一套的可不行了,得我来教教你。我没有虚心受教,只留心回避思想意识,着重艺术上的分析比较,一心只等学生退选。两年过去了,到第三年,有些大学二年的学生也选修这门课,可是他们要求精读一部小说,而大三的学生仍要求普遍的分析讨论。我就想乘机打退堂鼓。但不知谁想出一个两全法:精读一部小说,同时着重讨论这部小说的技巧。当时选定精读的小说是狄更斯的《大卫·科波菲尔》。狄更斯受到马克思的赞许,也受到进步评论家的推重,公认为进步小说家。他那部小说精读太长,只能选出部分,其余供浏览,或由老师讲述几句,把故事联上就行。

可是狄更斯的进步不免令人失望。比如主人公穷困时在工厂当擦皮鞋的小工,当然很进步,可是他公然说,他最痛苦的是日常与下等人为伍。把工人看作"下等人",羞与为伍,我可怎么代作者装出进步面貌呢?最简便的办法是跳过去!小说里少不了谈情说爱的部分。我认为狄更斯喜剧性地描写中下层社会中年男女谈情,实在是妙极了,可是描写男女主人公的恋爱,往往糟得很,我干脆把谈恋爱的部分全部都跳过拉倒。

跳,有时有绊脚石。一次,精读的部分里带上一句牵涉到恋爱的话。主人公的房东太太对他说:"你觉也不睡,饭也不吃,我知道你的问题。"学生问:"什么问题?"我得解答:房东太太点出他在恋爱。我说:写恋爱用这种方式是陈腐的滥调。十八世纪菲尔丁的小说里,主人公虽然恋爱,照常吃饭,照常睡觉。十九世纪的狄更斯却还未能跳出中世纪骑士道的"恋爱准则"。我不愿在这个题目上多费工夫,只举了几条荒谬的例子,表示多么可笑。我这样踢开了绊脚石。

酝酿控诉大会的时候,我正为改造思想做检讨。我的问题,学生认为比较简单。我不属"向上爬"的典型,也不属"混饭吃"的典型,我只是满足于当贤妻良母,没有新中国人民的主人翁感。我的检讨,一次就通过了。开控诉大会就在通过我检查的当天晚饭后。我带着轻松愉快的心情,随我的亲戚同去听控诉。

我那位亲戚是活动家。她不知哪里听说我的检讨获得好评,特来和我握手道贺,然后和我同去开会,坐在我旁边。主席谈了资产阶级思想的毒害等等,然后开始控诉。

有个我从没见过的女孩子上台控诉。她不是我班上的学生,可是她咬牙切齿、顿足控诉的却是我。她提着我的名字说:

"×××先生上课不讲工人,专谈恋爱。

"×××先生教导我们,恋爱应当吃不下饭,睡不着觉。

"×××先生教导我们,见了情人,应当脸发白,腿发软。

"×××先生甚至于教导我们,结了婚的女人也应当谈恋爱。"

她怀着无比愤恨,控诉我的毒害。我的亲戚晚饭后坐在人丛里已开始打鼾,听到对我的这番控诉,戛然一声,停止打鼾,张大了眼睛。大礼堂里几千双眼睛都射着我。我只好效法三十年代的旧式新娘,闹房时戴着蓝眼镜,装作不闻不见,木然默坐。接下还有对别人的控诉,可是比了对我的就算不得什么了。控诉完毕,群众拥挤着慢慢散去,一面闹哄哄地议论。我站起身,发现我的亲戚已不知去向。

谁这么巧妙地断章取义、提纲上线的,确实为控诉大会立了大功。但我那天早上的检讨一字未及"谈恋爱",怎么就没人质问,一致通过了呢?不过我得承认,这番控诉非常动听,只是我给骂得简直不堪了。

我走出大礼堂,恰似刚从地狱出来的魔鬼,浑身散发着硫磺臭,还带着熊熊火焰;人人都避得远远的。暗昏中,我能看到自己周围留着一圈空白,群众在这圈空白之外纷纷议论,声调里带着愤怒。一位女同志(大约是家庭妇女)慨叹说:"咳!还不如我们无才无能的呢!"好在她们不是当面批评,我只远远听着。

忽然我们的系主任吴达元先生走近前来,悄悄问:"你真的说了那种话吗?"

我说:"你想吧,我会吗?"

他立即说:"我想你不会。"

我很感激他,可是我也谨慎地离他远些,因为我知道自己多么"臭"。

我独自一人回到家里。那个时期家里只有我和一个女佣,女佣早已睡熟。假如我是一个娇嫩的女人,我还有什么脸见人呢?我只好关门上吊啊!季布壮士,受辱而不羞,因为"欲有所用其未足也"。我并没有这等大志。我只是火气旺盛,像个鼓鼓的皮球,没法按下个凹处来承受这份侮辱,心上也感不到丝毫惭愧。我看了一会书就睡觉。明早起来,打扮得喜盈盈的,拿着个菜篮子到校内菜市上人最多的地方去招摇,看不敢理我的人怎样逃避我。

有人见了我及早躲开,有人佯佯不睬,但也有人照常和我招呼,而且有两三人还和我说话,有一人和我说笑了好一会。一星期后,我在大礼堂前稠人广众中看见一个老朋友,她老远的躲开了我。可是另有个并不很熟的女同志却和我有说有讲地并肩走了好一段路。避我只在情理之中,我没有怨尤。不避我的,我对他们至今感激。

不久《人民日报》上报道了我校对资产阶级腐朽思想的控诉大会,还点了我的名为例:"×××先生上课专谈恋爱。"幸亏我不是名人,点了名也未必有多少人知道。

我的安慰是从此可以不再教课。可是下一学期我这门选修课没有取消,反增添了十多个学生。我刚经过轰轰烈烈的思想改造，诚心诚意地做了检讨，决不能再消极退缩。我也认识到大运动里的个人是何等渺小。我总不能借这点委屈就掼纱帽呀！我难道和资产阶级腐朽思想结下了不解之缘吗？我只好自我譬解：知道我的人反正知道；不知道的，随他们怎么想去吧。人生在世，冤屈总归是难免的。

虽然是一番屈辱，却是好一番锤炼。当时，我火气退去，就活像一头被车轮碾伤的小动物，血肉模糊的创口不是一下子就能愈合的。可是，往后我受批评甚至受斗争，总深幸这场控诉大大增强了我的韧劲。

一九八八年九月

"吾 先 生"

——旧事拾零

一九四九年我到清华后不久,发现燕京东门外有个果园,有苹果树和桃树等,果园里有个出售鲜果的摊儿,我和女儿常去买,因此和园里的工人很熟。

园主姓虞,果园因此称为虞园。虞先生是早年留学美国的园林学家,五十多岁,头发已经花白,我们常看见他爬在梯子上修剪果树,和工人一起劳动,工人都称他"吾先生"——就是"我们先生"。我不知道他们当面怎么称呼,对我们用第三人称,总是"吾先生"。这称呼的口气里带着拥护爱戴的意思。

虞先生和蔼可亲。小孩子进园买果子,拿出一分两分钱,虞先生总把稍带伤残的果子大捧大捧塞给孩子。有一次我和女儿进园,看见虞先生坐在树阴里看一本线装书。我好奇,想知道他看的什么书,就近前去和他攀话。我忘了他那本书的书名,只记得是一本诸子百家的书。从此我到了虞园常和他闲聊。

我和女儿去买果子,有时是工人掌秤,有时虞先生亲自掌秤。黄桃熟了,虞先生给个篮子让我们自己挑好的从树上摘。他还带我们下窖看里面储藏的大筐大筐苹果。我们在虞园买的果子,五斤至少有六斤重。

三反运动刚开始,我发现虞园气氛反常。一小部分工人——大约一两个——不称"吾先生"了,好像他们的气势比虞先生高出一头。过些时再去,称"吾先生"的只两三人了。再过些时,他们的"吾先生"不挂在嘴上,好像只闷在肚里。

有一天我到果园去,开门的工人对我说:

"这园子归公了。"

"虞先生呢?"

"和我们一样了。"

这个工人不是最初就不称"吾先生"的那派,也不是到后来仍坚持称"吾先生"的那派,大约是中间顺大流的。

我想虞先生不会变成"工人阶级",大约和其他工人那样,也算是园子里的雇员罢了,可能也拿同等的工资。

一次我看见虞先生仍在果园里晒太阳,但是离果子摊儿远远的。他说:得离得远远的,免得怀疑他偷果子。他说,他吃园里的果子得到市上去买,不能在这里买,人家会说他多拿了果子。我几次劝他把事情看开些,得随着时世变通,反正他照样为自己培植的果树服务,不就完了吗?果园毕竟是身外之物呀。但虞先生说"想不通",我想他也受不了日常难免的腌臜气。听说他闷了一程,病了一程,终于自己触电去世。

没几年果园夷为平地,建造起一片房屋。如今虞园旧址已无从寻觅。

一九八〇年九月二日

忆高崇熙先生

——旧事拾零

高先生是清华大学化工系教授,大家承认他业务很好,可是说他脾气不太好,落落难合。高太太善交际,所以我们夫妇尽管不善交际,也和他们有些来往。我们发现高先生脾气并不坏,和他很合得来。

大约一九五〇年,清华附近建立了一所化工厂,高先生当厂长。他们夫妇迁进工厂,住在简陋的办公室一般的宿舍里。我们夫妇曾到他新家去拜访过两次。

一九五一年秋,一个星期日,正是晴朗的好秋天,我们忽然高兴,想出去走走。我记起高太太送了我鲜花,还没去谢谢她。我们就步出南校门,穿过麦田,到化工厂去。当时三反运动已在社会上发动起来,但是还没有转为思想改造运动。学校里的知识分子以为于己无涉,还不大关心。

我们进了工厂,拐弯曲折,到了高氏夫妇寓所。高太太进城了,家里只高先生一人。他正独坐在又像教室又像办公室的客堂里,对我们的拜访好像出乎意外,并不欢迎。他勉强请我们坐,拿了两只肮脏的玻璃杯,为我们斟了两个半杯热水瓶底带水碱的剩水。他笑得很勉强,和我们酬答也只一声两声。我觉得来得不是时候,坐不住了,就说我们是路过,顺道看看他们,还要到别处去。我们就起身告辞了。

高先生并不挽留,却殷勤送我们出来:送出客堂,送出那条走廊,送出院子,还直往外送。我们请他留步,他硬是要送,直送到工厂的大门口。我记得大门口站着个看门的,他站在那人旁边,目送我们往远处去。

我们俩走入麦田。

我说:"他好像不欢迎我们。"

"不欢迎。"

"所以我不敢多坐了。"

"是该走了。"

我说:"他大概有事呢,咱们打扰他了。"

"不,他没事,他就那么坐着。"

"不在看书?"

"我看见他就那么坐着,也不看书,也不做什么事。"

"哦,也许因为运动,他心绪不好。"

"我问起他们厂里的运动,他说没什么事,快完了。"

"我觉得他巴不得我们快走。"

"可是他送了又送。"

这话不错。他简直依依不舍似的,不像厌恶我们。我说:"也许他简慢了咱们又抱歉了。"

"他也没有简慢。况且,他送出院子不就行了吗?"

我们俩自作聪明地琢磨来琢磨去,总觉得纳闷。他也不是冷淡,也不是板着脸,他只是笑得那么勉强,那么怪。真怪!没有别的字可以形容。

过了一天,星期二上午,传来消息:化工厂的高先生昨天自杀了。据说星期一上午,工间休息的时候,高太太和厂里的一些女职工在会客室里煮元宵吃呢,回隔壁卧房看见高先生倒在床上,脸已变黑,他服了氰酸。

我们看见他的时候,他大约正在打主意,或者已经打定主意,所以把太太支使进城。事后回想,他从接待我们到送我们出工厂大门,全都说明这一件事,都是自然的。只恨我们糊涂,没有及时了解。

冤案错案如今正一一落实。高先生自杀后,高太太相继去世,多少年过去了,谁还记得他们吗?高先生自杀前夕,撞见他的,大概只有我们夫妇俩。

一九八八年九月一日

第一次观礼

——旧事拾零

一九五五年四月底,我得到一个绿色的观礼条,五月一日劳动节可到天安门广场观礼。绿条儿是末等的,别人不要,不知谁想到给我。我领受了非常高兴,因为是第一次得到的政治待遇。我知道头等是大红色,次等好像是粉红,我记不清了。有一人级别比我低,他得的条儿是橙黄色,比我高一等。反正,我自比《红楼梦》里的秋纹,不问人家红条、黄条,"我只领太太的恩典"。

随着观礼条有一张通知,说明哪里上大汽车、哪里下车,以及观礼的种种规矩。我读后大上心事。得橙黄条儿的是个男同志,绿条儿只我一人。我不认识路,下了大汽车,人海里到哪儿去找我的观礼台呢?礼毕,我又怎么再找到原来的大汽车呢?我一面忙忙开箱子寻找观礼的衣服,一面和家人商量办法。

我说:"绿条儿一定不少。我上了大汽车,就找一个最丑的戴绿条子的人,死盯着他。"

"干吗找最丑的呢?"

我说:"免得人家以为我看中他。"

家里人都笑说不妥:"越是丑男人,看到女同志死盯着他,就越以为是看中他了。"

我没想到这一层,觉得也有道理。我打算上了车,找个最容易辨认的戴绿条儿的人,就死盯着,只是留心不让他知觉。

"五一"清晨,我兴兴头头上了大汽车,一眼看到车上有个戴绿条儿的女同志,喜出望外,忙和她坐在一起。我仿佛他乡遇故知;她也很和气,并不嫌我。我就不用偷偷儿死盯着丑的或不丑的男同志了。

同车有三个戴大红条儿的女同志,都穿一身套服:窄窄腰身的上衣和紧绷绷的短裙。她们看来是常戴着大红条儿观礼的人物。下车后她们很内行地说,先上厕所,迟了就糟了。我们两个绿条子因为是女同志,很自然的也跟了去。

厕所很宽畅,该称盥洗室,里面薰着香,沿墙有好几个洁白的洗手池子,墙上镶嵌着一面面明亮的镜子,架上还挂着洁白的毛巾。但厕所只有四小间。我正在小间门口,出于礼貌,先让别人。一个戴红条儿的毫不客气,直闯进去,撇我在小间门旁等候。我暗想:"她是憋得慌吧?这么急!"她们一面大声说笑,说这会儿厕所里还没人光顾,一切都干干净净地等待外宾呢。我进了那个小间,还听到她们大声说笑和错乱的脚步声,以后就寂然无声。我动作敏捷,怕她们等我,忙掖好衣服出来。不料盥洗室里已杳无一人。

我吃一大惊,惊得血液都冷凝不流了。一个人落在天安门盥洗室内,我可怎么办呢!我忙洗洗手出来,只见我的绿条儿伙伴站在门外等着我。我感激得舒了一口大气,冷凝的血也给"阶级友爱"的温暖融化了。可恨那红条儿不是什么憋得慌,不过是眼里没有我这个绿条子。也许她认为我是僭越了,竟擅敢挤入那个迎候外宾的厕所。我还自以为是让她呢!

绿条儿伙伴看见那三个红条子的行踪,她带我拐个弯,就望见前面三双高跟鞋的后跟了。我们赶上去,拐弯抹角,走出一个小红门,就是天安门大街,三个红条子也就不知哪里去了。我跟着绿条儿伙伴过了街,在广场一侧找到了我们的观礼台。

我记不起观礼台有多高多大,只记得四围有短墙。可是我以后没有再见到那个观礼台。难道是临时搭的?却又不像新搭的。大概我当时竭力四处观望,未及注意自己站立的地方。我只觉得太阳射着眼睛,晒着半边脸,越晒越热。台上好几排长凳已坐满了人。我凭短墙站立好久,后来又换在长凳尽头坐了一会。可是,除了四周的群众,除了群众手里擎着的各色纸花,我什么也看不见。

远近传来消息:"来了,来了。"群众在欢呼,他们手里举的纸花,汇合成一片花海,浪潮般升起又落下,想必是天安门上的领袖出现了。接下就听到游行队伍的脚步声。天上忽然放出一大群白鸽,又迸出千百个五颜六色的氢气球,飘荡在半空,有的还带着长幅标语。游行队伍齐声喊着口号。我看到一簇簇红旗过去,听着口号声和步伐声,知道游行队伍正在前进。我踮起脚,伸长脑袋,游行队伍偶然也能看到一瞥。可是眼前所见,只是群众的纸花,像浪潮起伏的一片花海。

虽然啥也看不见,我在群众中却也失去自我,融合在游行队伍里。我虽然没有"含着泪花",泪花儿大约也能呼之即来,因为"伟大感"和"渺小感"同时在心上起落,确也"久久不能平息"。"组织起来"的群众如何感觉,我多少领会到一点情味。

游行队伍过完了,高呼万岁的群众像钱塘江上的大潮一般卷向天安门。我当然也得随着拥去,只是注意抓着我的绿条儿伙伴。等我也拥到天安门下,已是"潮打空城寂寞回"。天安门上已空无一人,群众已四向散去。我犹如溅余的一滴江水,又回复自我,看见绿条儿伙伴未曾失散,不胜庆幸,忙紧紧跟着她去寻找我们的大汽车。

三个红条儿早已坐在车上。我跟着绿条儿伙伴一同上了车,回到家里,虽然脚跟痛,脖子酸,半边脸晒得火热,兴致还很高。问我看见了什么,我却回答不出,只能说:

"厕所是香的,擦手的毛巾是雪白的。"我差点儿一人落在天安门盥洗室里,虽然只是一场虚惊,却也充得一番意外奇遇,不免细细叙说。至于身在群众中的感受,实在肤浅得很,只可供反思,还说不出口。

一九八八年三至四月

第一次下乡

一　受社会主义教育

我们初下乡,同伙一位老先生遥指着一个农村姑娘说:"瞧! 她像不像蒙娜·丽莎?"

"像! 真像!"

我们就称她"蒙娜·丽莎"。

打麦场上,一个三角窝棚旁边,有位高高瘦瘦的老者,撑着一支长竹竿,撅着一撮胡子,正仰头望天。另一位老先生说:

"瞧! 堂吉诃德先生!"

"哈! 可不是!"

我们就称他"堂吉诃德"。

那是一九五八年"拔白旗"后、"大跃进"时的十月下旬,我们一伙二十来人下乡去受社会主义教育,改造自我。可是老先生们还没脱下资产阶级知识分子的眼镜,反而凭主观改造农村人物呢!

据说四十五岁以上的女同志免于下乡。我不敢相信,也不愿相信。眼看年轻同志们"老张""小王"彼此好亲近,我却总是个尊而不亲的"老先生",我也不能自安呀!

下乡当然是"自愿"的。我是真个自愿,不是打官腔;只是我的动机不纯正。我第一很好奇,想知道土屋茅舍里是怎样生活的。第二,还是好奇。听说,能不能和农民打成一片,是革命、不革命的分界线。我很想瞧瞧自己究竟革命不革命。

下乡当然有些困难。一家三口,女儿已下厂炼钢,我们夫妇要下乡自我锻炼,看家的"阿姨"偏又是不可靠的。默存下乡比我迟一个月,我不能亲自为他置备行装,放心不下。我又有点顾虑,怕自己体弱年老,不能适应下乡以后的集体生活。可是,解放以前,艰苦的日子也经过些,这类鸡毛蒜皮算不得什么。

十月下旬,我们一行老老少少约二十人,由正副两队长带领下乡。我很守规矩,行李只带本人能负担提携的,按照三个月的需要,尽量精选。长途汽车到站,把我们连同行李撇在路旁。我跟着较年轻的同伙,捆起铺盖卷,一手拿提包,一手拿网袋,奋勇追随;可是没走几步,就落在后面,拼命赶了一程,精疲力竭,只好停下。前面的人已经不见了,路旁守着行李的几位老先生和女同志也不见了。我不敢放下铺盖卷,怕不能再举上肩头。独立在田野里,大有"前不见古人,后不见来者"之慨。幸喜面前只有一条路。我咬着牙一步步慢慢走,不多远就看见拐弯处有一所房屋,门口挂着"人民公社"的牌子,我那些同伙正在门口休息。我很不必急急忙忙,不自量力。后面几位老先生和女同志们,留一二人看守行李,他们大包小件扛着抬着慢慢搬运,渐渐地都齐集了。

那半天我们在公社休息,等候正副队长和公社干部商定如何安插我们。我们分成两队。一队驻在富庶的稻米之乡,由副队长带领;一队驻在贫瘠的山村,由正队长带领。我是分在山村的,连同队长共五男二女。男的都比我年长,女的比我小,可是比我懂事,我把她当姊姊看待。队长是一位谦虚谨慎的老党员。当晚我们在公社打开铺盖,胡乱休息一宵,第二天清晨,两队就分赴各自的村庄。"蒙娜·丽莎"和"堂吉诃德"就是我们一到山村所遇见的。

我们那村子很穷,没一个富农。村里有一条大街或通道,连着一片空场。公社办事处在大街中段,西尽头是天主教堂,当时作粮库用,东尽头是一眼深井,地很高,没有井栏,井口四周冻着厚厚的冰,村民大多在那儿取水。食堂在街以北,托儿所在街以南。沿村东边有一道没有水的沟,旁边多半是小土房。砖瓦盖的房子分布在村子各部。村北是陡峭的山,据说得乘了小驴儿才上得去。出村一二里是"长沟",那儿有些食用品的商店,还有一家饭馆。

那时候吃饭不要钱。每户人家虽各有粮柜,全是空的。各家大大小小的腌菜缸都集中在食堂院子里,缸里腌的只是些红的白的萝卜。墙脚下是大堆的生白薯,那是每餐的主食。

村里人家几乎全是一姓,大概是一个家族的繁衍,异姓的只三四家。

二 "过五关,斩六将"

我们早有心理准备,下乡得过几重关。我借用典故,称为"过五关,斩六将"。

第一关是"劳动关"。公社里煞费苦心,为我们这几个老弱无能的人安排了又不累、又不脏、又容易的活儿,叫我们砸玉米棒子。我们各备一条木棍,在打麦场上席地坐在一堆玉米棒子旁边,举棒拍打,把玉米粒儿打得全脱落下来,然后扫成一堆,用席子盖上。和我们同在场上干活的都是些老大娘们,她们砸她们的,和我们也攀话谈笑。八点开始劳动,实际是八点半,十点就休息,称为"歇攀儿",该歇十分钟,可是一歇往往半小时。"歇攀儿"的时候,大家就在场上坐着或站着或歪着,说说笑笑。再劳动不到一个多钟头又"歇攀儿"了!大家拿着家具——一根木棍,一只小板凳或一方垫子,各自回家等待吃饭。这些老大娘只赚最低的工分。

有时候我们推独轮车搬运地里的秋秸杂草。我们学会推车,把稳两手,分开两脚,脚跟使劲登登地走,把袜跟都踩破。我能把秋秸杂草堆得高过自己的脑袋,然后留心推车上坡,拐个弯,再推下坡,车不翻。

有一次叫我们捆草:把几茎长草捻成绳子,绕住一堆干草,把"绳子"两端不知怎么的一扭一塞,就捆好了。我不会一扭一塞。天都快黑了,我站在乱草堆里直发愁。可是生产队副队长(大家称为"大个儿"的)来了,他几下子就把满地乱草全捆得整整齐齐。

有几次我们用小洋刀切去萝卜的缨子并挖掉长芽的"根据地",然后把萝卜搬运入窖。我们第一天下乡,就是干这个活。我们下乡干的全是轻活儿,看来"劳动关",对我们是虚掩着的,一走就"过",不必冲杀。

第二关是"居住关"。记得看过什么《清宫外史》,得知伺候皇上,每日要问:"进得好?出得好?歇得好?""进""出""歇"在乡间是三道重关。"歇"原指睡眠,在我们就指"居住";"进"和"出"就指下文的"饮食"和"方便"。

农民让出一个大炕,给五位老先生睡。后来天气转冷,村里腾出一间空房,由我们打扫了糊上白绵纸,买了煤,生上火,我们一伙就有了一个家。但我和女伴儿只是"打游击"。社里怕冻了我们,让我们睡在一位工人大嫂家。工人有钱买煤,她家睡的是暖炕。可是没几天,工人回家度假,党支部书记肖桂兰连夜帮我们搬走,在一间空屋里尘土扑鼻的冷炕上暂宿一宵,然后搬入公社缝纫室居住。缝纫室里有一张竹榻,还有一块放衣料什物的木板,宽三尺,长六七尺,高高架在墙顶高窗底下,离地约有二米。得登上竹榻,再蹬上个木桩子,攀援而上;躺下了当然不能翻身,得挨着墙一动不动,否则会滚下来。我的女伴说:"对不起,我不像你身体轻,我又睡得死,而且也爬不上;我只好睡下铺。"我想,假如她睡上铺,我准为她愁得彻夜不眠。所以,理所当然,我睡了上铺。反正我经常是半睡半醒地过夜。窗隙凉风拂面,倒很清新,比闷在工人大嫂家煤味、人味、孩子屎尿味的屋里舒服得多。每天清早,我能从窗里看到下面空场上生产队排队出发,高声唱着"社会主义好"。后不久,村里开办了托儿所。托儿所的教室里摆着一排排小桌子小凳子,前头有个大暖炕。我和女伴儿以及另单位的两个女同志同睡这个大炕。她们俩起得早,不及和我们见面就去劳动了。我每晨擂着拳头把女伴打醒,急急穿衣洗漱,一个个娃娃已站满炕前,目不转睛地瞪着我们看,我感到自己成了动物园里的猴子。同炕四人把铺盖卷上,沿墙安放。娃娃们都上炕游戏。一次,我女伴的铺盖卷儿给一个娃娃骑在上面撒了一大泡溺,幸亏没透入铺盖内部。四人睡这么一个大炕,够舒服的,尽管被褥有溺湿的危险。

第三关是"饮食关"。我们不属于生产队,吃饭得交钱。我们可以加入干部食堂，每日两餐，米饭、炒菜，还加一汤；如加入农民食堂，饭钱便宜些，一日三餐，早晚是稀的，中午是窝头白薯。我们愿意接近老乡们，也不惯吃两顿干饭，所以加入了农民食堂。老乡们都打了饭回家吃。我们和食堂工作人员在食堂吃。我们七人，正好一桌。早晚是玉米糁儿煮白薯块，我很欣赏那又稀又腻的粥。窝头也好吃，大锅煮的白薯更好吃。厨房里把又软又烂的白薯剥了皮，揉在玉米面里，做成的窝头特软。可是据说老乡们嫌"不经饱"。默存在昌黎乡间吃的是发霉的白薯干磨成的粉，掺合了玉米面做的窝头，味道带苦。相形之下，我们的饭食该说是很好了。厨师们因我喜爱他们做的饭食，常在开饭前拣出最软最甜的白薯，堆在灶台上，让我像贪嘴孩子似的站着尽量吃，我的女伴儿也同吃。可是几位老先生吃了白薯，肚里产生了大量气体，又是噫气，又是泄气。有一次，一位老先生泄的气足有一丈半长，还摇曳多姿，转出几个调子来。我和女伴儿走在背后，忍着不敢笑。后来我拣出带下乡的一瓶食母生，给他们"消气"。

我那时还不贪油腻。一次梦里，我推开一碟子两个荷包蛋，说："不要吃。"醒来告诉女伴，她直埋怨我不吃。早饭时告诉了同桌的老先生，他们也同声怪我不吃，恨不得叫我端出来放在桌上呢！我们吃了整一个月素食，另一单位的年轻同志淘沟，捉得一大面盆的小活鱼。厨房里居然烧成可口的干炙小鱼，也给我们开了荤。没料到猫鱼也成了时鲜美味。我们吃了一个月粗粝之食，想到大米白面，不胜向往。分在稻米之乡的那一队得知我们的馋劲，忙买些白米，烦房东做了米饭请我们去吃。我像猪八戒似的一口一碗饭，连吃两碗，下饭只是一条罐头装的凤尾鱼

（我们在"长沟"共买得两罐）和半块酱豆腐。我生平没吃过那么又香又软的白米饭。

以后，我们一伙都害了馋痨——除了队长，因为他不形于色，我不敢冤他。他很体察下情，每一二星期总带我们到长沟的饭馆去吃一顿豆浆油条当早饭。我有时直想吃个双份才饱，可是吃完一份，肚子也填得满满的了。我们曾买得一只大沙锅，放在老先生住的屋里当炊具，煮点心用。秋天收的干鲜果子都已上市，我们在长沟买些干枣和山楂，加上两小包配给卖的白糖，煮成酸甜儿的酪，各人拿出大大小小的杯子平均分配一份。队长很近人情，和大家同享。我的女伴出主意，买了核桃放在火上烧，烧煳了容易敲碎，核桃仁又香又脆，很好吃。反正什么都很好吃。每晚灯下，我们空谈好吃的东西，叫做"精神会餐"，又解馋，又解闷，"吃"得津津有味。"饮食关"该算是过了吧？

第四关是"方便关"。这个关，我认为比"饮食关"难过，因为不由自主。我们所里曾有个年轻同事，下了乡只"进"不"出"，结果出不来的从嘴里出来了。泻药用量不易掌握，轻了没用，重了很危险，因为可方便的地方不易得。沤"天然肥"的缸多半太满，上面搁的板子又薄又滑，登上去，大有跌进缸里的危险，令人"战战栗栗，汗不敢出"——汗都不敢出，何况比汗更重浊的呢！

有一次，食堂供绿豆粉做的面条。我捞了半碗，不知道那是很不易消化的东西，半夜闹肚子了。那时我睡在缝纫室的高铺上。我尽力绥靖，胃肠却不听调停。独自半夜出门，还得走半条街才是小学后门，那里才有"五谷轮回所"。我指望闹醒女伴，求她陪我。我穿好衣服由高处攀援而下，重重地踩在她铺上。

她睡得正浓,一无知觉。我不忍叫醒她,硬着头皮,大着胆子,带个手电悄悄出去。我摸索到通往大厅的腰门,推一推纹丝不动,打开手电一看,上面锁着一把大锁呢。只听得旁边屋里杂乱的鼾声,吓得我一溜烟顺着走廊直往远处跑,经过一个院子,转进去有个大圆洞门,进去又是个院子,微弱的星光月光下,只见落叶满地,阒无人迹。我想到了学习猫咪,摸索得一片碎瓦,权当爪子,刨了个坑。然后我掩上土,铺平落叶。我再次攀援上床,竟没有闹醒一个人。这个关也算过了吧?

第五关是"卫生关"。有两员大将把门:一是"清洁卫生",二是"保健卫生"。清洁卫生容易克服,保健卫生却不易制胜。

清洁离不开水。我们那山村地高井深,打了水还得往回挑。我记得五位老先生搬离第一次借居的老乡家,队长带领我们把他家水缸打满,院子扫净。我们每人带个热水瓶,最初问厨房讨一瓶开水。后来自家生火,我和女伴凑现成,每晚各带走一瓶,连喝带用。除了早晚,不常洗手,更不洗脸。我的手背比手心干净些,饭后用舌头舔净嘴角,用手背来回一抹,就算洗脸。我们整两个月没洗澡。我和女伴承老先生们照应,每两星期为我们烧些热水,让我们洗头发,洗换衬衣。我们大伙罩衣上的斑斑点点,都在开会时"干洗"——就是搓搓刮刮,能下的就算洗掉。这套"肮脏经",说来也怪羞人的,做到却也是逐点熬炼出来。

要不顾卫生,不理会传染疾病,那就很难做到,除非没有知识,不知提防。食堂里有个害肺痨的,嗓子都哑了。街上也曾见过一个烂掉鼻子的。我们吃饭得用公共碗筷,心上嫌恶,只好买一大瓣蒜,大家狠命吃生蒜。好在人人都吃,谁也不嫌谁臭,压根儿闻不到蒜臭了。有一次,我和女伴同去访问一家有两个重肺病的女人。主人用细瓷茶杯，沏上好茶待客。我假装喝茶，分几次把茶泼掉。我的女伴全喝了。她可说是过了关，我却只能算是夹带过去的。

所谓"过五关、斩六将"，其实算不得"过关斩将"。可是我从此颇有自豪感，对没有这番经验的还大有优越感。

三　形形色色的人

我在农村安顿下来。第一件事，就是认识了一个个老大爷、老大妈、小伙子、大姑娘、小姑娘，他们不复是抽象的"农民阶级"。他们个个不同，就像"知识分子"一样的个个不同。

一位大妈见了我们说："真要感谢毛主席他老人家！没有毛主席，你们会到我们这种地方来吗！"我仔细看看她的脸。她是不是在打官腔呀？

缝纫室里有个花言巧语的大妈。她对我说：

"呀！我开头以为文工团来了呢！我看你拿着把小洋刀挖萝卜，直心疼你。我说：瞧那小眉毛儿！瞧那小嘴儿！年轻时候准是个大美人儿呢！我说：我们多说说你们好话，让你们早点儿回去。"她是个地道的"劳动惩罚论"者。

有个装模作样的王嫂，她是村上的异姓，好像人缘并不好。听说她是中农，原先夫妇俩干活儿很欢，成立了公社就专会磨洋工，专爱嘀嘀咕咕。她抱怨秋秸秆儿还没分发到户，嚷嚷说："你们能用冷水洗手，我可不惯冷水洗手！"我是惯用冷水洗手的，没料到农村妇女竟那么娇。

我们分队下乡之前，曾在区人民公社胡乱住过一宵。我们清出一间屋子,搬掉了大堆大堆的农民公费医疗证。因为领导人认为这事难行,农民谁个不带三分病,有了公费医疗,大家不干活,尽去瞧病了。这件事空许过愿,又取消了。我们入村后第一次开会,就是通知目前还不兴公费医疗。我们下乡的一伙都受到嘱咐,注意农民的反映,向上汇报。可是开会时群众哑默悄静,一个个呆着脸不吭一声。我一次中午在打麦场上靠着窝棚打盹儿,我女伴不在旁。有个苍白脸的中年妇女来坐在我旁边,我们就闲聊攀话。她自说是寡妇,有个十七岁的儿子。她说话斯文得出人意外。她叹息说:"朝令夕改的!"(她指公费医疗吧?)"我对孩子说,你可别傻,什么'深翻三尺'!你翻得一身大汗,风一吹,还不病了!病了你可怎么办?"我不知该怎么回答。我的女伴正向场上跑来,那苍白脸的寡妇立即抽身走了。

有一位大妈,说的话很像我们所谓"怪话"。她大谈"人民公社好",她说:

"反正就是好呗!你说这把茶壶是你的,好,你就拿去。你说这条板凳是你的,好,你就搬走。你现在不搬呢,好,我就给你看着呗。"

没人驳斥她,也没人附和。我无从知道别人对这话的意见。

有个三十来岁的大嫂请我到她家去。她悄悄地说:"咳,家里来了客,要摊张饼请请人也不能够。"她家的糊窗纸都破了,破纸在风里瑟瑟作响。她家只有水缸里的水是满的。

有个老大妈初次见我,一手伸入我袖管,攥着我的手,一手在我脸上摩挲。十几天后又遇见我,又照样摩挲着我的脸,笑着惋叹说:"来了没十多天吧?已经没原先那么光了。"我不知道她是"没心没肺",还是很有心眼儿。

我们所见的"堂吉诃德"并非老者。他理发顺带剃掉胡子，原来是个三四十岁的青壮年，一点不像什么堂吉诃德。厨房里有亲兄弟俩和他相貌有相似处，大概和他是叔伯兄弟。那亲兄弟俩都是高高瘦瘦的，眉目很清秀，一个管厨房，一个管食堂。我上食堂往往比别人早。一次我看见管食堂的一手按着个碟子，一手拿着个瓶子在碟子上很轻巧地一转。我问他："干什么呢？"他很得意，变戏法似的把手一抬，拿出一碟子白菜心。他说："淋上些香油，给你们换换口味。"这显然是专给我们一桌吃的。我很感激，觉得他不仅是孝顺的厨子，还有点慈母行径呢。

食堂左右都是比较高大的瓦房，大概原先是他家的房子。一次，他指着院子里圈着的几头大猪，低声对我说："这原先都是我们家的。"

"现在呢？"

他仍是低声："归公社了——她们妯娌俩当饲养员。"

这是他对我说的"悄悄话"吧？我没说什么。我了解他的心情。

食堂邻近的大妈请我们去看她养的小猪。母猪小猪就养在堂屋里，屋子收拾得干干净净。母猪和一窝小猪都干净，黑亮黑亮的毛，没一点垢污。母猪一躺下，一群猪仔子就直奔妈妈怀里，享受各自的一份口粮。大妈说，猪仔子从小就占定自己的"饭碗儿"，从不更换。我才知道猪可以很干净，而且是很聪明的家畜。

大妈的脸是圆圆的，个儿是胖胖的。我忽然想到她准是食堂里那个清秀老头儿的老婆，也立即想到一个赶车的矮胖小伙子准是他们的儿子。考试一下，果然不错。我忙不迭地把新发现报告同伙。以后我经常发现谁是谁的谁：这是伯伯，这是叔叔，这是婶子，这是大妈，这是姐姐，这是远房的妹妹等等。有位老先生笑我是"包打听"，其实我并未"打听"，不过发现而已。发现了他们之间的亲属关系，好像对他们就认识得更着实。

"蒙娜·丽莎"的爸爸，和管厨房、食堂的两兄弟大概是贫穷的远房兄弟。他家住两间小土屋。"蒙娜·丽莎"的真名，和村上另几个年龄相近的大姑娘不排行。她面貌并不像什么"蒙娜·丽莎"。她梳一条长辫子，穿一件红红绿绿的花布棉袄，干活儿的时候脱去棉袄，只穿一件单布褂子，村上的大姑娘都这样。她的爸爸比较矮小，伛着背老是干咳嗽。据他告诉我：一次"毛主席派来的学生"派住他家，他把暖炕让给学生，自己睡在靠边的冷炕上，从此得了这个咳嗽病。我把带下乡的鱼肝油丸全送了他，可是我怕他营养不良，那两瓶丸药起不了多大作用。他的老伴儿已经去世，大儿子新近应兵役入伍了，家里还有个美丽的小女儿叫"大芝子"，"蒙娜·丽莎"是家里的主要劳动力。她很坚决地声明："我不聘，我要等哥哥回来。"她那位带病的父亲告诉我：他当初苦苦思念儿子，直放心不下；后来他到部队去探亲一次，受到军官们热情招待，又看到儿子在部队的生活，也心上完全踏实了。

"大芝子"才八岁左右，比她姐姐长得姣好，皮肤白嫩，双眼皮，眼睛大而亮，眼珠子乌黑乌黑。一次她摔一大跤，脑门子上破了个相当大的窟窿，又是泥，又是血。我见了很着急，也心疼，忙找出我带下乡的医药品，给她洗伤、敷药、包上纱布。我才知道他们家连一块裹伤的破布条儿都没有。"蒙娜·丽莎"对我说："不怕的，我们家孩子是摔跌惯了的，皮肉破了肿都不肿，一下子就长好。"大芝子的伤处果然很快就长好了,没留下疤痕。我后来发现,农村的孩子或大人,受了伤都愈合得快,而且不易感染。也许因为农村的空气特别清新,我国农民的血液是最健康的。

我有一次碰到个纤眉修目的小姑娘,很甜净可爱。她不过六七岁。我问她名字,她说叫"小芝子"。我拉着她的手问她是谁家的孩子。

"我是我们家的孩子。"

"你爸爸叫什么呀?"

"我管我爸爸叫爸爸。"

"你哥哥叫什么呢?"

"我管我哥哥叫哥哥。"

我这个"包打听",认真"打听"也打听不出她是谁来,只能料想她和"大芝子"是排行。

大批萝卜急需入窖的时候,我们分在稻米之乡的分队也请来帮忙了。萝卜刚出土,带着一层泥,我们冻僵的手指沾了泥更觉寒冷。那个分队里一个较年轻的同伙瞧我和老乡们比较熟,建议我去向他们借只脸盆,讨一盆水洗洗手。我撞见个老大爷,就问他借脸盆洗手。他不慌不忙,开了锁,带我进屋去。原来是一间宽敞的瓦房,有个很大的炕,房里的家具都整齐。他拿出一只簇新的白底子红花的鼓墩式大脸盆,给我舀了半盆凉水。我正要端出门,他说:"你自己先洗洗",一面就为我兑上热水。我把冻手渥在热水里,好舒服!他又拿出一块雪白的香皂,一条雪白的毛巾,都不是全新,可也不像家常天天使用的。我怕弄脏了他的香皂,只摸了两下;又怕擦脏了他的毛巾,乘他为我泼水,把没洗干净的湿手偷偷儿在自己罩衣上抹个半干,才象征性地使用了毛巾。主人又给舀了半盆冷水,让我端给大伙儿洗。他是怕那面盆大,水多了我端不动,或一路上泼泼洒洒吧?十几双泥手洗那半盆水,我直为泼掉的那大半盆热水可惜,只是没敢说。大家洗完了我送还面盆,盆底尽是泥沙。

村民房屋的质量和大小,大约标识着上一代的贫富;当前的贫富全看家里的劳动力。副队长"大个儿"家里劳动力多,生活就富裕,老乡们对他都很服帖。正队长家是新盖的清凉瓦屋,而且是楼房。老乡们对那座楼房指指点点,好像对这位队长并不喜欢;说到他,语气还带些轻鄙。他提倡节制生育,以身作则,自己做了绝育手术。村里人称他是"劁了的"。我不懂什么"劁",我女伴忙拉拉我的衣襟不让我问,过后才讲给我听。我只在大会上听过他做报告,平时从不见面。大跃进后期,我们得了一个新任务:向村民讲解《农村十条》。生产队长却迟迟不传达。关于政策多少年不变以及自留地等问题,村民不放心,私下向我们打听,听了还不敢相信。我很惊奇,怎么生产队长迟迟不传达中央的文件,他是否怕有损自己的威信。

党支部书记肖桂兰是一位勤劳不懈的女同志,才三十七岁,小我十岁呢,已生了四个孩子,显得很苍老,两条大长辫子是枯黄色的。她又要带头劳动,又要做动员报告,又要开会,又要传达,管着不知多少事。她苦于不识字。她说,所有的事都得装在脑袋里。我和女伴儿的居住问题,当然也装在她的脑袋里。我们每次搬个住处,总是她及时想到,还亲自帮着我们搬。我女伴的铺盖很大,她自己不会打;我力气小,使足了劲也捆不紧。如果搬得匆忙,我连自己的小铺盖也捆不上了。肖桂兰看我们搬不动两个铺盖,干脆把一个大的捎在肩上,一个小的夹在腋下,在前领路,健步如飞。我拿着些小件东西跟在后面还直怕赶不上,心上又是感激,又是惭愧。肖桂兰直爽真挚,很可爱。她讲自己小时候曾贩卖布匹等必需品给解放军,经常把钱塞在炕洞里。一次客来,她烧热了炕,忘了藏着的钱;等她想到,纸币已烧成灰。她老实承认自己"阶级意识"不强,镇压地主时她吓得发抖,直往远处躲,看都不敢看。当了支书,日夜忙碌,自己笑说:"我图个啥呀?"她正是荧屏上表扬的"默默奉献"者。她大约"默默奉献"了整一辈子,没受过表扬。

村上还有个"挂过彩"的退伍军人。他姓李,和村上人也不是同姓。我忘了他的名字,也不记得他是否有个官衔。他生活最受照顾,地位也最高。他老伴儿很和气,我曾几次到过他家。这位军人如果会吹吹牛,准可以当英雄。可是他像小孩儿一样天真朴质,问他过去的事,得用"逼供信"法,"挤牙膏"般挤出一点两点。诱得巧妙,他也会谈得眉飞色舞。他常挨我的"逼供信",和我是相当好的朋友。我离开那个村子一年后,曾寄他一张贺年片。他却回了我一封长信,向我"汇报"村上的情况。尤其可感的是他本人不会写信,特地央人代写的。

村里最"得其所哉"的是"傻子"。他食肠大,一顿要吃满满一面盆的食。好在吃饭不要钱,他的食量不成问题。他专管掏粪,不嫌脏,不嫌累,干完活儿倒头大睡。他是村里最心满意足的人。

最不乐意的大约是一个疯婆子。村上那条大街上有一处旁边有口干井,原先是菜窖。那老大娘不慎跌下干井,伤了腿。我看见她蓬头垢面,蹲坐地上,用双手拿着两块木头代脚走路。两手挪前一尺,身子也挪前一尺。她怪费力地向前挪动,一面哭喊叫骂。过路的人只作不闻不见。我问:"她骂谁?"人家不答,只说她是疯子。我听来她是在骂领导,不知骂哪一位,还是"海骂"。骂的话我不能全懂,只知道她骂得很臭很毒。她天天早上哭骂着过街一趟,不知她往哪里去,也不知她家在哪里。

四　桩桩件件的事

有一天,我们分组到村里访病问苦,也连带串门儿。我们撞到了疯婆子家里。一间破屋,一个破炕,炕头上坐着个脸黄皮皱的老大妈,正是那"疯婆子"。我原先有点害怕,懦怯地近前去和她招呼。她很友好,请我们坐,一点不像疯子。我坐在炕沿上和她攀话,她就打开了话匣子。她的话我听不大懂,只知是连篇的"苦经"。我问起她的伤腿,她就解开裤腿,给我看伤疤。同组的两位老先生没肯坐,见那"疯婆子"解裤腿,慌忙逃出门去。我怕一人落单,忙着一面抚慰,一面帮她系上裤腿,急急辞出。我埋怨那两位老先生撇了我逃跑,他们只鬼头鬼脑地笑,说是怕她还要解衣解带。

下午我要求和女伴儿同组,又访问了几家。我们俩看望生肺病的女人就是那天。后来我们跑到僻远地区,听到个妇女负痛呼号。我很紧张。我的女伴说,没准儿是假装的。我们到了她家,病人停止了呼号勉强招待我们。她说自己是发胃病。我们没多坐,辞出不久又听到她那惨痛的叫号。我的女伴断定她是不愿出勤,装病。可是我听了那声音,坚信是真的。到底什么病,也许她自己都不知道。

我们又看望了一个患风湿病的小伙子。有一次大暑天淘井,他一身大汗跳下井去,寒气一逼,得了这个病,浑身关节疼痛,惟有虎骨酒能治。虎骨酒很贵。他攒了钱叫家人进城买得一瓶,将到家,不知怎么的把瓶子砸了,酒都流了。他说到这瓶砸掉的酒,还直心疼。但他毫无怨意,只默默忍受。我以后每见虎骨酒,还直想到他。

我们顺便串门儿,看望了不常到的几个人家。村上很少小伙子,壮健的多半进城当工人了。有个理发师不肯留在乡间,一心要进城去。但村上理发的只他一个,很赚钱,我们几位老先生都请他理发。那天他的老伴儿不在家,我们看见墙上挂的镜框里有很多她的小照片,很美,也很时髦,一张照上一套新装。我估计这对夫妇不久就要离村进城的。

有些老大妈爱谈东家长、西家短:谁家有个"破鞋",谁家有个"倒踏门"的女婿,谁家九十岁的公公溺了炕说是"猫儿溺的",谁家捉奸仇杀,门外小胡同里流满了血。我听了最惊心的是某家复壁里窝藏了一名地主(本村没有地主,想必是村上人的亲戚)。初解放,家家户户经常调换房屋:住这家的忽然调往那家,住那家的忽又调到这家。复壁里的人不知房子里已换了人家,早起上厕所,就给捉住了。

村里开办幼儿园,我们一伙七人是赞助者。我们大家资助些钱,在北京买了一批玩具和小儿书;队长命我做"友好使者"向村公社送礼。我不会说话,老先生们教了我一套。我记得村里还举行了一个小小的典礼接受礼物,表示感谢。村里的大妈起初都不愿把孩子"圈起来",宁可让孩子自由自在地"野"。曾招待我和女伴同炕睡觉的工人大嫂就表示过这种意见。可是幼儿园的伙食好，入园的孩子渐渐多起来。工人大嫂家的二娃子后来也入幼儿园了。我问她吃了什么好早饭，她说吃了"苟儿勾"（豆儿粥），我听了很馋。

扫盲也是我们的一项工作。"蒙娜·丽莎"等一群大姑娘都做出拿笤帚扫地的姿势，笑说："又要来扫我们了！"她们说："干活儿我们不怕，就怕'扫'我们。干了一天活儿，坐下直瞌睡，就是认不进字去！"我曾亲身经历，领会到体力、脑力并不分家，同属于一个身体；耗尽体力，脑力也没有多余了。

我女伴儿和我得到一项特殊任务：专为党支书肖桂兰扫盲。因为她常说："我若能把事情一项项写下来，不用全装在脑袋里，该多轻松啊！"可是她听到"扫盲"，就和村里的大姑娘们一样着急说："又来扫咱们了！"她当然没工夫随班上课。我们的队长让我和女伴儿自动找她，随她什么时候方便，就"送货上门"式教她。我们已跟她说好，可是每到她家，总扑个空，我怀疑她是躲我们。

不知谁的主意，提倡"诗画上墙"。我们那个贫穷的山村，连可以题诗作画的白墙也没有几堵。我们把较为平整的黄土墙也刷白了利用。可是诗和画总不能都由外来受教育的知识分子一手包办啊。我们从本村的小学校里要了些男女学生的作文，虽有错别字，而且多半不完整，意思却还明白。我们把可用的作文变成"诗"，也就是"顺口溜"，署上作者的名字。每首"诗"都配上一幅"画"。有些墙上剩留些似画非画的图痕，我们添补成"画"，再配上一首"诗"。我们一队七个老人，没一人能画。村上有一个能画的小伙子，却又不是闲着没事的，只能乘他有空，请来画几笔。我和女伴儿掇一条长板凳，站在上面，大胆老面皮一同挥笔画了一棵果实累累的大树,表示"丰收"。村里人端详着说:"不赖。"这就是很好的鼓励了。天气严寒,捧着砚台、颜色缸的手都冻僵了,可是我们穿街走巷,见一堵平整的墙,就题诗作画,墙上琳琅满目,村子立即成了个"诗画村"。有一幅"送公粮"的画,大约出于那位能画的小伙子之手,我们配上了诗,却捏造不出作者的名字,就借用了一位村干部的大名。我们告诉了那位干部,并指点他看了"诗""画"和署名。他喜得满面欢笑,宛如小儿得饼。我才知道不仅文人好名,老农也一个样儿。村里的小学校长命学生把墙上的"诗"抄在红红绿绿的纸上,贴在学校门口,算是他们那学校的成绩。我们有几位老先生认为那是"剽窃"。就算是"剽窃",不也名正言顺吗!墙上都明写着作者的大名呢!有的村里汇集了几个村的"诗",印成小册子。上面的顺口溜竟是千篇一律,都是什么"心里亮堂堂"呀,"卫星飞上天"之类。我自己编造的时候,觉得纯出"本店自造",竟不知是抄袭了人——或者竟是别的村子抄袭了我们?不过这阵风不久就刮过了。

我们串门儿的时候,曾见到有几家的条桌上摆着一只钟,罩在玻璃罩下。可是一般人家都没有钟表。如要开会,说明八点开,至早要等到九点或九点半,甚至十点。有一次是在一个较远的礼堂开一个什么报告会。我们准时到会,从七点半直等到近十一点,又累又急又无聊又饿。不记得那次的会是否开成,还是草草走过场的;我怀疑这是否相当于"怠工"的"怠会"。一般学习会在食堂附近开,老乡们在一个多小时里陆续到齐,发言倒也踊跃。老大妈老大爷一个个高声嚷:"我说说!"说的全是正确的话,像小学生上课回答教师他学到了什么。如果以为他们的发言反映他们的意见,那就错了。他们不过表示:"你教的我明白了。"他们很简单地重复了教导他们的话,不把这句话做成花团锦簇的文章,也不参加自己的什么意见。"怪话"我只听到上文提起的那一次。也许是我"过敏",觉得语气"不大对头"。我回京谈体会时,如实报导了那几句话,谁也没听出什么"怪话",只说我下乡对农民有了感情,学他们的话也腔吻毕肖。我常怀疑,我们是否把农民估计得太简单了?

村子附近的山里出黏土,经火一烧,变得很坚硬,和一般泥土烧成的东西不同。黏土值钱,是村民增加收入的大财源。我们曾去参观他们挖掘。肖桂兰带着一群小伙子和大姑娘铲的铲,挖的挖,装在大筐里,背着倒在小车上堆聚一处。我们六个老人(我们的队长好像是有事到北京去了)象征性地帮着搬了几团泥块。这是挂过彩的那位退伍军人请我们去的。他还要款待我们吃饭,我们赶紧饿着肚子溜回自己的食堂。

我们还打算为这个山村写一部村史。可是挂过彩的军人和肖桂兰都是务实派,不善空谈。我的任务是"诱供",另有几人专司记录。我一心设法哄他们谈过去的事,因此记不得他们谈了些什么。反正"村史"没有写成。

阳历元旦村里过节,虽然不是春节,村里也要演个戏热闹一番。我才知道这么个小小荒村里,也人才济济。嗓子好、扮相好的姑娘多得很。我才了解古代无道君王下乡选美确有道理。

五　整　队　回　京

我们原定下乡三个月,后来减缩成两个月。

阳历年底,村上开始过节。我们不好意思分享老乡们过节的饭食,所以买了两只鸡、两瓶酒送给厨房。我又一次做送礼的"友好使者",向他们致谢意。那个村子出厨师,专给人家办酒席。他们平时"英雄无用武之地",这回厨房宰了猪,又加上两只鸡,就做出不少拿手好菜,有的竟是我们从未吃过的。例如把正方形的五花肉,转着切成薄薄的一长条,卷上仍是正方形,炖得稀烂,入口消融。我们连日吃白面馒头和花卷,都是难得的细粮,我们理应回避。这或许也是促成我们早归的原因吧?因为再过一个月就是春节了。

我们回京之前,得各自总结收获,互提意见。意见多半是芝麻绿豆,例如说我不懂民间语言等等,我不甚在意,听完就忘了。但有一句话是我最得意的:队长评语中说我能和老乡们"打成一片"。一位党外的"马列主义老先生"不以为然,说我不过是"婆婆妈妈"而已,并未能与农民在无产阶级的立场上打成一片。他的话也许完全正确。我理论水平低,不会和他理论。但是队长并未取消他的评语。我还是心服有修养的老党员,不爱听"马列老先生"的宏论。我觉得自己和农民之间,没什么打不通的;如果我生在他们村里,我就是他们中间的一个。我下乡前的好奇心,就这样"自以为是""自得其乐"地算是满足了。

下乡两个月,大体说来很快活,惟有一个阴影:那就是与家人离散,经常牵心挂肚。我同炕有个相貌端好的女伴,偶逢旁边没别人,她就和我说"悄悄话"。第一次的"悄悄话"是她对我说的。她凑近我低声问:

"你想不想你的老头儿?"

我说:"想。你想不想你的老头儿?"

她说:"想啊!"

两人相对傻笑;先是自嘲的笑,转而为无可奈何的苦笑。我们眼睛里交换了无限同情。以后,见面彼此笑笑,也成安慰。她是我同炕之友,虽然我们说"悄悄话"的机会不多。

默存留在家里的时候,三天来一信,两天来一信,字小行密,总有两三张纸。同伙惟我信多,都取笑我。我贴身衬衣上有两只口袋,丝绵背心上又有两只,每袋至多能容纳四五封信(都是去了信封的,而且只能插入大半,露出小半)。我攒不到二十封信,肚子上左边右边尽是硬邦邦的信,虽未形成大肚皮,弯腰很不方便,信纸不肯弯曲,稀里哗啦地响,还有掉出来的危险。其实这些信谁都读得,既不肉麻,政治上也绝无见不得人的话。可是我经过几次运动,多少有点神经病,觉得文字往往像解放前广告上的"百灵机""有意想不到之效力";一旦发生了这种效力,白纸黑字,百口莫辩。因此我只敢揣在贴身的衣袋里。衣袋里实在装不下了,我只好抽出信藏在提包里。我身上是轻了,心上却重了,结果只好硬硬心肠,信攒多了,就付之一炬。我记得曾在缝纫室的泥地上当着女伴烧过两三次。这是默存一辈子写得最好的情书。用他自己的话:"以离思而论,行者每不如居者之笃","惆怅独归,其'情'更凄戚于踽凉长往也"。用他翻译洋人的话:"离别之惆怅乃专为居者而设""此间百凡如故,我仍留而君已去耳。行行生别离,去者不如留者神伤之甚也。"(见《谈艺录》541页)他到了昌黎天天捣粪,仍偷空写信,而嘱我不必回信。我常后悔焚毁了那许多宝贵的信。惟一的安慰是:"过得了月半,过不了三十",即使全璧归家,又怎逃得过丙丁大劫。况且那许多信又不比《曾文正公家书》之类,旨在示范同世,垂训后人,那是专写给我一个人看的。罢了,让火神菩萨为我收藏着吧。

村里和我友情较深的是"蒙娜·丽莎"和她的爸爸。我和女伴同去辞行。"蒙娜·丽莎"搀着大芝子送一程,又一程,末了她附着大芝子的耳朵说了一句话,大芝子学舌说:"想着我们哪!"我至今想着他们,还连带想到一个不知谁家的小芝子。

总结完毕,我们山村的小队和稻米之乡的小队一起结队回北京,我和许多同伙挤在一个拖厢里。我们不能像沙丁鱼伸直了身子平躺,站着也不能直立,因为车顶太低,屈的不能伸腰,因为挤得太紧。我坐在一条长凳尽头,身上压满了同伴的大包小包,两腿渐渐发麻,先是像针戳,后来感觉全无,好像两条腿都没有了。大伙挤上车不是容易,好半天曲屈着也不易忍耐,黄昏时分,我们终于安抵北京。我们乖乖地受了一番教育,毕业回家了。

一九九一年四月

老　　王

我常坐老王的三轮。他登，我坐，一路上我们说着闲话。

据老王自己讲：北京解放后，登三轮的都组织起来；那时候他"脑袋慢""没绕过来""晚了一步"，就"进不去了"。他感叹自己"人老了，没用了"。老王常有失群落伍的惶恐，因为他是单干户。他靠着活命的只是一辆破旧的三轮车。他有个哥哥死了，有两个侄儿"没出息"，此外就没什么亲人。

老王不仅老，他只有一只眼，另一只是"田螺眼"，瞎的。乘客不愿坐他的车，怕他看不清，撞了什么。有人说，这老光棍大约年轻时候不老实，害了什么恶病，瞎掉一只眼。他那只好眼也有病，天黑了就看不见。有一次，他撞在电杆上，撞得半面肿胀，又青又紫。那时候我们在干校，我女儿说他是夜盲症，给他吃了大瓶的鱼肝油，晚上就看得见了。他也许是从小营养不良而瞎了一眼，也许是得了恶病，反正同是不幸，而后者该是更深的不幸。

有一天傍晚，我们夫妇散步，经过一个荒僻的小胡同，看见一个破破落落的大院，里面有几间塌败的小屋；老王正登着他那辆三轮进大院去。后来我坐着老王的车和他闲聊的时候，问起那里是不是他的家。他说，住那儿多年了。

有一年夏天，老王给我们楼下人家送冰，愿意给我们家带送,车费减半。我们当然不要他减半收费。每天清晨,老王抱着冰上三楼,代我们放入冰箱。他送的冰比他前任送的大一倍,冰价相等。胡同口登三轮的我们大多熟识,老王是其中最老实的。他从没看透我们是好欺负的主顾,他大概压根儿没想到这点。

"文化大革命"开始,默存不知怎么的一条腿走不得路了。我代他请了假,烦老王送他上医院。我自己不敢乘三轮,挤公共汽车到医院门口等待。老王帮我把默存扶下车,却坚决不肯拿钱。他说:"我送钱先生看病,不要钱。"我一定要给钱,他哑着嗓子悄悄问我:"你还有钱吗?"我笑说有钱,他拿了钱却还不大放心。

我们从干校回来,载客三轮都取缔了。老王只好把他那辆三轮改成运货的平板三轮。他并没有力气运送什么货物。幸亏有一位老先生愿把自己降格为"货",让老王运送。老王欣然在三轮平板的周围装上半寸高的边缘,好像有了这半寸边缘,乘客就围住了不会掉落。我问老王凭这位主顾,是否能维持生活。他说可以凑合。可是过些时老王病了,不知什么病,花钱吃了不知什么药,总不见好。开始几个月他还能扶病到我家来,以后只好托他同院的老李来代他传话了。

有一天,我在家听到打门,开门看见老王直僵僵地镶嵌在门框里。往常他坐在登三轮的座上,或抱着冰伛着身子进我家来,不显得那么高。也许他平时不那么瘦,也不那么直僵僵的。他面色死灰,两只眼上都结着一层翳,分不清哪一只瞎、哪一只不瞎。说得可笑些,他简直像棺材里倒出来的,就像我想象里的僵尸,骷髅上绷着一层枯黄的干皮,打上一棍就会散成一堆白骨。我吃惊说:"啊呀,老王,你好些了吗?"

他"嗯"了一声,直着脚往里走,对我伸出两手。他一手提着个瓶子,一手提着一包东西。

我忙去接。瓶子里是香油,包裹里是鸡蛋。我记不清是十个还是二十个,因为在我记忆里多得数不完。我也记不起他是怎么说的,反正意思很明白,那是他送我们的。

我强笑说:"老王,这么新鲜的大鸡蛋,都给我们吃?"

他只说:"我不吃。"

我谢了他的好香油,谢了他的大鸡蛋,然后转身进屋去。他赶忙止住我说:"我不是要钱。"

我也赶忙解释:"我知道,我知道——不过你既然来了,就免得托人捎了。"

他也许觉得我这话有理,站着等我。

我把他包鸡蛋的一方灰不灰、蓝不蓝的方格子破布叠好还他。他一手拿着布,一手攥着钱,滞笨地转过身子。我忙去给他开了门,站在楼梯口,看他直着脚一级一级下楼去,直担心他半楼梯摔倒。等到听不见脚步声,我回屋才感到抱歉,没请他坐坐喝口茶水。可是我害怕得糊涂了。那直僵僵的身体好像不能坐,稍一弯曲就会散成一堆骨头。我不能想象他是怎么回家的。

过了十多天,我碰见老王同院的老李。我问:"老王怎么了?好些没有?"

"早埋了。"

"呀,他什么时候……"

"什么时候死的?就是到您那儿的第二天。"

他还讲老王身上缠了多少尺全新的白布——因为老王是回民,埋在什么沟里。我也不懂,没多问。

我回家看着还没动用的那瓶香油和没吃完的鸡蛋,一再追忆老王和我对答的话,琢磨他是否知道我领受他的谢意。我想他是知道的。但不知为什么,每想起老王,总觉得心上不安。因为吃了他的香油和鸡蛋?因为他来表示感谢,我却拿钱去侮辱他?都不是。几年过去了,我渐渐明白:那是一个幸运的人对一个不幸者的愧怍。

一九八四年三月

林　奶　奶

　　林奶奶小我三岁,今年七十。十七年前,"文化大革命"的第二年,她忽到我家打门,问我用不用人。我说:"不请人了,家务事自己都能干。"她叹气说:"您自己都能,可我们吃什么饭呀?"她介绍自己是"给家家儿洗衣服的"。我就请她每星期来洗一次衣服。据我后来知道,她的"家家儿"包括很多人家。当时大家对保姆有戒心。有人只为保姆的一张大字报就给揪出来扫街的。林奶奶大咧咧的不理红卫兵的茬儿。她不肯胡说东家的坏话,大嚷"那哪儿成!我不能瞎说呀!"许多人家不敢找保姆,就请林奶奶去做零工。

　　我问林奶奶:"干吗帮那么多人家?集中两三家,活儿不轻省些吗?"她说做零工"活着些"。这就是说:自由些,或主动些;干活儿瞧她高兴,不合意可以不干。比如说吧,某太太特难伺候,林奶奶白卖力气不讨好,反招了一顿没趣,气得她当场左右开弓,打了自己两个嘴巴子。这倒像旧式妇女不能打妯娌的孩子的屁股,就打自己孩子的屁股。不过林奶奶却是认真责怪自己。据说那位太太曾在林奶奶干活儿的时候,把钟拨慢"十好几分钟"(林奶奶是论时计工资的),和这种太太打什么交道呢!林奶奶和另一位太太也闹过别扭。她在那家院子里洗衣服。雨后满院积水。那家的孩子故意把污水往林奶奶身上溅。孩子的妈正在院子里站着,林奶奶跑去告状,那位太太不耐烦,一扭脖子说:"活该!"气得林奶奶蹲下身掬起污水就往那位太太身上泼。我听了忍不住笑说:"活该了!"不过林奶奶既然干了那一行,委屈是家常便饭,她一般是吃在肚里就罢了,并不随便告诉人。她有原则:不搬嘴弄舌。

她倒是不怕没主顾,因为她干活儿认真,衣服洗得干净;如果经手买什么东西,分文也不肯沾人家的便宜。也许她称得上"清介""耿直"等美名,不过这种辞儿一般不用在渺小的人物身上。人家只说她"人靠得住,脾气可倔"。

她为了自卫,有时候像好斗的公鸡。一次我偶在胡同里碰见她端着一只空碗去打醋,我们俩就说着话同走。忽有个小学生闯过,把她的碗撞落地下,砸了。林奶奶一把揪住那孩子破口大骂。我说:"孩子不是故意,碗砸了我赔你两只。"我又叫孩子向她道歉。她这才松了手气呼呼地跟我回家。我说:"干吗生这么大气?"她说孩子们尽跟她捣乱。

那个孩子虽不是故意,林奶奶的话却是真的。也许因为她穿得太破烂肮脏,像个叫化婆子。我猜想她年轻的时候相貌身材都不错呢。老来倒眉塌眼,有一副可怜相,可是笑起来还是和善可爱。她天天哈着腰坐在小矮凳上洗衣,一年来,一年去,背渐渐地弯得不肯再直,不到六十已经驼背;身上虽瘦,肚皮却大。其实那是虚有其表。只要掀开她的大襟,就知道衣下鼓鼓囊囊一大嘟噜是倒垂的裤腰。她系一条红裤带,六七寸高的裤腰有几层,有的往左歪,有的往右歪,有的往下倒。一重重的衣服都有小襟,小襟上都钉着口袋,一个、两个或三个:上一个,下一个,反面再一个,大小不等,颜色各别。衣袋深处装着她的家当:布票,粮票,油票,一角二角或一元二元或五元十元的钱。她分别放开,当然都有计较。我若给她些什么,得在她的袋口别上一二支大别针,或三支小的,才保住东西不外掉。

我曾问起她家的情况。林奶奶叙事全按古希腊悲剧的"从半中间起";用的代名词很省,一个"他"字,同时代替男女老少不知多少人。我越听越糊涂,事情越问越复杂,只好"不求甚解"。比如她说:"我们穷人家嘛,没钱娶媳妇儿,他哥儿俩吧,就合有一个嫂子。"我不知是同时还是先后合娶一个嫂子——好像是先后。我也不知"哥儿俩"是她的谁,反正不是她的丈夫,因为她只嫁过一个丈夫,早死了,她是青年守寡的。她伺候婆婆好多年,听她口气,对婆婆很有情谊。她有一子一女,都已成家。她把儿子栽培到高中毕业。女儿呢,据说是"他嫂子的,四岁没了妈,吃我的奶。"死了的嫂子大概是她的妯娌。她另外还有嫂子,不知是否"哥儿俩"合娶的,她曾托那嫂子给我做过一双棉鞋。

林奶奶得意扬扬抱了那双棉鞋来送我,一再强调鞋是按着我脚寸特制的。我恍惚记起她曾哄我让她量过脚寸。可是那双棉鞋显然是男鞋的尺码。我谢了她,领下礼物,等她走了,就让给默存穿。想不到非但他穿不下,连阿圆都穿不下。我自己一试,恰恰一脚,真是按着我脚寸特制的呢!那位嫂子准也按着林奶奶的嘱咐,把棉花絮得厚厚的,比平常的棉鞋厚三五倍不止。簇新的白布包底,用麻线纳得密密麻麻,比牛皮底还硬。我双脚穿上新鞋,就像猩猩穿上木屐,行动不得;稳重地站着,两脚和大象的脚一样肥硕。

林奶奶老家在郊区,她在城里做零工,活儿重些,工钱却多,而且她白天黑夜地干,身上穿的是破烂,吃的像猪食。她婆婆已经去世,儿女都已成家,多年省吃俭用,攒下钱在城里置了一所房子,花一二千块钱呢。恰逢"文化大革命",林奶奶赶紧把房"献"了。她深悔置房子"千不该、万不该",却塌眉倒眼地笑着用中间三个指头点着胸口说:"我成了地主资本家!我!我!!"我说:"放心,房子早晚会还你,至少折了价还。"不过我问她:"你想吃瓦片儿吗?"她不答理,只说"您不懂",她自有她的道理。

我干校回来,房管处已经把她置的那所房子拆掉,另赔了一间房给她——新盖的,很小,我去看过,里面还有个自来水龙头,只是没有下水道。林奶奶指着窗外的院子和旁边两间房说:"他住那边。""他"指拆房子又盖房子的人,好像是个管房子的,林奶奶称为"街坊"。她指着"街坊"门前大堆木材说:"那是我的,都给他偷了。"她和"街坊"为那堆木材成了冤家。所以林奶奶不走前院,却从自己房间直通街道的小门出入。

她曾邀一个亲戚同住,彼此照顾。这就是林奶奶的长远打算。她和我讲:"我死倒不怕,"——吃苦受累当然也不怕,她一辈子不就是吃苦受累吗?她说,"我就怕老来病了,半死不活,给撂在炕上,叫人没人理,叫天天不应。我眼看着两代亲人受这个罪了……人说'长病没孝子'……孝子都不行呢……"她不说自己没有孝子,只叹气说"还是女儿好"。不过在她心目中,女儿当然也不能充孝子。

她和那个亲戚相处得不错,只是房间太小,两人住太挤。她屋里堆着许多破破烂烂的东西,还摆着一大排花盆——林奶奶爱养花,破瓷盆、破瓦盆都种着鲜花。那个亲戚住了些时候有事走了,我怀疑她不过是图方便;难道她真打算老来和林奶奶做伴儿?林奶奶指望安顿亲友的另两间房里,住的是与她为仇的"街坊"。

那年冬天,林奶奶穿着个破皮背心到我家来,要把皮背心寄放我家。我说:"这天气,皮背心正是穿的时候,藏起来干吗?"她说:"怕人偷了。"我知道她指谁,忍不住说:"别神经了,谁要你这件破皮背心呀!"她气呼呼地含忍了一会儿,咕哝说:"别人我还不放心呢。"我听了忽然聪明起来。我说:"哦,林奶奶,里面藏着宝吧?"她有气,可也笑了,还带几分被人识破的不好意思。我说:"怪道你这件背心鼓鼓囊囊的。把你的宝贝掏出来给我,背心你穿上,不好吗?"她大为高兴,立即要了一把剪子,拆开背心,从皮板子上揭下一张张存款单。我把存单的账号、款项、存期等一一登记,封成一包,藏在她认为最妥善的地方。林奶奶切切叮嘱我别告诉人,她穿上背心,放心满意而去。

可是日常和仇人做街坊,林奶奶总是放心不下。她不知怎么丢失了二十块钱,怀疑"街坊"偷了。也许她对谁说了什么话,或是在自己屋里嘟囔,给"街坊"知道了。那"街坊"大清早等候林奶奶出门,赶上去狠狠地打了她两巴掌,骑车跑了。林奶奶气得几乎发疯。我虽然安慰了她,却埋怨她说:"准是你上厕所掉茅坑里了,怎能平白冤人家偷你的钱呢?"林奶奶信我的话,点头说:"大概是掉茅坑里了。"她是个孤独的人,多心眼儿当然难免。

我的旧保姆回北京后,林奶奶已不在我家洗衣,不过常来我家做客。她挨了那两下耳光,也许觉得孤身住在城里不是个了局。她换了调子,说自己的"儿子好了"。连着几年,她为儿子买砖、买瓦、买木材,为他盖新屋。是她儿子因为要盖新屋,所以"好了";还是因为他"好了",所以林奶奶要为他盖新屋?外人很难分辨,反正是同一回事吧?我只说:"林奶奶,你还要盖房子啊?"她向我解释:"老来总得有个窝儿呀。"她有心眼儿,早和儿子讲明:"新房子的套间——预定她住的一间,得另开一门。"这样呢,她单独有个出入的门,将来病倒在炕上,村里的亲戚朋友经常能去看看她,她的钱反正存在妥当的地方呢,她不至于落在儿子、儿媳妇手里。

一天晚上,林奶奶忽来看我,说"明儿一早要下乡和儿子吵架去"。她有一二百元银行存单,她儿子不让取钱。儿子是公社会计,取钱得经他的手。我教林奶奶试到城里储蓄所去转期,因为郊区的储蓄所同属北京市。我为她策划了半天,她才支支吾吾吐出真情。原来新房子已经盖好了。她讲明要另开一门,她儿子却不肯为她另开一门。她这回不是去捞回那一二百块钱,却是借这笔钱逼儿子在新墙上开个门。我问:"你儿子肯吗?"她说:"他就是不肯!"我说:"那么,你老来还和他同住?"她发狠说:"非要他开那个门不可。"我再三劝她别再白怄气,她嘴里答应,可是显然早已打定主意。

她回乡去和儿子大吵,给儿媳妇推倒在地,骑在她身上狠狠地揍了一顿,听说腰都打折了。不过这都只是传闻。林奶奶见了我一句没说,因为不敢承认自己没听我的话。她只告诉我经公社调停,捞回了那一小笔存款。我见她没打伤,也就没问。

林奶奶的背越来越驼,干活儿也没多少力气了。幸亏街道上照顾她的不止一家。她又旧调重弹"还是女儿好"。她也许怕女儿以为她的钱都花在儿子身上了,所以告诉了女儿自己还有多少存款。从此以后,林奶奶多年没有动用的存款,不久就陆续花得只剩了一点点。原来她又在为女儿盖新屋。我末了一次见她,她的背已经弯成九十度。翻开她的大襟,小襟上一只只口袋差不多都是空的,上面却别着大大小小不少别针。不久林奶奶就病倒了,不知什么病,吐黑水——血水变黑的水。街道上把她送进医院,儿子得信立即赶来,女儿却不肯来。医院的大夫说,病人已没有指望,还是拉到乡下去吧。儿子回乡找车,林奶奶没等车来,当晚就死了。我相信这是林奶奶生平最幸运的事。显然她一辈子的防备都是多余了。

林奶奶死后女儿也到了,可是不肯为死人穿衣,因为害怕。她说:"她又不是我妈,她不过是我的大妈。我还恨她呢。我十四岁叫我做童养媳,嫁个傻子,生了一大堆傻子……"(我见过两个并不傻,不过听说有一个是"缺心眼儿"的)。女儿和儿子领取了妈妈的遗产:存款所余无几,但是城里的房产听说落实了。据那位女儿说,他们乡间的生活现在好得很了,家家都有新房子,还有新家具,大立柜之类谁家都有,林奶奶的破家具只配当劈柴烧了。

林奶奶火化以后,她娘家人坚持办丧事得摆酒,所以热热闹闹请了二十桌。散席以后,她儿子回家睡觉,忽发现锅里蟠着两条三尺多长、满身红绿斑纹的蛇。街坊听到惊叫,赶来帮着打蛇。可是那位儿子忙拦住说"别打,别打",广开大门,把蛇放走。林奶奶的丧事如此结束。

锅里蟠两条蛇,也不知谁恶作剧;不过,倒真有点像林奶奶干的。

一九八四年四月

顺姐的"自由恋爱"

那天恰是春光明媚的好天气,我在卧房窗前伏案工作。顺姐在屋里拖地,墩布杵在地下,她倚着把儿,一心要引诱我和她说话。

"太太,(她很固执,定要把这个过时的尊称强加于我)你今晚去吃喜酒吗?"

我说:"没请我。"

"新娘子已经来了,你没看见吗?"

"没看。"

"新郎五十,新娘子才十九!"

我说:"不,新郎四十九。"我还是埋头工作。

顺姐叹息一声,没头没脑地说:"新娘子就和我一样呢!"

我不禁停下笔,抬头看着她发愣。人家是年轻漂亮、华衣美服的风流人物,顺姐却是个衣衫褴褛、四十来岁的粗胖女佣,怎么"一样"呢?

顺姐看出她已经引起我的兴趣,先拖了几下地,缓缓说:

"我现在也觉悟了呢!就是贪享受呢!"(顺姐的乡音:"呢"字用得特多)

我认为顺姐是最勤劳、最肯吃苦的人。重活儿、脏活儿她都干,每天在三个人家帮佣,一人兼挑几人的担子。她享受什么?

顺姐曾告诉我,她家有个"姐姐"。不久我从她的话里发现:她和"姐姐"共有一个丈夫,丈夫已去世。"姐姐"想必是"大老婆"的美称。随后我又知道,她夫家是大地主——她家乡最大的地主。据她告诉我,她是随她妈妈逃荒要饭跑进那个城市的。我不免诧怪:"姐姐"思想解放,和顺姐姐妹相称了?可是我后来渐渐明白了,所谓"姐姐",只是顺姐对我捏造的称呼,她才不敢当面称"姐姐"。

我说:"你怎么贪享受啊?"

她答非所问,只是继续说她自己的话:

"我自己愿意的呢!我们是自由恋爱呢!"

我忍不住要笑。我诧异说:"你们怎么自由恋爱呢?"我心想,一个地主少爷,一个逃荒要饭的,哪会有机会"自由恋爱"?

她低头拖几下地,停下说:

"是我自己愿意的呢。我家里人都反对呢。我哥哥、我妈妈都反对。我是早就有了人家的,可是我不愿意——"

"你定过亲?怎么样的一个人?"

"就那么个人呢。我不愿意,我是自由恋爱的。"

"你怎么自由恋爱呢?"我想不明白。

"嗯,我们是自由恋爱的。"她好像怕我不信,加劲肯定一句。

"你们又不在一个地方。"

"在一块儿呢!"她立即回答。

我想了一想,明白了,她准是在地主家当丫头的。我没有再问,只觉得很可笑:既说"贪享受",又说什么"自由恋爱"。

我认识顺姐,恰像小孩子玩"拼板":把一幅图板割裂出来的大小碎片凑拼成原先的图面。零星的图片包括她自己的倾诉,我历次和她的问答,旁人的传说和她偶然的吐露。我由这一天的谈话,第一次拼凑出一小部分图画。

她初来我家,是我们搬到干面胡同那年的冬天。寒风凛冽的清早,她拿着个隔宿的冷馒头,顶着风边走边吃。这是她的早饭。午饭也是一个干冷的馒头,她边走边吃,到第二家去,专为这家病人洗屎裤子,因为这家女佣不肯干这事。然后她又到第三家去干一下午活儿,直到做完晚饭,洗过碗,才回自己家吃饭。我问她晚上吃什么。她说"吃饭吃菜"。什么菜呢?荤的素的都有,听来很丰盛。

"等着你回家吃吗?"

她含糊其辞。经我追问,她说回家很晚,家里已经吃过晚饭了。

"给你留着菜吗?"

她又含含糊糊。我料想留给她的,只是残羹冷炙和剩饭了。

我看不过她冷风里啃个干馒头当早饭。我家现成有多余的粥、饭、菜肴和汤汤水水,我叫她烤热了馒头,吃煮热的汤菜粥饭。中午就让她吃了饭走。这是她和我交情的开始。她原先每星期的上午分别在几家做,逐渐把每个上午都归并到我家来。

她家人口不少。"姐姐"有个独生女,最高学府毕业,右派分子,因不肯下乡改造,脱离了岗位。这位大小姐新近离婚,有一个女儿一个儿子,都归她抚养,离异的丈夫每月给赡养费。顺姐自己有个儿子已高中毕业,在工厂工作;大女儿在文工团,小女儿在上学。

我问顺姐:"你'姐姐'早饭也吃个馒头吗?"

"不,她喝牛奶。"

"白牛奶?"

"加糖。"

"还吃什么呢?"

"高级点心。"

那时候还在"三年困难"期间,这些东西都不易得。我又问别人吃什么,顺姐支吾其辞,可是早饭、午饭各啃一个冷馒头的,显然只顺姐一人。

"你的钱都交给'姐姐'?"

"我还债呢。我看病花了不少钱呢。"

我当时没问她生什么病,只说:"她们都不干活儿吗?"

她又含含糊糊,只说:"也干。"

有一天,她忽从最贴身的内衣口袋里掏出一个破烂的银行存折给我看,得意地说:

"我自己存的钱呢!"

我一看存折是"零存零取",结余的钱不足三元。她使我想起故事里的"小癞子"把私房钱藏在嘴里,可惜存折不能含在嘴里。

我说:"你这存折磨得字都看不清了,还是让我给你藏着吧。"

她大为高兴,把存折交我保管。她说,她只管家里的房租、水电、煤火,还有每天买菜的开销;多余的该是她的钱。她并不花钱买吃的,她只想攒点儿钱,梦想有朝一日攒得一笔钱,她就是自己的主人了。我因此为她加了工资,又把过节钱或大热天的双倍工资等,都让她存上。她另开了一个"零存整取"的存单。

每逢过节,她照例要求给假一天。我说:"你就在我家过节不行吗?"她又大为高兴,就在我家过节,还叫自己的两个女儿来向我拜节。她们俩长得都不错,很斯文,有点拘谨,也带点矜持。顺姐常夸她大女儿刻苦练功,又笑她小女儿"虚荣呢",我给顺姐几只半旧的手提包,小女儿看中一只有肩带的,挂在身上当装饰。我注意到顺姐有一口整齐的好牙齿,两颊两笑涡,一对耳朵肥厚伏贴,不过鼻子太尖瘦,眼睛太混浊,而且眼睛是横的。人眼当然是横生的,不知为什么她的眼睛叫人觉得是横的,我也说不明白。她的大女儿身材苗条,面貌秀丽;小女儿是娇滴滴的,都有一口好牙齿。小女儿更像妈妈;眼神很清,却也横。

顺姐常说我喝水太多,人都喝胖了。

我笑问:"你胖还是我胖?"

她说:"当然你胖啊!"

我的大棉袄罩衣,只能作她的紧身衬衣。我瞧她裤子单薄,给了她一条我嫌太大的厚毛裤,她却伸不进腿去,只好拆了重结。我笑着拉了她并立在大镜子前面,问她谁胖。她惊奇地望着镜子里的自己,好像从未见过这个发胖的女人。我自从见了她的女儿,才悟到她心目中的自己,还像十几岁小姑娘时代那么苗条、那么娇小呢。

我为她攒的钱渐渐积到一百元。顺姐第一次见到我的三姐姐和七妹妹,第一句话都是"太太给我攒了一百块钱呢!"说是我为她攒的也对,因为都是额外多给的。她名义上的工资照例全交给"姐姐"。她的存款逐渐增长,二百、三百,快到四百了,她家的大小姐突然光临,很不客气,岸然进来,问:

"我们的顺姐在你家做吧?"

她相貌端庄,已是稍为发福的中年人了,虽然家常打扮,看得出她年轻时准比顺姐的大女儿还美。我请她进来,问她有什么事。

她傲然在沙发上一坐,问我:"她每月工钱多少?"

我说:"你问她自己嘛。"

"我问她了,她不肯说。"她口齿清楚斩截。

我说:"那么,我没有义务向你报告,你也没有权利来调查我呀。"

她很无礼地说:"哼!你们倒是相处得很好啊!"

我说:"她工作好,我很满意。"

她瞪着我,我也瞪着她。她坐了一会,只好告辞。

这位大小姐,和顺姐的大女儿长得比较相像。我因此猜想:她们的爸爸准是个文秀的少爷。顺姐年轻时准也是个玲珑的小丫头。

据顺姐先后流露,这位大小姐最厉害,最会折磨人。顺姐的"姐姐"曾给她儿子几件新衬衫。大小姐想起这事,半夜三更立逼顺姐开箱子找出来退还她。顺姐常说,她干活儿不怕累,只求晚上睡个好觉。可是她总不得睡。这位大小姐中午睡大觉,自己睡足了,晚上就折腾顺姐,叫她不得安宁。顺姐睡在她家堆放箱笼什物的小屋里。大小姐随时出出进进,开亮了电灯,翻箱倒柜。据同住一院的邻居传出来,这位小姐经常半夜里罚顺姐下跪、打她耳光。我料想大小姐来我家调查顺姐工资的那天晚上,顺姐准罚跪并吃了耳光。可是她没有告诉我。

顺姐常强调自己来北京之前,在家乡劳动多年,已经脱掉地主的帽子。据她后来告诉我,全国解放时,她家大小姐在北京上大学,立即把她妈妈接到北京(她就是个逃亡地主婆)。她丈夫没有被镇压,只是拘捕入狱,死在监牢里了。顺姐顶缸做了地主婆。当时她的小女儿出生不久,她下地劳动,得了子宫高度下垂症。这就是她治病花了不少钱的缘故。她虽然动了手术,并没有除净病根。顺姐不懂生理学,只求干脆割除病根,就可以轻轻松松干活儿。她还得了静脉曲张的病,当时也没理会,以为只需把曲曲弯弯的筋全部抽掉就行。

我常夸顺姐干活勤快利索,可当劳模。她叹气说,她和一个寡妇亲戚都可以当上劳模,只要她们肯改嫁。她们俩都不肯。想娶顺姐的恰巧是管她劳动的干部,因为她拒绝,故意刁难她,分配她干最重的活儿,她总算都顶过来了。我问她当时多少年纪。她才三十岁。

她称丈夫为"他",有时怕我不明白,称"他们爹"或"老头子"。她也许为"他"开脱地主之罪,也许为了卖弄"他"的学问,几次对我说,"他开学校,他是校长呢!"又说,她的"公公"对待下人顶厚道,就只"老太婆"厉害。(顺姐和我逐渐熟了,有时不称"姐姐",干脆称"老太婆"或"老婆子")这位太太是名门之女,有个亲妹妹在英国留学,一直没有回国。

有一天,顺姐忽来向我报喜,她的大女儿转正了,穿上军装了,也升了级,加了工资。我向她贺喜,她却气得淌眼抹泪。

"一家人都早已知道了,只瞒我一个呢!"

她的子女,一出世就由大太太抱去抚养;孩子只认大太太为"妈妈",顺姐称为"幺幺"(读如"夭"),连姨娘都不是。他们心上怎会有什么"幺幺"啊!

不久后,她告诉我,她家大小姐倒运了,那离了婚的丈夫犯下错误,降了级,工资减少了,判定的赡养费也相应打了折扣。大小姐没好气,顺姐难免多受折磨。有一天,她满面忧虑,又对我说起还债,还给我看一份法院的判决书和一份原告的状子。原来她家大小姐向法院告了一状,说自己现在经济困难,她的弟弟妹妹都由她抚育成人,如今二人都已工作,该每月各出一半工资,偿还她抚养的费用。这位小姐笔头很健,状子写得头头是道。还说自己政治上处于不利地位,如何处处受压。法院判令弟妹每月各将工资之半,津贴姐姐的生活。我仔细看了法院的判决和原告的状子,真想不到会有这等奇事。我问顺姐:

"你的孩子是她抚养的吗?"

顺姐说,大小姐当大学生时期,每年要花家里多少多少钱;毕业后以至结婚后,月月要家里贴多少多少钱,她哪里抚养过弟弟妹妹呢!她家的钱,她弟弟妹妹就没份吗?至于顺姐欠的债,确是欠了。她顶缸当地主婆,劳累过度,得了一身病;等到脱掉地主的帽子,她已经病得很厉害,当时丈夫已经去世,她带了小女儿,投奔太太和大小姐。她们把她送进医院,动了一个不小的手术,花了不少钱——这就是她欠的债,天天在偿还。

顺姐叙事交代不清,代名词所指不明,事情发生的先后也没个次序,得耐心听,还得费很多时间。经我提纲挈领地盘问,知道她在地主家当丫头时,十四岁就怀孕了。地主家承认她怀的是他们家的子息,拿出三十元给顺姐的男家退婚,又出三十元给顺姐的妈,把她买下来。顺姐是个"没工钱、白吃饭的"。她为主人家生儿育女,贴身伺候主人主妇,也下地劳动。主人家从没给过工资,也没有节赏,也没有月例钱,只为她做过一身绸料的衣裤。(这大约是生了儿子以后吧?)她吃饭不和主人同桌,只站在桌旁伺候,添汤添饭,热天还打扇。她是个三十元卖掉终身的女奴。我算算她历年该得的最低工资,治病的费用即使还大几倍,还债还绰有余裕。她一天帮三家,赚的钱(除了我为她存的私房)全供家用开销。抚育她儿女的,不是她,倒是她家的大小姐吗?

看来,大小姐准料定顺姐有私蓄,要逼她吐出来;叫她眼看儿女还债,少不得多拿出些钱来补贴儿女。顺姐愁的是,一经法院判决,有案可稽,她的子女也就像她一样,老得还债了。

我问顺姐,"你说的事都有凭有据吗?"

她说:"都有呢。"大小姐到手的一注注款子,何年何月,什么名目,她历历如数家珍。

我说:"顺姐,我给你写个状子,向中级人民法院上诉,怎么样?我也能写状子。"

她快活得像翻译文章里常说的"不敢相信自己的耳朵"。

我按她的意思替她上诉。我摆出大量事实,都证据确凿,一目了然。摆出了这些事实,道理不讲自明。中级法院驳回大小姐的原诉,判定顺姐的子女没有义务还债;但如果出于友爱,不妨酌量对他们的姐姐给些帮助。

我看了中级法院的判决,十分惬意,觉得吐了一口气。可是顺姐并不喜形于色。我后来猜想:顺姐为这事,一定给大小姐罚跪,吃了狠狠的一顿嘴巴子呢。而且她的子女并不感谢她,他们自愿每月贴大姐一半工资。

我设身处地,也能体会那位大小姐的恚恨,也能替她暗暗咒骂顺姐:"我们好好一个家!偏有你这个死不要脸的贱丫头,眼睛横呀横的,扁着身子挤进我们家来。你算挣气,会生儿子!我妈妈在封建压力下,把你的子女当亲生的一般抚养,你还不心足?财产原该是我的,现在反正大家都没有了,你倒把陈年宿账记得清楚?"

不记得哪个节日,顺姐的儿女到我家来了。我指着顺姐问他们:"她是你们的生身妈妈,你们知道不知道?"

他们愕然。他们说不知道。能不知道吗?我不能理解。但他们不知道,顺姐当然不敢自己说啊。

顺姐以后曾说,要不是我当面说明,她的子女不会认她做妈。可是顺姐仍然是个"么么"。直到"文化大革命",顺姐一家(除了她的一子二女)全给赶回家乡,顺姐的"姐姐"去世,顺姐九死一生又回北京,她的子女才改口称"妈妈"。不过这是后话了。

顺姐日夜劳累,又不得睡觉,腿上屈曲的静脉胀得疼痛,不能站立。我叫她上协和医院理疗,果然有效。顺姐觉得我花了冤钱,重活儿又不是我家给她干的。所以我越叫她休息,她越要卖命。结果,原来需要的一两个疗程延伸到两三个疗程才见效。我说理疗当和休息结合,她怎么也听不进。

接下就来了"文化大革命"。院子里一个"极左大娘"叫顺姐写我的大字报。顺姐说:写别的太太,都可以,就这个太太她不能写。她举出种种原因,"极左大娘"也无可奈何。我陪斗给剃了半个光头(所谓阴阳头),"极左大娘"高兴得对我们邻居的阿姨说:"你们对门的美人子,成了秃瓢儿了!公母俩一对秃瓢儿!"那位阿姨和我也有交情,就回答说:"这个年头儿,谁都不知道自己怎样呢!"顺姐把这话传给我听,安慰我说:"到这时候,你就知道谁是好人、谁是坏人了。不过,还是好人多呢。"我常记着她这句话。

红卫兵开始只剪短了我的头发。顺姐为我修齐头发,用爽身粉掸去头发楂子,一面在我后颈和肩背上轻轻摩挲,摩挲着自言自语:

"'他'用的就是这种爽身粉呢。蓝腰牌,就是这个牌子呢。"

大约她闻到了这种爽身粉的香,不由得想起死去的丈夫,忘了自己摩挲的是我的皮肉了。我当时虽然没有心情喜笑,却不禁暗暗好笑,又不忍笑她。从前听她自称"我们是自由恋爱",觉得滑稽,这时我只有怜悯和同情了。

红卫兵要到她家去"造反",同院住户都教她控诉她家的大小姐。顺姐事先对我说:"赶下乡去劳动我不怕,我倒是喜欢在地里劳动。我就怕和大小姐在一块儿。"那位大小姐口才很好,红卫兵去造反,她出来侃侃而谈,把顺姐一把拖下水。结果,大小姐和她的子女、她的妈妈,连同顺姐,一齐给赶回家乡。顺姐没有控诉大小姐,也没为自己辩白一句。

"文革"初期,我自忖难免成为牛鬼蛇神,趁早把顺姐的银行存单交还她自己保管。她已有七百多元存款。我教她藏在身边,别给家人知道,存单的账号我已替她记下,存单丢失也不怕,不过她至少得告知自己的儿子(她儿子忠厚可靠,和顺姐长得最像)。我下干校前曾偷偷到她家去探看,同院的人说,"全家都给轰走了。"我和顺姐失去了联系。

有一天,我在街上走,忽有个女孩子从我后面窜出来,叫一声"钱姨妈"。我回脸一看,原来是顺姐的小女儿,她毕业后没升学,分配在工厂工作。据说,他们兄妹三个都在工作的单位寄宿。我问起她家的人,说是在乡下。她没给我留个地址就走了。

我从干校回京,顺姐的两个女儿忽来看我,流泪说:她们的妈病得要死了,"那个妈妈"已经去世,大姐跑得不知去向了。那时,他们兄妹三个都已结婚。我建议她们姐妹下乡去看看(因为她们比哥哥容易请假),如有可能,把她们的妈接回北京治病。她们回去和自己的丈夫、哥嫂等商量,三家凑了钱(我也搭一份),由她们姐妹买了许多赠送乡村干部的礼品,回乡探母。不久,她们竟把顺姐接了出来。顺姐头发全都灰白了,两目无光,横都不横了,路也不能走,由子女用自行车推着到我家。她当着儿女们没多说话。我到她住处去看她,当时家里没别人,经我盘问,才知道她在乡间的详细情况。

大小姐一到乡间,就告诉村干部顺姐有很多钱。顺姐只好拿出钱来,盖了一所房子,置买了家具和生活必需品,又分得一块地,顺姐下地劳动,养活家里人。没多久,"姐姐"投水自尽了。大小姐逃跑几次,抓回来又溜走,最后她带着女儿跑了,在各地流窜,撂下个儿子给顺姐带。顺姐干惯农活,交了公粮,还有余裕,日子过得不错。只是她旧病复发,子宫快要脱落,非医治不可。这次她能回京固然靠了礼品,她两个女儿也表现特好,虽然从没下过乡,居然下地去劳动。顺姐把房子连同家具半送半卖给生产队,把大小姐的儿子带回北京送还他父亲。村干部出一纸证明,表扬顺姐劳动积极,乐于助人等等。

顺姐在乡间重逢自己的哥哥。哥哥诧怪说:"我们都翻了身,你怎么倒翻下去了呢?"村干部也承认当初把她错划了阶级,因为她并非小老婆,只是个丫头,当地人都知道的。这个地主家有一名轿夫、一名厨子还活着,都可作证。"文革"中,顺姐的大女儿因出身不好,已退伍转业。儿子由同一缘故,未得申请入党。儿女们都要为妈妈要求纠正错划,然后才能把她的户口迁回北京。

他们中间有"笔杆子",写了申请书请我过目。他们笔下的顺姐,简直就是电影里的"白毛女"。顺姐对此没发表意见。我当然也没有意见。他们为了纠正错划的阶级,在北京原住处的居委会和乡村干部两方双管齐下,送了不少"人事"。儿子女儿还特地回乡一次。但事情老拖着。村干部说:"没有问题,只待外调,不过一时还没有机会。"北京街道上那位大娘满口答应,说只需到派出所一谈就妥。我怀疑两方都是受了礼物,空口敷衍。一年、两年、三年过去,事情还是拖延着。街道上那位大娘给人揭发了受贿的劣迹;我也看到村里一个不知什么职位的干部写信要这要那。顺姐进医院动了手术,病愈又在我家干活。她白花了两三年来攒下的钱,仍然是个没户口的"黑人"。每逢节日,街道查户口,她只好闻风躲避。她叹气说:"人家过节快活,就我苦,像个没处藏身的逃犯。"

那时候我们住一间办公室,顺姐住她儿子家,每天到我家干活,早来晚归。她一天早上跑来,面无人色,好像刚见了讨命鬼似的。原来她在火车站附近看见了她家的大小姐。我安慰她说,不要紧,北京地方大,不会再碰见。可是大小姐晚上竟找到她弟弟家里,揪住顺姐和她吵闹,怪她卖掉了乡间的房子家具。她自己虽是"黑人",却毫无顾忌地向派出所去告顺姐,要找她还账。派出所就到顺姐儿子家去找她。顺姐是积威之下,见了大小姐的影子都害怕的。派出所又是她逃避都来不及的机关。

可是逼到这个地步,她也直起腰板子来自卫了。乡间的房子是她花钱造的,家具什物是她置备的,"老太婆"的遗产她分文未取,因为"剥削来的财物她不要"。顺姐虽然钝口笨舌,只为理直气壮,说话有力。她多次到派出所去和大小姐对质,博得了派出所同志的了解和同情。顺姐转祸为福,"黑人"从此出了官,也就不再急于恢复户籍了。反正她在我们家,足有粮食可吃。到"四人帮"下台,她不但立即恢复户籍,她错划的阶级,那时候也无所谓了。

我们搬入新居,她来同住,无忧无虑,大大发福起来,人人见了她就说她"又胖了"。我说:"顺姐,你得减食,太胖了要多病的。"她说:"不行呢,我是饿怕了的,我得吃饱呢!"

顺姐对我不再像以前那样爱面子、遮遮掩掩。她告诉我,她随母逃荒出来,曾在别人家当丫头,可是她都不乐意,她最喜欢这个地主家,因为那里有吃有玩,最自在快活。她和同伙的丫头每逢过节,一同偷酒喝,既醉且饱,睡觉醒来还晕头晕脑,一身酒气,不免讨打,可是她很乐。

原来她就是为贪图这点"享受","自由恋爱"了。从此她丧失了小丫头所享受的那点子快活自在,成了"幺幺"。她说自己"觉悟了",确也是真情。

她没享受到什么,身体已坏得不能再承受任何享受。一次她连天不想吃东西。我急了。我说:"顺姐,你好好想想,你要吃什么?"

她认真想了一下,说:"我想吃个'那交'(辣椒)呢。"

"生的?还是干的?"

"北阳台上,泡菜坛子里的。"

我去捞了一只最长的红辣椒,她全吃下,说舒服了。不过那是暂时的。不久她大病,我又一次把她送入医院。这回是割掉了胆囊。病愈不到两年,曲张的静脉裂口,流了一地血。这时她家境已经很好,她就告老回家了。

现在她的儿女辈都工作顺利,有的是厂长,有的是经理,还有两个八级工。折磨她的那位大小姐,"右派"原是错划;她得到落实政策,飞往国外去了。顺姐现在是自己的主人了,逢时过节,总做些我爱吃的菜肴来看望我。称她"顺姐"的,只我一人了。也许只我一人,知道她的"自由恋爱";只我一人,领会她"我也觉悟了呢"的滋味。

一九九一年一月

方五妹和她的"我老头子"

方阿姨是"钟点工"(按钟点计工资的佣工),高高个子,很麻利,力气特大。她举重若轻,干活儿勤勤谨谨,不言不语。十多年前她初到我家,已经五十岁出头,可是看来只像四十。介绍人曾警告我:"你就是别跟方五妹说话,一说话就完了。"

我看她笑容醇厚,有一天忍不住和她说话了。她立即忘了干活,和我说个没完。

她是江苏一个小山村里的农民,多年在上海和北京帮佣。大跃进后,她丈夫饿死。"文革"中,她又嫁个北京老头子。她说话南腔北调。改不掉的乡音,如"蛋"说成"大","饭碗"说成"法瓦",加上她自己变化出来的北京话,如"绒布"叫"浓布","肉丝"叫"洛死",往往没人能懂。她常用来泄忿的话是"小(休握切)丫个"。问她是否骂人的脏话,她说不是,反正她自己也不明白。她三句不离口的是南腔北调的"我老头子"。

我曾说:"五妹啊,你哥哥是烈士,你妹妹是劳模,你要是在农村,准也是劳模。"

"劳模值个啥?不就是一块毛巾、两块肥皂!"她神情是不屑,胸中却犹有余愤,"我挑塘泥上坡下坡,小伙子都赶不上我。他们说:'我们举方五妹做劳模。'那几个小丫个背后说:'我们举插秧能手×××。'插秧,她插得过我?她们晚上一家家去说:不举我,举她。小丫个!也不过一块毛巾、两块肥皂,就这么鬼头鬼脑,半夜三更的一家家说去!"

据她说,她腆着个大肚子,插了不少不少秧。孩子下地恰好分田,孩子就取名阿田。可是她插了大量的秧,连工分都不给。一怒之下,她跑到上海当奶妈去了。

东家是个精明的宁波人。她又当奶妈又烧饭,又洗衣服又收拾房间,日夜没得休息,半夜奶完孩子还得纳鞋底。她光吃白米饭,奶水又多又好,孩子长得白白胖胖,长大了,那家就辞她了。

她回家一趟,又生个孩子,又出去当奶妈。孩子寄养乡间,糟蹋死一个。她总共养大两个儿子一个女儿。

她在上海偶被一位解放军军官夫人看中,带到北京,上了户口,先后在几个军官家工作。"文化大革命",东家"斗私批修",赶她回乡。她不得已,只好再嫁人。她常说:"我要是早到了你们家,我也不嫁老头子了喂。"

她管我叫"阿娘"。我听不懂,问锺书和圆圆。她们忍笑说:"大约是阿娘。"我问她本人。她说:"钱先生和大姐不都叫你阿娘吗?"我就成了她的"阿娘"。

她说,还记得她弟弟是三十四块钱卖掉的。当时她九岁,已经许了人家,不好卖她了。她妈妈把三十四块钱买几尺花布,给她做一身新衣,送到婆家当童养媳妇。

她叹气说:"没办法喂。"这也是她的常用辞,听起来好像口头语,细味之下,或者过来人听到,会了解那是一句富有哲理的话。

她不肯为我家买菜,因为不会算账,赔钱赔够了。我说,不用赔,也不用算账。我把钱放在钱包里,花完给添上,很省事。

她买了菜,硬是要几分几角的向我报账。我"嗯、嗯"地答应,没听。第二天,她跑来气愤愤地责问:

"我昨夜和我老头子算了一夜的账。阿娘,你不老实。我不会算账,你是会算的喂!"

原来我少要了她一分钱。我不知怎样为自己辩解。恰好她装钱的钱包就在手边,顺手一抖,倒出一分硬币。

"我说,这不是?"

她看见钱有下落,就满意了,并不想想那一分钱也可能是我故意栽赃的。她渐渐习惯于我的不算账,可是记起自己算错了账,还是不顾一切要追究。有一次回家,刚放下菜篮子,着急说,错了几角几分。我说:"算了,便宜了卖菜人吧。"她早像一匹斗牛似的直冲出去,我不给她撞倒就算便宜,哪还拦挡得住。过一会儿她健步如飞地跑上楼,钱追回来了。我不便提醒她,她的时间比那几角几分贵。

她买东西常常付了钱忘拿东西。有时追不回来,气得大骂"小丫个",还得我们去安慰她。她对某店的女售货员意见特大,她们说不懂什么叫"鸡大"。五妹向我讲述并形容:

"我说:'我们叫鸡谷谷,谷谷谷谷嘎,(她一手放在身后作鸡下蛋式)这个你们叫什么?'她们龇着个牙说:'鸡(读如 zi)大'(她刻意要模仿的'蛋'字仍读成'大')。"她们准是戏弄她。

五妹来我家就提出要求,她得早早回家,家里有个老头子等着她呢。那老头子是退休的理发工。理发店后来改成饭店,还叫老头子看夜,让他包一餐午饭。他每天等五妹回家给他做晚饭,吃了上晚班。五妹常说:"今天答应给我老头子包饺子(或馄饨,或做薄饼等等)。"

五妹,在我家工作的时间渐渐加多,也为我们包饺子,包馄饨,做薄饼,做得很细巧。她为我包的馄饨最小最少,为钱先生包的略大略多,为大姐包的更大更多。馄饨不分大小,一齐下锅。煮熟了,我的都不知去向了,先生的一塌糊涂,大姐的也黏黏糊糊。这地道是五妹干的事。她可是"抢手货",谁家都要她,谁家都不肯放走。看来家家都明白,五妹是不易多得的人。

有一天,她好像存心要问我什么事。她说:

"阿娘,你说我老头子神经不神经？我那年给阿田也盖了房子娶了亲,我回乡去看我妈妈,住了两三四个月。我老头子唷,急死了,说我跑了,另嫁了一个老头子了。他也不想想我女儿就嫁在北京,我跑哪里去？我回家,胡同里正好碰见他。我在这边走,他从那边来。他一见我,吓得唷,你没看他那样子,就好比看见活鬼出现了。"

他们两个一同回家后,老头子的脸色还像死人一样灰白灰白。

她随后吐出她梗在心上的话:老头子把她的箱子撬了,箱子里有她的银行存单。

"存单还你了吗？"

"他替我收着呢。"

"存单上都换上他的名字了？"

"阿娘,你怎么知道的？——我老头子说的,我的名字,他的名字,都一样。"

"那么,用你的名字不也一样吗？"

她忙解释:"我老头子最老实。我选中他就为他老实。当初有个转业的解放军要我。他是有钱的,家里有个躺在炕上的老爸爸。我嫁了他,只好伺候病人、伺候他了喂。我是要出去工作,挣钱养活我那几个孩子的。我找个最穷的,先和他讲好,我得在外边工作,等孩子都成了家,我才和他一起过。我老头子最老实,他都答应。"

"可是他把你的箱子撬了,存单偷了。"

五妹生气说:"阿娘,你怎么倒来挑拨呀? 别人呢,说说好话,和拢和拢。"

我不客气说:"你老头子还不是偷了你的钱? 看见你回来,就吓得见了活鬼似的。"

"天气冷了,他要找衣服穿啊。"

"他衣服藏你箱子里,你不给他留把钥匙?"

"他的衣服怎会在我箱子里呢! 我的箱子里没他的东西。"说完忙转换立场,"我老头子是顶老实的。他问我有几张存单,我哪里知道! 我就瞎说一个数。我说七张。咦! 他两手背着,当着我的面,拿出来正好七张!"

"那就是假的。"

"怎么能假呢? 他背着手拿着存单,站在我面前呢。我一说,他立刻拿出来了,不多不少,恰好就是七张。"

五妹想起当时情景,忍不住还笑。她说:"我老头子真坏,他还考我,总共多少钱。我哪里知道!"

我叹气说:"五妹啊,你真是个糊涂'大'。"不过我想她其实并不糊涂。她心上老有那么个疙瘩,要我给她解开,或为她排除。我问她:"你的钱都交给老头子吗?"

"他从来不问我要,他只说:'藏在你的围兜里吧。'——这是他逗我的,他从来不掏我的围兜。"

五妹知道自己爱掉东西,钱都交给她老头子保管。她有个千层围单,底子是我家的蓝布围裙,她添上一层又一层,面上一层是黑色的,里面每层布上都有一个口袋。我记得有一层是人家寄茶叶的白布,上面还有没洗掉的地址和"钱锺书先生收"。我笑说:"五妹,你把自己丢了,会有人拣到了送我这儿来。"

有一次,她到了我家又像斗牛似的冲出去,比往常冲得更猛。我只听得她说:"围兜掉车上了。"

我想:"车早开走了,哪里去找啊。"

不一会儿,她笑吟吟地回来,手里拿着她的千层围兜。原来她那围兜给人扔出车外,撂在停车的路边。谁要这乱七八糟的一堆破布呢!她及时捡回来,摸一摸,再掏出钱来数数,数字还不小呢。

她爱掉东西,可也常会拣到东西。有一次,她对我叹气说:"我把你家的东西都洗晒了,我自己家的东西脏得要死,哪有工夫啊。"我特地放她半天假——就是白给工资不用她工作,让她回家收拾家里的衣物。第二天我问她洗晒没有。她说:"咳!我老晚老晚才回家。"原来她在公共汽车里拣得一只手表,她认为很贵重的表,料想丢表的人一定很着急,就站在车站上死等。

我说:"你交给车上就行。掉了表的人自己还没知道呢,你哪里找去?"

她说:"我硬是等('硬是'也是她南腔北调的常用辞儿,表示她的牛劲),真等着了!那人好高兴啊!直谢我,还要给我钱。路上人都说,这个老太太该表扬。"

她对"表扬"就和对待"劳模"一样不屑。"表扬!我拾到了更值钱的东西都没要表扬。"她说,有一天晚上(她当时在某军官家带孩子),抱着孩子看电影。散场发现孩子丢了一只鞋。她满地找,没找到小鞋,却拣到了一只饱满的大钱包。包里有布票、粮票、很多人民币,还有外汇,还有存单。后来失主要谢她,她说:"要人谢干吗?这又有什么可表扬的!"

我私下和锺书下结论:一个人的道德品质,和智力不成正比。五妹认字、学加法都不笨,只是思维逻辑太别致,也该是智力问题吧?

五妹很得意地告诉我:"我老头子攒钱呢。"

那老头子每月的退休金那时候不足一百。可是他在自己名下,每月存一百元。五妹的工资比他多二三倍,日用开销全由五妹负担。她自己非常省俭,连一根冰棍儿都舍不得买,可是供养她老头子却不惜费用。她说:"我老头子变'修'了喂,早点非要华夫饼干……阿娘,像你这么一匣,他一顿就光了;大把的香蕉,两顿三顿就吃完;不喝白水,喝饮料,喝啤酒。"五妹常为他大块大块的煮肉。她诧怪说:"北方人吃东西只会大口吞。好大一块肉,也不咬,也不嚼,一口就吞了。一个包子只一口,分两口也来不及。"五妹只看他吃,虽然她说"我也吃",显然只看不吃,至多是象征性的陪吃。

五妹听了我的话,向老头子提出要求,存款也该用她的名字。老头子居然答应。有一张到期的千元存单,户主改为方五妹,五妹很满意。可是刚存上就给老头子的女儿小青借去了。五妹常说小青心眼最多。她这个月还二百,过几个月还一百,又还一百,就不还了。

五妹叹气说:"没办法喂。小青说的,'从前一千元值多少?

现在一千元值多少？'"

她说到这里，只好把隐情和盘托出。当初她给小儿子阿田寄钱，说造房子的一千元是老头子给的。阿田成亲后生了孩子，过了两年了，忽然想到写封信感谢老头子。"我老头子得意死溜！把信给儿子看，给女儿看。"

老头子的儿子"上山下乡"，娶了外地人，仍在外地，但经常出差回北京。小青在个什么店里当"经理"。老头子常得意说："总算我们史家出了一个史青！"她丈夫是个工人，业余站在路边向来往行人推销假手表，很赚钱。他们兄妹看了阿田的感谢信，大闹，说："爸爸倒有钱给人家造房子。"

我说："你该把事情说清楚呀。"

五妹觉得事情太分明了，还用说吗！"我嫁老头子的时候，他穷得唷，只有一块铺床，小青和他同睡那块铺板，只有一条破被。结婚问人家借了一床被。家里什么都没有，只有他单位的'福利金'借条，好大一叠，有三寸来厚。他前头的那一个（指前妻）成天躺在床上生病，新蒜苗上市就买来吃，以后二十多天只好借钱吃窝头。他哪来钱！我存的那些钱，我女儿的财礼银子都在里面呢。"

我慨叹说："你老头子真是死要面子不要脸。他的儿子、女儿，还是糊涂，还是胡赖呀？"

"谁知道他们！"

"那你得当着老头子的面，把事情说清楚。"

五妹说："说了，他要气的喂。气出病来怎么办？他拿了阿田的信，好得意啊！你没看见他那得意哦！"

我把事情告诉锺书和阿圆。他们都很气愤。五妹诧怪说：

"你们生什么气！我都不气！我从来不生气。说给你们听是出出气喂！扫扫我老头子的面子喂！"

可是她感激老头子多年让她在外面工作赚钱，总说她老头子又正派，又老实。也许，绝大多数的人都像她老头子那样，觉得自己又正派，又老实。五妹经常听到的，当然就是她老头子的自我表白。所以五妹觉得他不但正派、老实，一切美德，应有尽有。如果我说起某人整洁，她就说："我老头子就是这样。我老头子可不像钱先生这样随便。他领子里总衬着雪白的假领，两肩还垫着垫肩，吃得又白又胖。"

"他知道是谁喂得他又白又胖吗？"

"他常说的，前生烧了柱子般粗的香。"

五妹特地带了她老头子的照片给我看。我看到一个迷迷糊糊的脸，想到"又白又胖"，赶紧把照片还她，手指好像碰了肥蛆似的。我等阿圆回家，讲给她听。她笑说："妈妈还不明白，老头子是五妹的'白马王子'呀！"

我平心想想，老头子凭什么不配充当"白马王子"呢？他撬了箱子，拿了存单，忽见五妹回家，吓得面无人色，足见他还有天良。有的人竟是面不红、心不跳的呢！五妹不计较，把钱交他保管，那些存单不是他们夫妻共有的吗？何况他以后每月都存钱。他大半辈子借债过日子，一旦有人来信感谢他给了大笔的钱，他还不得意忘形！他穷饿了大半辈子，吃到大块大块的红烧肉，怎能不大口吞？他尝到生平没尝过的美味，自幸娶得好老婆，说是"前生烧了柱子般粗的香"，可见他也还知道感激。他天天等五妹回家，还要"逗"她，还要"坏"，不是很多情吗？"白马王子"早该从宫殿里、英雄美人的队伍里走入寻常百姓家了。

老头子有职业病,静脉曲张,烂腿。他出门坐轮椅,由五妹推往浴室去扦脚。五妹说:"我一身大汗,站在外面风地里,吹了风直咳嗽,他倒坐在里面顶舒服,半天也不出来。我现在自己给他扦,也省了钱。"可是五妹常带些抱歉告诉我,她又给老头子扦破了皮。她有时包烂腿包得太紧,"我老头子唷,痛了一天。"

我说:"他又没烂掉手,不会自己解开吗?"

"他弯个腰都不会,只对我伸出一只脚。"

我不爱听,不理。

一次她请假要送老头子上医院看病。五妹最不信医院。用她的话:"这个窗口排队,那个窗口排队,上楼、下楼,转了半天,见到大夫,说一句半句不知什么,开些贵药,又一次次排队,交钱,小丫个!药又不灵!"她有病痛,只找"大姐"或"阿娘"做赤脚医生,我们总买些常用药备用。但这次老头子牙痛,不能间接请我们医治。据五妹说,她家门口来了个镶牙的,摇晃着一口雪白的假牙。她看到那口假牙又白又整齐,就叫他给老头子镶牙。那人在老头子牙上抹了些不知什么东西,就要多少多少钱。老头子生气,要把那人扭送居委会。五妹怕气坏了老头子,忙塞些钱给那镶牙的,叫他赶紧逃跑。老头子当晚就牙痛,"痛死了唷!得上医院。"

到了医院——当然是老头子坐着,她一次次排队,上楼、下楼,然后扶老头子看大夫。大夫说,他牙上糊着水泥呢,没法治,得去了水泥才能治。老头子牙上的水泥经过不知多久的磨擦才除掉,除掉了也不需找大夫了。

有一天,五妹跑来,脸又紫又肿,像个歪茄子。她说是气得牙痛了。我和阿圆做她的赤脚医生,细细明白原因。据说,老头子上山下乡的儿子,要送一个女儿回北京上学;学费、生活费等等,都要老头子负担。五妹又从这个十四五岁的小姑娘嘴里得知,老头子经常给儿子寄钱。那边家里大立柜、冰箱、彩电等大件,一应俱全。老头子这边呢,冰箱、彩电等都是五妹的女儿给买的。五妹气得和老头子吵架了。"我老头子说:'人人都有私心喂!'"

老头子的私心是护自己的儿女,五妹的私心只是护着老头子。五妹觉得太不公道了,赌气说:"小丫个!不干了!"

我和锺书和阿圆都很同情,异口同声,赞成她的"不干"。

五妹使劲说:"我明天不来了!"

我们三个目瞪口呆,面面相觑。没想到五妹对老头子的那口怨气,全发泄在我们身上。

我记起她从前对我讲的话:"我这个人最没有良心。我在那宁波人家奶大的孩子又白又胖又大;回到家乡,一看我那阿田,又黑又瘦又小,气得我,把阿田死打一顿,狠狠地打;他越哭,我越打。"

如今她不愿为老头子挣钱,就一下子撇下我们不管了。她说不来,就是不来了。

我对锺书叹气说:"看来一个人太笨了,不能是好人。"

锺书问:"为什么?"

"是非好歹都分辨不清,能是好人吗?"

"谁又分辨得清?"

我得承认,笨不笨,我和五妹之间也不过五十步和一百步的差距。做事别扭,也不等于为非作歹。我自己对这点儿"是非好歹"就不大清楚,却向五妹"横扫"!

我记得那是一九八七年,五妹已在我家帮了三年,我们都懒散惯了。可是我们不靠五妹,也能过日子。我买一架全自动洗衣机,我管洗。圆圆管买菜、做菜。她平时如果在家,喜欢为我们做菜,五妹只是个帮手。我管煮粥、煮饭。上楼、下楼、拿报、拿信,向来是锺书的事。他的耳朵好比警犬的鼻子,邮递员远远叫一声他就听到,脚步又快,我总抢不过他。有时我和锺书一起上菜市买菜,洗碗是阿圆的事。反正我们齐动手,配合着干,日子也过得很愉快。没有五妹,也省掉好些絮烦。

例如五妹看了电视剧,总要向我们细讲故事。她看了钱先生的《围城》,也对钱先生讲个没完,什么"鲍小姐把苏小姐的手绢儿扔海里去了"等等。她看了《唐明皇》就对我讲历史。我说:"行了,五妹,这些事,我知道。"

她说:"你看的是书上的,我看的是真的喂。"她硬是要讲。

她家住在城市的旮旯里,交通非常不便。她虽然识得几个字,还是文盲。公共车辆改了路线,她硬是要走原路。她出门磨磨蹭蹭,每天迟到。晚上她又怕天黑了路上不安全,老头子要盼她。我们催她早走。晚饭后,阿圆刷锅洗碗,锺书把碗碟搬往厨房,我抹桌子收东西,她却找了一块破抹布,千针万针地缝。她说:"我要走,还不'浓'易,站起来就走了喂。可是你们用了我干什么的?你们都忙,我倒走了!"又说:"早出去,不也是等车吗?"我们说好说歹说通了她,临走,总还要问:"手表带了吗?月票拿了吗?东西拿全了吗?"她一前一后背着两只口袋,手里又提个口袋,走了。可是我们刚锁上门,她又回来了,忘了什么东西。天天如此。早上来,总说:"我老头子急死了,接我没接到,走岔了路。"

她的犟劲儿也够大的。她拖地不计两次、三次,却不爱扫地。我扫出了垃圾,她觉得是鸡蛋里挑出来的刺。原因是她看电视看得眼前一片黄,只觉得地上很干净。我自己扫,她还不高兴。锺书叫我千万别和她生气,那是鸡蛋撞岩石。我只好把五妹当作我的"教练"。

过了大约半年,五妹又回来了。她问:"你们找人了吗?还没找?我回来了,要我吗?"

她说回老家去了一趟。也许是真的。我们觉得家务事很烦琐,五妹回来正好。

看来五妹对老头子仍是"不干"精神,不积极为他挣钱,她只做我们一家了。不知哪天,她把镶嵌着她妈妈照片的镜框子也挂在我家厨房里了。

锺书悄悄对我说:"她把'家堂神'也挪这儿来了。"

我叫五妹把蒙在照片上的透明纸揭开,看了她妈妈的照片——一个很瘦小的老人。五妹对我说:"我真羡慕大姐,天天和妈妈在一起。我白天人在这里,晚上就在我妈妈那边,天天晚上做梦和妈妈在一起——我妈妈真可怜,哥哥死了,她哭啊哭啊,哭瞎了眼睛。一个人住在猪圈旁边的小屋里,吃些猪食;一双小脚,天天还上山砍柴。"

"她是烈士的妈妈呀!"我说。

"没用,都在侄孙媳妇手里。"乡间女人少,那侄孙媳妇有点儿不称心就会跑走。五妹叹气说:"没办法喂。"我想:确也没办法,女儿不能住在一起,写信寄钱都没用。后来她妈妈冻饿而死,死后几天才被人发现。

五妹过不了几年又和老头子生大气。这回的矛盾更大了。老头子的儿子、儿媳妇，连同一个孙子，由小青拉关系，全家户口都迁进北京，儿子、儿媳妇的工作都安排好了。小青早就问老头子要钱送礼。"礼物要'见金'。"不知她什么神通，外地那伙人立刻就要来北京和老头子同住了。

老头子为了会见儿媳，忙着要做一件呢大衣风光风光。他说，别人都穿呢大衣，他一辈子没穿过，枉做了一世人。他和女儿忙忙碌碌，欢欢喜喜，准备祖孙三代大团圆。五妹发现，大团圆里她不仅是多余的人，还是个障碍物。

她家只有两间屋。她和老头子至多只能腾出一间。小青把五妹攒积的"财宝"当垃圾扔。"他们"认为有用的，如白糖、肥皂、油等等都留作"他们"的。

终于"他们"都到了北京，老头子穿上呢大衣，祖孙三代大团圆了。可是事情总不能尽如人意。外地的儿媳妇不懂得"北京规矩"，见了公公理都不理，更别说叫"爸爸"。儿子、孙女儿跟着她也不理不叫了。反正儿媳妇看不上这个公公。

老头子所属的饭店，嫌他看夜只睡觉，不要他了，也不让包饭了。五妹叹气说："我老头子最正派，谁都怕他。他看夜，没人敢偷东西。大家都嫌他喂！包饭也只为他多要了一两碗肉，那端菜的小伙子小丫个，碗里撒把盐，齁咸齁咸，喝多少水也解不了渴，我老头子也不敢再要了。"

"他们"全家"像住娘家似的"，饭食由老头子供应，也就是由五妹供应。长期下去怎么办？五妹建议分炊。老头子是一家之主，他说："父子怎能分炊？我老来还要儿子养活呢！"争议结果，五妹让出她的炉、灶、锅、碗等供"他们"使用。老头子把他的伙食包给儿媳妇,每月交饭钱。五妹不愿多付钱,就没饭吃,也没有做饭的地方,一日三餐只好都依赖我家。

老头子先是挤到儿子屋里去吃饭,儿媳妇就把肉、香肠、鸡蛋等埋在儿女的饭碗底里,桌上只一碟子菜帮子或黄瓜、萝卜丝。以后他们干脆不让老头子进屋,说挤不下,把饭送到他自己屋里独吃。早饭是一个馒头或一角烙饼,午饭是又粗又硬的面条,包子或饺子是土豆馅儿。五妹发现,他们自己吃的是肉馅儿。老头子不敢嫌,只说咬不动,都剩给五妹吃。反正他的早饭是华夫饼干,可是大块大块的肉就没有了。据我观察,五妹有她的原则,她决不利用我家煤火为老头子炖肉。

我问五妹:"你天天吃他剩的,又掏钱给他买好的?"

五妹悄悄对我说:"现在是他给我钱,我一个钱都不给他了。"老头子每月给五妹一百元,后来又减些。钱,反正五妹都花在老头子身上。其余的退休金全给儿子,老头子自己花存款的利钱。有一个时期利钱很高,所以老头子"阔死了"! 茶叶要喝几百一两的,又吃上了松子;哈拉的便宜,一买二斤,大把大把吃。他说:"不吃白不吃,枉做了一世人。"那几张存单"你看,我看,你数,我数,都摸烂了"。他们说:"还有八千多。"五妹早就看破,这八千多没她的份儿了。

五妹开始又自己存钱,存单自己藏着。据说"他们"把沙发垫子都拆开了,哪儿哪儿都翻过几遍,想找她的钱。

她得意说:"我藏钱的地方,谁都找不着。"

我和阿圆料想她准藏在屋顶或墙里,警告她说,你家屋子可能给大风刮倒,可能失火。我又说:"藏了钱,总该另有一人知道。"

五妹说:"我老头子也这么说——可是我妈妈教我的,藏钱,右手也不能让左手知道。"她当然不肯藏在我这里,更不让我记下账户号码,记下就泄漏天机了。

后来她的存单到期了。恰好她的大儿子来北京探亲。五妹已不像从前那样,什么事都依顺老头子。她背着老头子,在女儿家母子团聚,把几张存单换了现款,交给自己的儿女。阿田吃过她毒打,她给了个上上份儿。

五妹居然没等存款到期,就把机密告诉我。她说:"存单藏在扁扁的铁匣里,压在屋梁下。谁也够不到,谁也托不起屋梁。"她把老头子赶上公厕,站上桌子,就可以拿出她的铁匣。

五妹的儿女都不缺钱。两个儿子已经由民工转为包工头,女儿也富裕,都愿意家里有个妈妈,甚至愿意把老头子也接去。五妹"硬是"不愿意受供养,认为那就是"白吃饭,没工钱"。她要求自己工作,自己挣钱。她只怕老头子一旦病倒,她就不能工作。有一次我听见她在电话里对她的女儿说:"我不是怕他,我是怕他生病。"

五妹不用再为儿女挣钱,就买许多老头子爱吃的东西,和老头子一同享受。可是老头子看到好吃的东西,就想到"他们",食不下咽。等五妹一转背,就把五妹的东西往"那边"送。五妹惯爱忘事,每次出了门,总得又回去,回去就发现老头子把她的东西往儿孙那边送。五妹气得说:"小丫个!总背着我送!当着我送不还好些?"

我说:"五妹啊,你最快活的事就是和你的老头子一同坐在床上,吃吃东西,打打扑克,看看电视。"五妹点头说:"就是喂。"

我说:"老头子最快活的事,就是把你的东西,送给儿子、孙子他们吃。"

五妹叹气说:"没办法喂。"

我说:"你这个自私自利的死老头子!"说完忙补上一句:"放心,你的老头子骂不死,越骂越长寿。死老头子!!"

五妹觉得我又给老头子添了寿,又为她泄了恨,满面喜笑,嘴巴都张开了,恨不得把我这串话都吃下去。她诉苦说:"我老头子还埋怨呢,娶了老婆什么用,家里事不管,成天在外边。他还想要我给'他们'做饭呢!"

据说,一个人最担心的事,往往最可能实现。五妹只怕她老头子中风,她老头子就中风了。总算儿女帮着办了手续,老头子住进医院。他享受公费医疗。

电话里,我问五妹:"你陪住,睡哪里?是不是睡病床底下?"因为听说有的医院里确是那样。

"阿娘,我一辈子也没现在这么高级!面对面,两张床;中间还有个床头柜!"

她家的大木床是我给的。老头子做夜班,两人轮着睡,靠里半床堆东西。老头子不做晚班,他就占了五妹的床。五妹半身睡沙发,半身睡椅子,因为沙发的另半边也堆满东西。

"不嫌你睡脏了病床?"

"我老头子睡的就是脏床。一个病人刚走,他就睡上去了。"

"你睡那床得花钱吧?"

"花!小青说的,钱花得越多,越上算。"

老头子自从中风瘫痪,就完全属于五妹一人了。儿子女儿也出出主意,也帮帮忙,他们都是旁人。

五妹忧虑得不错,老头子病了就完全由她负担了,她自己也不能工作了。

老头子的病倒是不重。病人好些,医院赶他们回家。八千元已经花光,儿媳妇也不管包饭了。五妹只争得使用炉灶的一半权利。两人靠老头子的退休金生活。

我问五妹:"钱够花吗?"

"够!一月三四百呢,够花的。"

"你给他们做饭了吗?"

"一顿也没做!"

我安慰她说:"你不是指望老两口子做做伴儿,一起过日子吗?你称心了,享福了。"

她说:"就算是享福哩喂!没办法喂。"

一九九七年五月十九日

狼 和 狈 的 故 事

前言:我有个亲戚是地质勘探队员,以下是他讲的亲身经历。

我们地质勘探队分好多组,我属钻机组。一次,我们的钻头坏了,几个钻头都坏了,组长派我到大队去领钻头。大队驻扎在一个大镇上,离我们那个小组相当远。我赶到大队所在的镇上,领了四个钻头,装在一只大口袋里,我搭上肩头就想赶回小组去。从大镇出发,已是黄昏时分。当时天气寒冷,日短夜长,背着沉甸甸的四个钻头,只怕天黑以前赶不回去。但是我怕耽误组里的工程,匆匆吃了些东西就急急赶路。

我得走过一个荒凉的树林。林子不大,但是很长,都是新栽的树苗;穿过这一长片树苗林,再拐个弯,再爬过一座小小的山头,前面就是村庄。过村庄就是大道了。

我走得很快。将要走出树林的时候,忽觉得身后有什么家伙跟着。这地带有狼。我怕是狼,不敢回头。我带着一根棍子,也有手电筒。不过狼不怕手电。我不愿惹事,只顾加紧脚步往前走。走出树林,看见衔山的太阳正要落下山去。太阳一下山,余光很短。我拐了弯上山不久,山里就一片昏黑。我指望拐弯的时候甩掉身后跟着的家伙,可是我仍然觉得背后有个家伙跟着。我为了壮胆,走一段路,就放开嗓子轰喝一声,想把背后那家伙吓走。我走上山头,看见月亮已经出来了;下山的时候,月亮已经升上天空。我快步跑着冲下山坡,只觉得跟在身后的家伙越逼越近了。月光明亮,斜过眼睛瞄一瞄,就能看见身边的影子。我身后跟着的不是一头狼,是一个狼群!

前面就是村庄。我已经看见农家的场地了。我忙抛下肩上的大口袋,没命地飞奔,一面狂喊"救命!"一群狼就围着我追上来。

村里人正睡得浓,也许是风向不顺,我喊破嗓子也没个人出来。月光下,只见场地上有个石碾子,还有一座和房子般高的柴草垛子。我慌忙爬上柴垛,一群狼就把柴垛团团围住。狼跳不高,狼腿太细,爬不上柴垛。我喘着气蹲在柴垛上,看着那群狼围着我爬柴垛,又爬不上。过了一会儿,有一两只狼就走了,接着又走了两只。我眼巴巴等待狼群散去,但是剩下的狼并不走,还在柴垛周围守着。

过了一会儿,我看见两只狼回来了,同时还来了一只很大的怪东西,像一头大熊。仔细一看,不是熊,是两只狼架在一起:一只狼身上架着另一只很大的狼。几只狼把那头架在上面的大狼架上石碾子。大狼和其他三四只狼几个脑袋聚在一起,好像在密商什么事。那只大狼显然是发号施令的。一群狼随即排成队,一只狼把柴垛的柴草衔一口,放在另一处,后一只狼照样也把柴垛的柴草衔一口,放在另一处。每只狼都挨次一口一口的衔。不一会儿,那柴垛就缺了一块,有倾斜的危险。我着急得再次嘶声叫喊救命! 村子里死沉沉地,没一点儿动静。

一只只狼一口一口又一口地把柴草衔开去。柴垛缺了一块又缺一块，倾斜得快要倒了。我自料柴垛一倒，肯定是这群狼的一顿晚餐了。那头大狼真有主意。狼爬不上柴垛，可是狼能把柴垛攻倒。我叫喊无应，又不能插翅飞上天去，惶急中习惯性地想掏出烟斗来吸口烟。我伸手摸到了衣袋里的打火机。狼是怕火的。反正我也顾不得自身安全了。我脱下棉袄，用打火机点上火，在风里挥舞，那件棉袄就烘烘地着火燃烧了。我把燃烧着的棉袄扔在柴垛上，柴垛也烘烘地燃烧起来。这时候大约已是午夜三点左右，我再次向村里叫喊，"救火呀！救火呀！着火了！着火了！"

火光和烟气惊醒了村民。他们先先后后拿着盆儿桶儿出来救火。一群狼全逃跑了。只有石碾上的那头大狼没跑，给村民捉住。原来它两条前脚特短，不能跑。它不是狼，是狈。

柴垛的火很快就扑灭了。我拣回了那一口袋四个钻头，没耽误小组的工程。那头狈给村民送给河北动物园了。我们经常说"狼狈为奸"，好像只是成语而已，因为狈很少见。没想到我亲眼看到了"狼狈为奸"。狈比狼刁猾，可是没有狼的支持，只好进动物园。

二〇〇〇年九月二十四日

陈光甫的故事二则

亲手创建上海商业银行的陈光甫先生和我爸爸是无话不说的好朋友。他们同在美国费城宾夕法尼亚大学进修。我爸爸属法学院,陈光甫属商学院。我在家里曾听爸爸讲"陈光甫的皮鞋"和陈光甫讲述的另一桩事。现转述如下。

陈光甫的皮鞋

陈光甫从家乡到了上海(这是多年前事,地点我已记不清楚),下火车先去买了一双新皮鞋。皮鞋装在纸匣里,有绳子十字形扎结停当,他拎了皮鞋就到经常投宿的亲戚家去。

亲戚见了他很高兴。晚饭后,大家谈笑了一番,各自归寝。这间房是他常住的。他把皮鞋放在床尾桌上,解衣睡下。那是大冬天。他睡在被窝里只觉得说不出的害怕,害怕得怎么也睡不着;他辗转反侧,害怕得简直受不了。

约莫十二点左右,他闻到些儿"布毛臭"(就是布着火的气味),立即不害怕了,恍然自己"哦"了一声:"就是为了这件事!"

失火了!他迅速穿衣起床,唤起亲戚一家人。火是大片的火,从邻家延烧过来的。火势很猛。亲戚家只抢得几件珍贵细软,全家逃得性命,家具衣服被褥连同房子,全都烧光;只陈光甫那双皮鞋由主人拎在手里,很轻便地逃离了这场大火。

母女俩的故事

有母女两个相依为命,家里只母女两人。平时各居一室,很安顿。有一晚,两人都说不出的害怕,害怕得不敢分开,害怕得不敢灭灯睡觉,只好整夜开着电灯,两人相守着。到天蒙蒙亮的时候,忽闻邻家喊捉贼。邻家人多,贼给捉住了。据这个贼招供,他因为看见母女家晒皮衣,打算偷她们家。他一夜直蹲在对面屋脊上等候母女灭灯就下手。他等了一夜,不得机会,没奈何就去偷人口众多的邻家。

对面屋顶上一个贼眈眈看伺,母女会觉得害怕,我们能理解。未来的一场火灾,陈光甫事先觉得害怕,我们觉得很微妙;但那是他的亲身经历。

二〇〇三年四月八日

剪辫子的故事

我常记起我上中学时,听爸爸讲留日学生把留日学生监督的辫子剪下,系在长竹杠上示众的故事。故事很有趣,可是爸爸只不过讲讲而已,并没有写文章记下这件事。他讲的活灵活现,好像他当时在座客中亲眼目见的。其实他这个时期正和同在日本留学的雷奋、杨庭栋创办介绍先进思想的《译书汇编》呢。(参看朱正《鲁迅图传》——广东教育出版社二〇〇四年版 26 页)

剪辫子的故事很可能是我自己记的。文章从未发表,稿子却不知去向了。要寻找失去的稿子,白费工夫,不如重新记述一遍。说不定失物在不找的时候,往往意外发现。

我细细想来,故事好像是章宗祥讲的。他是当时的稳健派,我爸爸是激烈派。但他们两人一直是同窗好友,直到章宗祥订立了二十一条卖国条约以后,爸爸才和他疏远。当时有资格参加这个宴会的,该是专和官方结交的章宗祥。

这大约是一九〇二年的故事。原留日学生的监督任满回国,显然还要升官。接任的监督当然要设宴欢送。而这次接任的新监督,恰恰又是旧监督的亲信。这位亲信又和旧监督的如夫人有私情。筵席进行得十分酣畅,满堂欢声笑语。离任监督的如夫人忽盛装出场,当着满堂贵客,向离任监督叩了个头,说:

"恭喜老爷高升了！小妾（我记不真她是否自称'小妾'）跟老爷来此多年，习惯了当地的人情风俗，舍不得离去。求老爷就把小妾赏给新任老爷吧。"离任的监督虽很意外，毕竟是老官僚了，极为老练世故，立即满面笑容，命新任监督和他的如夫人双双对他叩头成礼。

留日学生得知此事，愤慨说："他倒便宜，既得美缺，又得美妾，该给他点儿颜色看看。"他们开会策划，定下办法，分头执行。他们每组二人，共三组。第一组负责买一把锋利的大剪刀。第二组买一枝长竹竿，以便把新任监督的辫子系在竹竿顶上。第三组负责在天亮之前，把系着辫子的竹竿竖立在官邸大门前。

这三组学生当夜要混入官邸，想必事先贿赂了官邸的管事人员。这件事最关键的是剪辫子。剪辫子由张继动手。我当时年幼，只记得张继一人的名字。别的名字都不知道了。这群学生一到日本，就改穿西装和皮鞋了。剪辫子的一组，先在新任监督卧房外脱了皮鞋、悄悄掩入卧室。新婚的一对新人香梦正浓，张继的同伴揪出长官的辫子，张继手拿锋利的大剪刀，一下子把辫子剪下。两人拿了辫子，赶紧溜出卧室，准备把剪辫子的剪刀及早藏在没人能找到的地方。张继的同伴却很好奇，要回卧室再看一眼。他们不及脱鞋，就穿了皮鞋大模大样地在寝室门外再看一眼，只见这位总督大人正照着镜子哭呢！如夫人在旁安慰。辫子立即交给第二组，又转交第三组。天蒙蒙亮的时候，新任监督的辫子已竖立在官邸大门前了。当然也立即被官邸的办事人员拔掉了。

这件事，日本人会一无所知吗？但他们一定不便公布。而留日学生竟敢对管束他们的监督如此无理，满清政府必不会轻饶。

中国社会科学院近代史所说,我父亲一九〇二年回无锡创立了励志社。我认为这事不可能。因为我父亲是一九〇二年卒业的,怎么在卒业前夕回国。近代史所说,他们有确切的证据,没有错。我至今不知他们有什么确切的证据。这是国家大事,无论在日本或国内,必有可查的档案。我记得是幼年在家里听到的故事,没有资格要求调查档案。但愿有关方面还是查究一番。当时闹事的学生一定受到满清政府的惩罚,不参加的学生也不会豁免。那群留日学生很可能都被召回国内受训斥,我父亲或是回国以后无事可做,就创立了"无锡励志社"。

二〇〇九年二月

收 脚 印

听说人死了,魂灵儿得把生前的脚印,都给收回去。为了这句话,不知流过多少冷汗。半夜梦醒,想到有鬼在窗外徘徊,汗毛都站起来。其实有什么可怕呢?怕一个孤独的幽魂?

假如收脚印,像拣鞋底那样,一只只拣起了,放在口袋里,捎着回去,那么,匆忙的赶完工作,鬼魂就会离开人间。不过,怕不是那样容易。

每当夕阳西下,黄昏星闪闪发亮的时候;西山一抹浅绛,渐渐晕成橘红,晕成淡黄,晕成浅湖色……风是凉了,地上的影儿也淡了。幽僻处,树下,墙阴,影儿绰绰的,这就是鬼魂收脚印的时候了。

守着一颗颗星,先后睁开倦眼。看一弯淡月,浸透黄昏,流散着水银的光。听着草里虫声,凄凉的叫破了夜的岑寂。人静了,远近的窗里,闪着一星星灯火——于是,乘着晚风,悠悠荡荡在横的、直的、曲折的道路上,徘徊着,徘徊着,从错杂的脚印中,辨认着自己的遗迹。

这小径,曾和谁谈笑着并肩来往过? 草还是一样的软。树荫还是幽深的遮盖着,也许树根小砖下,还压着往日襟边的残花。轻笑低语,难道还在草里回绕着么? 弯下腰,凑上耳朵——只听得草虫声声的叫,露珠在月光下冷冷的闪烁,风是这样的冷。飘摇不定的转上小桥，淡月一梳，在水里瑟瑟的抖。水草懒懒的歇在岸旁，水底的星影像失眠的眼睛，无精打采的闭上又张开。树影阴森的倒映水面，只有一两只水虫的跳跃，点破水面，静静的晃荡出一两个圆纹。

层层叠叠的脚印，刻画着多少不同的心情。可是捉不住的已往，比星、比月亮都远，只能在水底见到些儿模糊的倒影，好像是很近很近的，可是又这样远啊！

远处飞来几声笑语。一抬头，那边窗里灯光下，晃荡着人影，啊！就这暗淡的几缕光线，隔绝着两个世界么？避着灯光，随着晚风，飘荡着移过重重脚印，风吹草动，沙沙的响，疑是自己的脚声，站定了细细一听，才凄惶的惊悟到自己不会再有脚声了。惆怅地回身四看，周围是夜的黑影，浓浓淡淡的黑影。风是冷的，星是冷的，月亮也是冷的，虫声更震抖着凄凉的调子。现在是暗夜里伶仃的孤魂，在衰草冷露间搜集往日的脚印。凄惶啊！惆怅啊！光亮的地方，是闪烁着人生的幻梦么？

灯灭了，人更静了。悄悄地滑过窗下，偷眼看看床，换了位置么？桌上的陈设，变了么？照相架里有自己的影儿么？没有……到处都没有自己的份儿了。就是朋友心里的印象，也淡到快要不可辨认了罢？端详着月光下安静的睡脸，守着，守着……希望她梦里记起自己，叫唤一声。

星儿稀了，月儿斜了。晨曦里，孤寂的幽灵带着他所收集的脚印，幽幽地消失了去。

第二天黄昏后，第三天黄昏后，一夜夜，一夜夜：朦胧的月夜，繁星的夜，雨丝风片的夜，乌云乱叠、狂风怒吼的夜……那没声的脚步，一次次涂抹着生前的脚印。直到那足迹渐渐模糊，渐渐黯淡、消失。于是在晨光未上的一个清早，风带着露水的潮润，在渴睡着的草丛落叶间，低低催唤。这时候，我们这幽魂，已经抹下了末几个脚印，停在路口，撇下他末一次的回顾。远近纵横的大路小路上，还有留剩的脚印么？还有依恋不舍的什么吗？这种依恋的心境，已经没有归着。以前为了留恋着的脚印，夜夜在星月下彷徨，现在只剩下无可流连的空虚，无所归着的忆念。记起的只是一点儿忆念。忆念着的什么，已经轻烟一般的消散了。悄悄长叹一声，好，脚印收完了，上阎王处注册罢。

一九三三年

附记：这是我在朱自清先生班上的第一篇课卷，承朱先生称许，送给《大公报·文艺副刊》，成为我第一篇发表的写作。留志感念。

阴

  一棵浓密的树,站在太阳里,像一个深沉的人:面上耀着光,像一脸的高兴,风一吹,叶子一浮动,真像个轻快的笑脸;可是叶子下面,一层暗一层,绿沉沉地郁成了宁静,像在沉思,带些忧郁,带些恬适。松柏的阴最深最密,不过没有梧桐树胡桃树的阴广大。疏疏的杨柳,筛下个疏疏的影子,阴很浅。几茎小草,映着太阳,草上的光和漏下地的光闪耀着,地下是错杂的影子,光和影之间那一点儿绿意,是似有若无的阴。

  一根木头,一块石头,在太阳里也撇下个影子。影子和石头木头之间,也有一片阴,可是太小,只见影子,觉不到有阴。墙阴大些,屋阴深些,不像树阴清幽灵活,却也有它的沉静,像一口废井、一潭死水般的静。

  山的阴又不同。阳光照向树木石头和起伏的地面,现出浓浓淡淡多少层次的光和影,挟带的阴,随着阳光转动变换形态。山的阴是散漫而繁复的。

  烟也有影子,可是太稀薄,没有阴。大晴天,几团浮云会投下几块黑影,但不及有阴,云又过去了。整片的浓云,蒙住了太阳,够点染一天半天的阴,够笼罩整片的地,整片的海,造成漫漫无际的晦霾。不过浓阴不会持久;持久的是漠漠轻阴。好像谁望空撒了一匹轻纱,荡飏在风里,撩拨不开,又捉摸不住,恰似初识愁滋味的少年心情。愁在哪里？并不能找出个影儿。

夜，掩没了太阳而造成个大黑影。不见阳光，也就没有阴。黑影渗透了光，化成朦朦胧胧的黎明和黄昏。这是大地的阴，诱发遐思幻想的阴。大白天，每件东西遮着阳光就有个影子，挨着影子都悄悄地怀着一团阴。在日夜交接的微光里，一切阴都笼罩在大地的阴里，蒙上一重神秘。渐渐黑夜来临，树阴、草阴、墙阴、屋阴、山的阴、云的阴，都无从分辨了，夜吞没了所有的阴。

一九三六年

风

　　为什么天地这般复杂地把风约束在中间？硬的东西把它挡住,软的东西把它牵绕住。不管它怎样猛烈的吹;吹过遮天的山峰,洒脱缭绕的树林,扫过辽阔的海洋,终逃不到天地以外去。或者为此,风一辈子不能平静,和人的感情一样。

　　也许最平静的风,还是拂拂微风。果然纹风不动,不是平静,却是酝酿风暴了。蒸闷的暑天,风重重地把天压低了一半,树梢头的小叶子都沉沉垂着,风一丝不动,可是何曾平静呢？风的力量,已经可以预先觉到,好像蹲伏的猛兽,不在睡觉,正要纵身远跳。只有拂拂微风最平静,没有东西去阻挠它:树叶儿由它撩拨,杨柳顺着它弯腰,花儿草儿都随它俯仰,门里窗里任它出进,轻云附着它浮动,水面被它偎着,也柔和地让它搓揉。随着早晚的温凉、四季的寒暖,一阵微风,像那悠远轻淡的情感,使天地浮现出忧喜不同的颜色。有时候一阵风是这般轻快,这般高兴,顽皮似的一路拍打拨弄。有时候淡淡的带些清愁,有时候润润的带些温柔;有时候亢爽,有时候凄凉。谁说天地无情？它只微微的笑,轻轻地叹息,只许抑制着的风拂拂吹动。因为一放松,天地便主持不住。

　　假如一股流水,嫌两岸缚束太紧,它只要流、流、流,直流到海,便没了边界,便自由了。风呢,除非把它紧紧收束起来,却没法儿解脱它。放松些,让它吹重些吧;树枝儿便拦住不放,脚下一块石子一棵小草都横着身子伸着臂膀来阻挡。窗嫌小,门嫌狭,都挤不过去。墙把它遮住,房子把它罩住。但是风顾得这些么?沙石不妨带着走,树叶儿可以卷个光,墙可以推倒,房子可以掀翻。再吹重些,树木可以拔掉,山石可以吹塌,可以卷起大浪,把大块土地吞没,可以把房屋城堡一股脑儿扫个干净。听它狂嗥狞笑怒吼哀号一般,愈是阻挡它,愈是发狂一般推撞过去。谁还能管它么?地下的泥沙吹在半天,天上的云压近了地,太阳没了光辉,地上没了颜色,直要把天地捣毁,恢复那不分天地的混沌。

不过风究竟不能掀翻一角青天,撞将出去。不管怎样猛烈,毕竟闷在小小一个天地中间。吹吧,只能像海底起伏鼓动着的那股力量,掀起一浪,又被压伏下去。风就是这般压在天底下,吹着吹着,只把地面吹成了一片凌乱,自己照旧是不得自由。末了,像盛怒到极点,不能再怒,化成恹恹的烦闷懊恼;像悲哀到极点,转成绵绵幽恨;狂欢到极点,变为凄凉;失望到极点,成了淡漠。风尽情闹到极点,也乏了。不论是严冷的风,蒸热的风,不论是哀号的风,怒叫的风,到末了,渐渐儿微弱下去,剩几声悠长的叹气,便没了声音,好像风都吹完了。

但是风哪里就吹完了呢。只要听平静的时候,夜晚黄昏,往往有几声低吁,像安命的老人,无可奈何的叹息。风究竟还不肯驯伏。或者就为此吧,天地把风这般紧紧的约束着。

四十年代

流 浪 儿

　　古人往往用不同的语言,喻说:人生如寄,天地是万物的逆旅。我自己呢,总觉得我这个人——或我的躯体,是我心神的逆旅。我的形骸,好比屋舍;我的心神,是屋舍的主人。

　　我只是一间非常简陋的小屋,而我往往"魂不守舍",嫌舍间昏暗逼仄,常悄悄溜出舍外游玩。

　　有时候,我凝敛成一颗石子,潜伏涧底。时光水一般在我身上淌泻而过,我只知身在水中,不觉水流。静止的自己,仿佛在时空之外、无涯无际的大自然里,仅由水面阳光闪烁,或明或暗地照见一个依附于无穷的我。

　　有时候,我放逸得像倾泻的流泉。数不清的时日是我冲洗下的石子。水沫蹴踏飞溅过颗颗石子,轻轻快快、滑滑溜溜地流。河岸束不住,淤泥拉不住,变云变雾,海阔天空,随着大气飘浮。

　　有时候,我来个"书遁",一纳头钻入浩瀚无际的书籍世界,好比孙猴儿驾起跟头云,转瞬间到了十万八千里外。我远远地抛开了家,竟忘了自己何在。

　　但我毕竟是凡胎俗骨,离不开时空,离不开自己。我只能像个流浪儿,倦游归来,还得回家吃饭睡觉。

　　我钻入闭塞的舍间。经常没人打扫收拾,墙角已结上蛛网,满地已蒙上尘埃,窗户在风里拍打,桌上床上什物凌乱。我觉得自己像一团湿泥,封住在此时此地,只有摔不开的自我,过不去的时日。这个逼仄凌乱的家,简直住不得。

我推门眺望,只见四邻家家户户都忙着把自己的屋宇粉刷、油漆、装潢、扩建呢。一处处门面辉煌,里面回廊复室,一进又一进,引人入胜。我惊奇地远望着,有时也逼近窥看,有时竟挨进门去。大概因为自己只是个"棚户"吧,不免有"酸葡萄"感。一个人不论多么高大,也不过八尺九尺之躯。各自的房舍,料想也大小相应。即使凭弹性能膨胀扩大,出掉了气,原形还是相等。屋里曲折愈多,愈加狭隘;门面愈广,内室就愈浅。况且,屋宇虽然都建筑在结结实实的土地上,不是在水上,不是在流沙上,可是结实的土地也在流动,因为地球在不停地转啊!上午还在太阳的这一边,下午就流到那一边,然后就流入永恒的长夜了。

好在我也没有"八面光"的屋宇值得留恋。只不过一间破陋的斗室,经不起时光摧残,早晚会门窗倾欹,不蔽风雨。我等着它白天晒进阳光,夜晚透漏星月的光辉,有什么不好呢!反正我也懒得修葺,回舍吃个半饱,打个盹儿,又悄悄溜到外面去。

四十年代

喝 茶

曾听人讲洋话,说西洋人喝茶,把茶叶加水煮沸,滤去茶汁,单吃茶叶,吃了咂舌道:"好是好,可惜苦些。"新近看到一本美国人做的茶考,原来这是事实。茶叶初到英国,英国人不知怎么吃法,的确吃茶叶渣子,还拌些黄油和盐,敷在面包上同吃。什么妙味,简直不敢尝试。以后他们把茶当药,治伤风,清肠胃。不久,喝茶之风大行,一六六〇年的茶叶广告上说:"这刺激品,能驱疲倦,除恶梦,使肢体轻健,精神饱满。尤能克制睡眠,好学者可以彻夜攻读不倦。身体肥胖或食肉过多者,饮茶尤宜。"莱登大学的庞德戈博士(Dr Cornelius Bontekoe)应东印度公司之请,替茶大做广告,说茶"暖胃,清神,健脑,助长学问,尤能征服人类大敌——睡魔"。他们的怕睡,正和现代人的怕失眠差不多。怎么从前的睡魔,爱缠住人不放;现代的睡魔,学会了摆架子,请他也不肯光临。传说,茶原是达摩祖师发愿面壁参禅,九年不睡,天把茶赏赐给他帮他偿愿的。胡峤《饮茶诗》:"沾牙旧姓余甘氏,破睡当封不夜侯。"汤况《森伯颂》:"方饮而森然严乎齿牙,既久而四肢森然。"可证中外古人对于茶的功效,所见略同。只是茶味的"余甘",不是喝牛奶红茶者所能领略的。

浓茶搀上牛奶和糖,香冽不减,而解除了茶的苦涩,成为液体的食料,不但解渴,还能疗饥。不知古人茶中加上姜盐,究竟什么风味。卢同一气喝上七碗的茶,想来是叶少水多,冲淡了的。诗人柯立治的儿子,也是一位诗人,他喝茶论壶不论杯。约翰生博士也是有名的大茶量。不过他们喝的都是甘腴的茶汤。若是苦涩的浓茶,就不宜大口喝,最配细细品。照《红楼梦》中妙玉的论喝茶,一杯为品,二杯即是解渴的蠢物。那么喝茶不为解渴,只在辨味。细味那苦涩中一点回甘。记不起哪一位英国作家说过,"文艺女神带着酒味""茶只能产生散文"。而咱们中国诗,酒味茶香,兼而有之,"诗清只为饮茶多"。也许这点苦涩,正是茶中诗味。

法国人不爱喝茶。巴尔扎克喝茶,一定要加白兰地。《清异录》载符昭远不喜茶,说:"此物面目严冷,了无和美之态,可谓冷面草。"茶中加酒,使有"和美之态"吧?美国人不讲究喝茶,北美独立战争的导火线,不是为了茶叶税么?因为要抵制英国人专利的茶叶进口,美国人把几种树叶,炮制成茶叶的代用品。至今他们茶室里,顾客们吃冰淇淋喝咖啡和别的混合饮料,内行人不要茶;要来的茶,也只是英国人所谓"迷昏了头的水"(bewitched water)而已。好些美国留学生讲卫生不喝茶,只喝白开水,说是茶有毒素。代用品茶叶中该没有茶毒。不过对于这种茶,很可以毫无留恋地戒绝。

伏尔泰的医生曾劝他戒咖啡,因为"咖啡含有毒素,只是那毒性发作得很慢"。伏尔泰笑说:"对啊,所以我喝了七十年,还没毒死。"唐宣宗时,东都进一僧,年百三十岁,宣宗问服何药,对曰,"臣少也贱,素不知药,惟嗜茶"。因赐名茶五十斤。看来茶的毒素,比咖啡的毒素发作得更要慢些。爱喝茶的,不妨多多喝吧。

四十年代

听话的艺术

假如说话有艺术,听话当然也有艺术。说话是创造,听话是批评。说话目的在表现,听话目的在了解与欣赏。不会说话的人往往会听说话,正好比古今多少诗人文人所鄙薄的批评家——自己不能创作,或者创作失败,便摇身一变而为批评大师,恰像倒运的窃贼,改行做了捕快。英国十八世纪小诗人显斯顿(Shenstone)说:"失败的诗人往往成为愠怒的批评家,正如劣酒能变好醋。"可是这里既无严肃的批判,又非尖刻的攻击,只求了解与欣赏。若要比批评,只算浪漫派印象派的批评。

听话包括三步:听、了解与欣赏。听话不像阅读能自由选择。话不投机,不能把对方两片嘴唇当作书面一般拍的合上,把书推开了事。我们可以"听而不闻",效法对付嚣张的厌物的办法:"装上排门,一无表示",自己出神也好,入定也好。不过这办法有不便处,譬如搬是弄非的人,便可以根据"不否认便是默认"的原则,把排门后面的弱者加以利用。或者"不听不闻"更妥当些。从前有一位教士训儿子为人之道:"当了客人,不可以哼歌曲,不要弹指头,不要脚尖拍地——这种行为表示不在意。"但是这种行为正不妨偶一借用,于是出其不意,把说话转换一个方向。当然,听话而要逞自己的脾气,又要不得罪人,需要很高的艺术。可是我们如要把自己磨揉得海绵一般,能尽量收受,就需要更高的修养。因为听话的时候,咱们的自我往往像按在盒里的弹簧人儿(Jack in the box),忽然会"哇"的探出头来叫一声"我受不了你"。要把它制服,只怕千锤百炼也是徒然。除非听话的目的不为了解与欣赏,而另有作用。十九世纪英国诗人台勒爵士(Sir Henry Taylor)也是一位行政能员,他在谈成功秘诀的"政治家"(The Satesman)一书中说:"不论'塞壬'(Siren)的歌声多么悦耳,总不如倾听的耳朵更能取悦'塞壬'的心魂。"成功而得意的人大概早就发现了这个诀窍。并且还有许多"塞壬"喜欢自居童话中的好女孩,一开口便有珍珠宝石纷纷乱滚。倾听的耳朵来不及接受,得双手高擎起盘子来收取——珍重地把文字的珠玑镶嵌在笔记本里,那么"好女孩"一定还有更大的施与。这种人的话并不必认真听,不听更好,只消凝神倾耳;也不需了解,只需摆出一副欣悦钦服的神态,便很足够。假如已经听见、了解,而生怕透露心中真情,不妨装出一副笨木如猪的表情,"塞壬"的心魂也不会过于苛求。

听人说话,最好效陶渊明读书,不求甚解。若要细加注释,未免琐细。不过,不求甚解,总该懂得大意。如果自己未得真谛,反一笔抹煞,认为一切说话都是吹牛拍马撒谎造谣,那就忘却了说话根本是艺术,并非柴米油盐类的日用必需品。责怪人家说话不真实,等于责怪一篇小说不是构自事实,一幅图画不如照相准确。说话之用譬如衣服,一方面遮掩身体,一方面衬托显露身上某几个部分。我们绝不谴责衣服掩饰真情,歪曲事实。假如赤条条一丝不挂,反惹人骇怪了。难道一个人的自我比一个人的身体更多自然美?

谁都知道艺术品的真实并不指符合实事。亚里士多德早说过:诗的真实不是史实。大概天生诗人比历史家多。(诗人,我依照希腊字原义,指创造者。)而最普遍的创造是说话。夫子"述而不作",又何尝述而不作!不过我们看戏听故事或赏鉴其他艺术品,只求"诗的真实"(Poetic truth),虽然明知是假,甘愿信以为真。珂立支(Coleridge)所谓:"姑妄听之"(Willing suspense of disbelief)。听话的时候恰恰相反:"诗的真实"不能满足我们,我们渴要知道的是事实。这种心情,恰和珂立支所说的相反,可叫做"宁可不信"(Unwilling suspense of belief)。同时我们总借用亚里士多德"必然与可能"(The inevitable and probable)的原则来推定事实真相。举几个简单的例。假如一位女士叹恨着说:"唉,我这一头头发真麻烦,恨不得天生是秃子。"谁信以为真呢!依照"可能与必然",推知她一定自知有一头好头发。假如有人说:"某人拉我帮他忙,某机关又不肯放,真叫人为难。"他大概正在向某人钻营,而某机关的位置在动摇,可能他钻营尚未成功,认真在为难。假如某要人代表他负责的机关当众辟谣,我们依照"必然与可能"的原则,恍然道:"哦!看来确有其事!"假如一个人过火的大吹大擂,他必定是对自己有所不足,很可能他把自己也哄骗在内,自己说过几遍的话,便信以为真。假如一个人当面称谀,那更需违反心愿,宁可不信。他当然在尽交际的责任,说对方期待的话;很可能他看透了你意中的自己。假如一个人背后太热心的称赞一个无足称赞的人,可能是最精巧的谄媚,准备拐几个弯再送达那位被赞的人,比面谀更入耳洽心;也可能是上文那位教士训儿子对付冤家的好办法——过火的称赞,能激起人家反感;也可能是借吹捧这人,来贬低那人。

听话而如此逐句细解,真要做到"水至清则无鱼"了。我们很不必过分精明。虽然人人说话,能说话的人和其他艺术家一般罕有。辞令巧妙,只使我们钦慕"作者"的艺术,而拙劣的言词,却使我们喜爱了"作者"自己。

说话的艺术愈高,愈增强我们的"宁可不信",使我们怀疑,甚至恐惧。笨拙的话,像亚当夏娃遮掩下身的几片树叶,只表示他们的自惭形秽,愿在天使面前掩饰丑陋。譬如小孩子的虚伪,哄大人给东西吃,假意问一声"这是什么?可以吃么?"使人失笑,却也得人爱怜。譬如逢到蛤蟆般渺小的人,把自己吹得牛一般大,我们不免同情怜悯,希望他天生就有牛一般大,免得他如此费力。逢到笨拙的谄媚,至少可以知道,他在表示要好。老实的骂人,往往只为表示自己如何贤德,并无多少恶意。一个人行为高尚,品性伟大,能使人敬慕,而他的弱点偏得人爱。乖巧的人曾说:"你若要得人爱,少显露你的美德,多显露你的过失。"又说:"人情从不原谅一个无需原谅的人。"凭这点人情来体会听说话时的心理,尤为合适。我们钦佩羡慕巧妙的言辞,而言词笨拙的人,却获得我们的同情和喜爱。大概说话究竟是凡人的艺术,而说话的人是上帝的创造。

四十年代

窗　　帘

人不怕挤。尽管摩肩接踵,大家也挤不到一处。像壳里的仁,各自各。像太阳光里飞舞的轻尘,各自各。凭你多热闹的地方,窗对着窗,各自人家,彼此不相干。只要挂上一个窗帘,只要拉过那薄薄一层,便把别人家隔离在千万里以外了。

隔离,不是断绝。窗帘并不堵没窗户,只在彼此间增加些距离——欺哄人招引人的距离。窗帘并不盖没窗户,只隐约遮掩——多么引诱挑逗的遮掩!所以,赤裸裸的窗口不引人注意,而一角掀动的窗帘,惹人窥探猜测,生出无限兴趣。

赤裸裸,可以表示天真朴素。不过,如把天真朴素做了窗帘的质料,做了窗帘的颜色,一个洁白素净的帘子,堆叠着透明的软纱,在风里飘曳,这种朴素,只怕比五颜六色更富有魅力。认真要赤裸裸不加遮饰,除非有希腊神像那样完美的身体,有天使般纯洁的灵魂。培根(Bacon)说过:"赤裸裸是不体面的;不论是赤露的身体,或赤露的心。"人从乐园里驱逐出来的时候,已经体味到这句话了。

所以赤裸裸的真实总需要些掩饰。白昼的阳光,无情地照彻了人间万物,不能留下些幽暗让人迷惑,让人梦想,让人希望。如果没有轻云薄雾把日光筛漏出五色霞彩来,天空该多么单调枯燥!

隐约模糊中,才容许你做梦和想象。距离增添了神秘。看不见边际,变为没边没际的遥远与辽阔。云雾中的山水,暗夜的星辰,希望中的未来,高超的理想,仰慕的名人,心许的"相知",——隔着窗帘,惝恍迷离,可以产生无限美妙的想象。如果你嫌恶窗帘的间隔,冒冒失失闯进门、闯到窗帘后面去看个究竟,赤裸裸的真实只怕并不经看。像丁尼生(Tennyson)诗里的"夏洛特女郎"(The Lady of Shalott),看厌了镜中反映的世界,三步跑到窗前,望一望真实世界。她的镜子立即破裂成两半,她毁灭了以前快乐而无知的自己。

人家挂着窗帘呢,别去窥望。宁可自己也挂上一个,华丽的也好,朴素的也好。如果你不屑挂,或懒得挂,不妨就敞着个赤裸裸的窗口。不过,你总得尊重别人家的窗帘。

四十年代

读 书 苦 乐

读书钻研学问,当然得下苦功夫。为应考试、为写论文、为求学位,大概都得苦读。陶渊明好读书。如果他生于当今之世,要去考大学,或考研究院,或考什么"托福儿",难免会有些困难吧?我只愁他政治经济学不能及格呢,这还不是因为他"不求甚解"。

我曾挨过几下"棍子",说我读书"追求精神享受"。我当时只好低头认罪。我也承认自己确实不是苦读。不过,"乐在其中"并不等于追求享受。这话可为知者言,不足为外人道也。

我觉得读书好比串门儿——"隐身"的串门儿。要参见钦佩的老师或拜谒有名的学者,不必事前打招呼求见,也不怕搅扰主人。翻开书面就闯进大门,翻过几页就升堂入室;而且可以经常去,时刻去,如果不得要领,还可以不辞而别,或者另找高明,和他对质。不问我们要拜见的主人住在国内国外,不问他属于现代古代,不问他什么专业,不问他讲正经大道理或聊天说笑,都可以挨近前去听个足够。我们可以恭恭敬敬旁听孔门弟子追述夫子遗言,也不妨淘气地笑问"言必称'亦曰仁义而已矣'的孟夫子",他如果生在我们同一个时代,会不会是一位马列主义老先生呀?我们可以在苏格拉底临刑前守在他身边,听他和一伙朋友谈话;也可以对斯多葛派伊匹克悌忒斯(Epictetus)的《金玉良言》思考怀疑。我们可以倾听前朝列代的遗闻逸事,也可以领教当代最奥妙的创新理论或有意惊人的故作高论。反正话不投机或言不入耳,不妨抽身退场,甚至砰一下推上大门——就是说,啪地合上书面——谁也不会嗔怪。这是书以外的世界里难得的自由!

　　壶公悬挂的一把壶里,别有天地日月。每一本书——不论小说、戏剧、传记、游记、日记,以至散文诗词,都别有天地,别有日月星辰,而且还有生存其间的人物。我们很不必巴巴地赶赴某地,花钱买门票去看些仿造的赝品或"栩栩如生"的替身,只要翻开一页书,走入真境,遇见真人,就可以亲亲切切地观赏一番。

　　说什么"欲穷千里目,更上一层楼"!我们连脚底下地球的那一面都看得见,而且顷刻可到。尽管古人把书说成"浩如烟海",书的世界却真正的"天涯若比邻",这话绝不是唯心的比拟。世界再大也没有阻隔。佛说"三千大千世界",可算大极了。书的境地呢,"现在界"还加上"过去界",也带上"未来界",实在是包罗万象,贯通三界。而我们却可以足不出户,在这里随意阅历,随时拜师求教。谁说读书人目光短浅,不通人情,不关心世事呢!这里可得到丰富的经历,可认识各时各地、多种多样的人。经常在书里"串门儿",至少也可以脱去几分愚昧,多长几个心眼儿吧?我们看到道貌岸然、满口豪言壮语的大人先生,不必气馁胆怯,因为他们本人家里尽管没开放门户,没让人闯入,他们的亲友家我们总到过,自会认识他们虚架子后面的真嘴脸。一次我乘汽车驰过巴黎赛纳河上宏伟的大桥,我看到了栖息在大桥底下那群捡垃圾为生、盖报纸取暖的穷苦人。

不是我眼睛能拐弯儿,只因为我曾到那个地带去串过门儿啊。

可惜我们"串门"时"隐"而犹存的"身",毕竟只是凡胎俗骨。我们没有如来佛的慧眼,把人世间几千年积累的智慧一览无余,只好时刻记住庄子"生也有涯而知也无涯"的名言。我们只是朝生暮死的虫豸(还不是孙大圣毫毛变成的虫儿),钻入书中世界,这边爬爬,那边停停,有时遇到心仪的人,听到惬意的话,或者对心上悬挂的问题偶有所得,就好比开了心窍,乐以忘言。这个"乐"和"追求享受"该不是一回事吧?

一九八九年

软红尘里·楔子

女娲还只顾勤勤恳恳炼她的五色石。太白星君从云端里过,招呼说:

"娲皇,还在忙呀?"

女娲忙也招呼:"上公,您好!"她叹气说:"咳!只是白忙。"

"没完没了吗?"

"怎么得了啊!天,穿了窟窿,臭氧层破裂了。地,总是支不稳:这里塌,那里陷,这里喷火,那里泥石流,再加上捣乱的暴风,随处闯祸。兵者不祥之器,威力却日见强大。从未偃息的战火,放定是愈烧愈烈。瘟疫的种类,现在也愈出愈奇。机械发达,把江湖海洋全都污染了。芸芸众生蒙在软红尘里,懵懵懂懂,还只管争求自己的幸福。我这片小天地,看来破败得不堪收拾了。"

太白星君说:"人间原本如此。我看你这片天地还经得起好几劫呢。"

女娲说:"反正我也只是尽力而为。瞧这伙自以为万能的小人儿,哪天飞到您那儿去定居吧。他们发明创造的能力确也可观。"

太白星君呵呵笑道:"他们还远没有认识我呢!东方人说我是白胡子老头儿,西方人说我是爱神美女维纳斯!他们要到我那儿去定居啊,还早哩!"

女娲也笑了。"他们的先遣小分队,已经到您那儿去窥探了,不是吗?"

"等着瞧吧。娲皇,我劝您且偷工夫休息会儿,别太认真。"

"也许我该撒手了。我常是惶惶惑惑,却又不敢懈怠。上公,您既然驾临,我倒要麻烦您帮我拿个主意呢。"

"我有什么主意呀?"

"我要您帮我瞧瞧,我是不是该撒手不管了?"

"凭什么该撒手呀?管,您又要管什么呀?"

女娲烦恼地叹息一声,"咳!这群小人儿!聪明精巧有余,却不懂得寻求大智慧。"

太白星君笑道:"人生一世,草生一秋。您要他们求得多大的智慧呀?"

"我不要求过多,只愿他们一代代求得的智慧,能累积下来,至少一脉流传,别淤塞,别枯竭。只求他们彼此之间,能沉瀣一气,和谐一致,大家同心同德,把这个世界收拾得完整些,美好些。可是,当今的一代鄙弃过去的一代,亿万人又有亿万个心。说起来倒是目标相同,都为了救济世界,造福人类。可是道不同不相为谋。那伙自封的英雄豪杰,一个个顶天立地,有我就没有你。请瞧吧,古往今来,只见你挤我,我害你。个人之间,是人与人的互相倾轧;集体与集体之间,是结了帮、合了伙的互相倾轧。大家永远停留在彼此排挤、互相伤害的阶段上,能有什么成就可说呢?他们活一辈子,只在愚暗中挣扎,我又何苦为他们操心呢?"

太白星君安慰说:"娲皇,您也别操之过急,见其一不见其二,您那里的仁人志士,声闻九天,都像您说得那么没出息吗?"

女娲说:"我只怕寡不敌众,正不压邪;是非善恶,红尘世界里不那么容易分辨。"

她说着用手掌前后左右扇开几处红尘,遥指着说:

"您不妨到处看上两眼,也不妨盯着几个人看看:即小见大,由一知十。"

太白星君凝神观看了一番,点头说:

"唔,唔,希望都在后头呢!"

"后头?还是前面?"

太白星君笑了:"'瞻之在前,忽焉在后。'娲皇,听我说,您再耐烦等待一番吧,且不要撒手不管。"

他避免对方追问,忙着告辞一声,驾云走了。

女娲望着他的后影,半嗔半笑,自言自语说:"真可谓'问道于——'滑头。"她带着一丝苦笑,拣起工具,继续自己的工作。

亲爱的读者,太白星君凝神观望的一刹那,人间已经历许多岁月。过去的事,像海市蜃楼般都结在云雾间,还未消散。现在的事,并不停留,衔接着过去,也在冉冉上腾。他所见种种,写下来可成一本书。您如有意,不妨一读。

一九九〇年

一 块 陨 石

一九三四年夏,我由清华回家度暑假。一家人在后园花厅南廊下坐着闲话。爸爸指着花厅角落里一个西瓜模样的东西说:"看看,那是什么?"我看着像个西瓜。爸爸既问我"那是什么",想必不是西瓜。我反问,"那是什么?"爸爸说:"你给我搬过来。"我跑去搬,不料那东西出乎意外的重,休想搬动。我把那东西拨翻在地,只见上部光溜溜的,现深绿色,像西瓜皮;下部却很粗糙,像折断的铁矿石,颜色如黄锈的铁。爸爸告诉我说:城外荒野里,一夜落下几块陨石。农民拿进城来卖,爸爸收买了最大的一块。我所谓光溜溜的上部,该是陨石的下部,经大气层的摩擦而光润了。

我弟弟由维也纳大学毕业回国后,我们姐妹弟弟随爸爸回苏州安葬妈妈。我们回上海前,把这块陨石连同秋千、荡木架上拆下的一大堆粗铁链藏得严严密密。我们说:"可别给日本人拿走。"因为铁链可供敌人拿去做兵器,而这块硕大陨石,该由国家博物馆收藏。

可是当我们再回苏州安葬爸爸的时候,这大堆铁链和这块陨石都不见了。我想念爸爸妈妈和苏州的老家,就屡屡想到这块陨石,不知现在藏在什么人的家里呢,还是收入什么博物馆了。

一九九一年三月三十一日

不官不商有书香

　　解放前钱锺书和我寓居上海。我们必读的刊物是《生活周刊》。寓所附近有一家生活书店。我们下午四点后经常去看书看报；在那儿会碰见许多熟人，和店里工作人员也熟。有一次，我把围巾落在店里了。回家不多久就接到书店的电话："你落了一条围巾。恰好傅雷先生来，他给带走了，让我通知你一声。"傅雷带走我的围巾是招我们到他家去夜谈；嘱店员打电话是免我寻找失物。这件小事唤起了我当年的感受：生活书店是我们这类知识分子的精神家园。

　　生活书店后来变成了三联书店。四五十年后，我们决定把《钱锺书集》交三联出版，我也有几本书是三联出版的。因为三联是我们熟悉的老书店，品牌好，有它的特色。特色是：不官不商，有书香。我们喜爱这点特色。

二〇〇四年四月一日

"天上一日,人间一年"[*]

——在塞万提斯纪念会上的发言

我今天有幸,能来参加塞万提斯逝世三百六十六周年报告会。我忍不住要学桑丘·潘沙的样说一句成语。我们中国人有句老话:"天上一日,人间一年"——就是说,天上的日子愉快,一眨眼就是一天,而人世艰苦,日子不那么好过。我们一年有三百六十五天或三百六十六天。在我们人世,塞万提斯去世已三百六十六年,可是他在天上只过了三百六十六天,恰好整整一年。今天可以算是他逝世的"一周年"。我们今年今日纪念他,最恰当不过。

塞万提斯说他自己"与其说多才,不如说多灾"(más versado en desdichas que en versos)。尽管他的《堂吉诃德》广受读者欢迎,当时文坛上还是没有他的地位。他一生没有受到重视。我们到现在只知道他在一五四七年十月九日受洗礼,而不知道他的生日;只知道他一六一六年四月二十三日去世,而不知道他的坟墓所在。我们看到的几幅画像是真是假,有很多争论。我最近读到新出版的权威著作《西班牙文学史》上说,那些画像全

---

[*] 1982年4月23日我国对外文委、西班牙驻华大使馆和北京大学西语系联合举办纪念塞万提斯逝世三百六十六周年报告会,本文系作者在这个报告会上的发言。

是假的。有一幅画像，一九一〇年以来一直认为是塞万提斯的真容，挂在西班牙国家学院的大厅里，现在证明那也是假的。惟一可靠的画像，是塞万提斯在《模范故事》(*Novelas ejemplares*)的前言里对他自己的写真；①我们只能从这段文字里想象他的模样。可是三百六十六年过去了，我们非但没有忘记他，也忘不了他，而且更热切地要求对他有更深、更透的了解。因为塞万提斯虽已离开人间，他头脑里诞生的儿子堂吉诃德骑着他那匹瘦弱的"驽骍难得"却马不停蹄，这多少年来已走遍了全世界，受到全世界的重视。

塞万提斯早在一六一五年告诉我们，中国的大皇帝急着要他把堂吉诃德送往中国，因为中国要建立一所教西班牙语文的学院，用堂吉诃德的故事作课本，还请塞万提斯做那个学院的院长。可惜我们中国的大皇帝太糊涂，忘了送他旅费。塞万提斯因此没来做咱们中国西班牙语学院的院长。但是他的堂吉诃德是最忠诚的骑士，一九七八年知道西班牙国王和王后要来中国访问，就抢先赶到中国来迎接国王和王后陛下。这是真事，我和塞万提斯一样没有撒谎。我给叙述堂吉诃德故事的那位摩尔人阿默德·贝南黑利先生补习了中文，又尽力教堂吉诃德和桑丘说中国话。可惜他们没有教我写西班牙文，也没有教我说西班牙语；我至今不会写，也不会说，这是很大的遗憾。

堂吉诃德先生的老乡参孙学士预言，将来每个国家、每种语言，都会有《堂吉诃德》的译本。这句预言已经实现了。当初堂

---

① 阿尔博格（Juan Luis Alborg）著《西班牙文学史》(*Historia de la literatura Española*)（1981马德里版）第2册34页。塞万提斯形容自己的那段文字见本文附录。

吉诃德听说他的传记印行了一万二千册,已经很得意。可是在我们中国,一版就印了十万册,很快就销完;再版又十万册,也很快销完,还有许多读者要买而买不到。现在第三版将要付印了。世界各国对小说作比较研究的学者,都离不了《堂吉诃德》。譬如前不久来我国讲学并访问的两位美国哈佛大学比较文学教授勒文(Harry Levin)和吉延(Claudio Guillen),都把《堂吉诃德》作为比较各国小说的中心或主脑。① 堂吉诃德知道了,该多么得意呀!

《堂吉诃德》是我非常喜爱的书。我原先并不是一个翻译者。我写过些剧本、散文和短篇小说;翻译是我的练习——练习翻译,也练习写作。近代法国小说家普鲁斯特(Marcel Proust)曾经说过,翻译可以作为写作的练习(le devoir et la tache d´un ecrivain),我翻过西班牙小说《小癞子》(la vida de Lazarillo de Tormes)和法国小说家勒萨日(Le Sage)的《吉尔·布拉斯》(Gil Blas),这两部小说都有一些读者。我的领导对《堂吉诃德》这部举世闻名的杰作十分重视,急要介绍给我国读者,就叫我来翻译。我出于私心爱好,一口应承,竟没有考虑自己是否能够胜任。

把原文的《堂吉诃德》译成中文,远不是堂吉诃德所谓"翻译相近的语言"那么现成,远不是抄写文章那样"抄过来就是翻译"。我相信,西班牙文和中文的距离,比西班牙文和希腊文、拉丁文的距离还大。塞万提斯本人对翻译不大瞧得起。他借堂吉诃德的嘴说,他"不是轻视翻译;有些职业比这个还糟,赚的

---

① 例如勒文《比较的根据》(1972)224—243页,甚至提出了"吉诃德原则"。

钱还少"。他认为一般翻译好比弗兰德斯的花毯翻到背面来看,图样尽管还看得出,却遮着一层底线,正面的光彩都不见了。① 译文不免失去原文的光彩,这句话是不错的。再加我们的排印工作,经过"文化大革命",大大地退步了,外文的拼法和符号上的错误多得改不尽。我只能希望,我们的翻译,还比我们的印刷好一点点吧。

《堂吉诃德》——正像一切原著一样,是惟一的,它的译本却多得数不清。我的翻译是从西班牙文译出的第一个中文本,可是绝不是末一本。将来西班牙和我国的交流会更多,我国对西班牙文学的研究会更有增进,准会有具备条件的翻译者达到更高的水平,更接近塞万提斯所要求的标准,叫读者分不出哪是原作、哪是译本。因为在我们社会主义的新中国,翻译者不必谋利,不必为生活担忧,可以一心一意追求译文的完美,不怕费多少心力、多少时间。这一点,只怕塞万提斯做梦也没有想到。他如果知道,也许会对翻译者改变他那轻蔑的看法吧?

附　　录

塞万提斯的《模范故事》一六一三年出版,前言里有一段作者对自己的描写。那时候他六十六岁。他形容自己"高鼻型的脸;头发栗色;脑门子光滑而开朗;眼睛灵活;鹰嘴鼻,不过长得很匀称;银白色的胡须,二十年前还是金黄的呢;唇上两撇大胡子;小嘴;牙齿不小也不大,只剩六只了,都已经腐蚀,而且位置不当,没一只配得上对儿;

---

① 《堂吉诃德》中译本下册第62章。

身材适中,不高也不矮;面色红活,皮肤不算黑,该说是白的;背略有些驼,脚步也不大轻健了"。

一九八二年四月

《堂吉诃德》译余琐掇

一 "焦黄脸儿"

明代天启癸亥(1623)年,耶稣会的意大利神父艾儒略(Pere Giulio Aleni)用中国文言撰写了《职方外纪》,记述"绝域风土"。① 书上许多西方人名、地名,以及没有同义字的官职和学科的名称,都用音译,读来很费猜测。例如讲到西班牙的一节:"国人极好学,有共学在撒辣蔓加与亚尔加辣二所,远近学者聚焉。高人辈出,著作甚富,而陟禄日亚与天文之学尤精。古一名贤,曰多斯达笃者,居俾斯玻之位,著书最多,寿仅五旬有二。所著书籍,就始生至卒计之,每日当得三十六章,每章二千余言,尽属奥理。后人绘彼像,两手各执一笔,章其勤敏也。"两所"共学"想必指撒拉曼加(Salamanca)和阿尔加拉(Alcala)两所大学。可是"陟禄日亚"和"俾斯玻"的原文是什么呢?从出生到死,每日撰写七万多字的"名贤"又是谁呢?

---

① 《四库全书总目提要》卷七十一:"《职方外纪》五卷,明西洋人艾儒略撰。其书成于天启癸亥,自序谓'利氏赍进《万国图志》,庞氏奉命翻译,儒略更增补以成之。'盖因利玛窦、庞迪我旧本润色之,不尽儒略自作也。所记皆绝域风土,为自古舆图所不载,故曰《职方外纪》……所述多奇异不可究诘,似不免多所夸饰。然天地之大,何所不有;录而存之,亦足以广异闻也。"

我记起堂吉诃德曾说到一个人名很像"多斯达笃"。果然在《堂吉诃德》第二册第三章里找到一位托斯达多(el Tostado);顺藤摸瓜,考证出他是阿维拉(Avila)主教堂阿朗索·李贝拉·台·马德里加尔(Don Alonso Ribera de Madrigal)(1400?—1455)。原来"俾斯玻"就是主教(obispo)的译音,"陟禄日亚"是神学(teología)的译音。据说此人生平著作有对开页的十五大本。他能使盲人也见到光明。堂吉诃德所说的这位多产作家,显然就是《职方外纪》里那位著作等身的"名贤"了。在我国,托斯达多的名气远不如堂吉诃德,要不是堂吉诃德提到他,读者也许很难考出他究竟是谁。

"托斯达多"是绰号,我不译音而译意,译作"焦黄脸儿"。可是他为什么绰号"焦黄脸儿",我无从查考,总觉不放心。

去年十一月,我随社会科学院代表团到西班牙访问。旅店的早餐桌上,备有各式面包的盘里,照例有两片焦黄松脆的面包干,封在玻璃纸里,纸上印有"Pan tostado"二字。我想"焦黄脸儿"的颜色,大概就是这种焦黄色。可是西班牙人的肤色一般是白的,不是焦黄色。

我们游览托雷多古城的时候,承市政府盛情招待,派了一位专为外国元首来访时做导游的人为我们讲解。他讲得非常清楚,有问必答。我们参观大教堂,旁边一间屋里陈列历任主教的像。我问:"阿维拉主教的像也在这里吗?"他说:"不,在阿维拉呢。这里只有托雷多的主教。"我问起阿维拉主教托斯达多。他立即告诉我,托斯达多的著作叠起来有他本人一样高,这个绰号通常用来称呼多产作家。又说,这位主教血统里混有吉卜赛人的血,面色焦黄,所以绰号"焦黄脸儿"。我得知"焦黄脸儿"

的缘由,出乎意外的高兴。"焦黄脸儿"("多斯达笃")是我国文献里最早出现的西班牙作家。我们也许不熟悉他的著作,可是西班牙文学史上都提到过这位作家和他的绰号。①

二 塞万提斯的三封信

我们访问塞维利亚的时候,参观了印第安总档案馆(Archivo general de Indias),②看见陈列的塞万提斯亲笔信一页。馆长特将原件复制一份赠我留存。那是一五九〇年塞万提斯呈送国王斐利普二世的申请书,自陈曾为国家效力,想在美洲殖民地谋个官职,那里还有三四个空缺呢。这封信提交塞维利亚管理印第安事务的办公室处理,搁置多年。后世发现了这个文件,存入档案馆。原件是手写稿,字迹不易辨认,不过可以看到塞万提斯的亲笔签名。

我在英国访问的时候,偷得一周多时间在大英博物馆阅览些国内看不到的书籍和稿本,无意间看到塞万提斯谋求美洲官职的另一封信。那是阿尔维瑞斯·德兰女士(Concepcion Alverez Terán)从西曼加斯总档案馆(Archivo General de Simancas)发现而抄录的,由阿梅素阿(Agustín de Amezúa)加以标点,一九五四年在西班牙皇家学院公报(Boletín del Real Academia Española)(马德里)第三十四册上发表,题目是《最新发现而首

---

① 例如狄艾斯·博尔盖(Jose María Díez Borque)主编的《西班牙文学史》(1980 马德里版)第 1 册 189,207—208,517 页;阿尔博格(J. L. Alborg)《西班牙文学史》(1981 马德里版)第 1 册 341,365 页。
② "印第安"原文 Indias,指南北美洲。

次刊出的塞万提斯书信一件》(*Una carta desconocida e inédita de Cervantes*)。当时权威性的有关塞万提斯的文献提要上没提到这封信。据阿尔维瑞斯·德兰女士考证,信尾确是塞万提斯的签名,只是少了他平日常用的第二个姓氏萨阿维德拉(Saave-dra)。这封信早于前信八年,是一五八二年二月十七日塞万提斯从马德里寄往里斯本,给印第安事务大臣安东尼欧·台·艾拉索(Antonio de Eraso)的。西班牙刚征服葡萄牙,这位大臣随国王斐利普二世同在里斯本。原信如下:

大人阁下:

瓦尔马塞达(Valmaseda)秘书长已经把有关我向您干求的事通知我。您的帮忙和我的营谋都抵不过我的厄运,这个职位皇上已经取消,只好再等邮船的消息,瞧是否另有空缺。据瓦尔马塞达先生说,目前已经无缺可补——我确实知道他曾为我打听过。敬请大人向为我出力的各位代致谢意;这无非向您表明,我不是一个不知感激的人。

我正继续撰写前曾向您说起的《伽拉苔亚》(*Galatea*),写成当呈上请教。敬祝身体健康,事业顺利。

米盖尔·台·塞万提斯
一五八二年二月十七日于马德里

塞万提斯究竟谋求什么职位,信上没有说明。《伽拉苔亚》何年撰写是个有争议的问题。一说一五七五年以前已经动笔,①一说写于一五八二至一五八三年,一说写于一五八一至一

---

① 塞万提斯1575年被俘,在阿尔及尔五年半,1580年获释回国。

五八三年。这部牧歌体的传奇一五八五年三月出版,献辞里提到他父亲刚去世。那是在一五八四年八月一日。阿梅素阿根据这封信考订,认为《伽拉苔亚》写于一五八一至一五八四年。

一八六三年西班牙文献目录公报(*Boletín bibliográfico española*)第九期发现过塞万提斯一封更早的亲笔信,是他在阿尔及尔做俘虏的第二年写给西班牙国务大臣马特奥·瓦斯盖斯(Mateo Vazquez)的诗简——八十首三行诗,加一首四行诗。信上追忆雷邦多战役的胜利、他所乘的战艇被俘并描述他的同伙俘虏所遭受的残暴的虐待。信末呼吁国王解救前后陷落虏营的二万名西班牙基督徒。这封信写得非常动人,塞万提斯大概指望斐利普二世会亲眼看到这封信。可是国王并没看到。这封信是后世从论斤出卖的废纸里发现的。塞万提斯想必料到这封信已如石沉大海,他一五八五年出版的戏剧《在阿尔及尔的遭遇》(*El Trato de Argel*)第一幕采用了这封信末最后的六十七行。

塞万提斯一生困顿不遇,这是大家都知道的,也许并不需要以上三信来作证明。假如他如愿以偿,做了美洲殖民地的官员,他还写不写《堂吉诃德》呢?

塞万提斯的戏言

——为塞万提斯铜像揭幕而作

塞万提斯去世前一年(1615)说过几句开玩笑的话。三百七十年后,他的戏言变成了事实。

他当年穷愁潦倒,虽然出版了风靡全国的《堂吉诃德》第一部,并未解决生活问题。高雅的文坛上没有他的地位。有人公然欺侮他,擅自出版了《堂吉诃德》续集,书上还骂他是又老又穷的伤残军人。塞万提斯因此急急把《堂吉诃德》第二部赶完,并把这部书献给尊重他而周济他的一位贵人,表示感谢。他在《前言》中庄严地驳斥了侮辱他的人;献词里却只用谈笑的口吻来答谢这位贵人。他说,各地催促着要他把堂吉诃德送去。最急切的是中国大皇帝,竟专差送信,请他到中国去当西班牙语文学院的院长,并把《堂吉诃德》作为课本。可是中国皇帝没想到送他盘费。他又老又病,没有力气走那么迢迢长路。幸好他自有赡养并庇护他的人呢,不希罕做什么学院院长,所以谢绝了中国钦差。

虽然是几句戏言,却不是无因无由。据传,明神宗万历四十年(1612)曾托传教士带给西班牙国王一封信。所以塞万提斯心目中,在那遥远的地方,有个愿和西班牙交往的中国。塞万提斯在《堂吉诃德》第二部里,曾假借一位硕士的话说:"这部传记已经出版了一万二千册。预料将来每个国家、每种语言都会有译本。"塞万提斯《献词》里开玩笑的话，多少也流露了他的一个遥远的希望或梦想：《堂吉诃德》将会有中译本；中国人也将奉他为师。

一九八五年，马德里和北京结为友好城市。一九八六年十月，马德里市长带领代表团，把中国大皇帝请不动的塞万提斯先生伴送到北京大学，同时还携带一批西班牙书籍赠送给大学图书馆。北京市长、北京大学校长带领其他人士郑重迎候。北京大学的校园里筑起一座高台，专等塞万提斯先生大驾光临。

马德里市长先生为塞万提斯铜像揭幕典礼致词，风趣地重述了塞万提斯《献辞》里的那段戏言；因为三四百年前的戏言，如今都到眼前来了。塞万提斯虽然不是到北京来做什么学院的院长，他在中国的地位以及他受到的尊重，远在区区一个院长之上。他的《堂吉诃德》没有用作学习西班牙文的课本，但是从西班牙文翻译的译本，第一版第一次印刷就是十万册，远远超过了他生前自诩的一万二千；过年第二次印刷又是十万册。可见这部书广受读者喜爱，不比教科书只是强迫性读物。

塞万提斯铜像是和真人一般大小的复制铜像，兀立在北京大学校园的树丛中。我看了这尊铜像，不禁记起塞万提斯家乡阿尔加拉的那一尊。那尊铜像立在闹市里，四周是熙熙攘攘的市民，附近就是塞万提斯故居。那是他小时候居住的房子，有上下两层，很矮小，大门也矮。进门是个小小的天井，抬头可见楼上四周狭长的过廊。楼下厨房里还保留着当年的炊具。楼上塞万提斯父母的卧房里铺着小小的双人床。据导游说，那个年代的人，个儿小，所以房子矮小。这话未必可信。难道那个时代只有居住高堂大厦的王公贵人身材魁伟么！看来只因为是寻常百姓家，不免屋浅檐低。孩子长成，就离开老家，出外寻找生路。塞万提斯走出家门，离开家乡的时候，外边的世界可真大呀！他在意大利当兵，在阿尔及尔当了多年俘虏，回国后到处奔走谋生，指望到美洲新大陆找工作，始终没去成。至于中国，还不知在什么天涯地角呢。可是如今的世界，由马德里到北京只不过十几小时的旅程而已。"天涯若比邻"，北京和马德里已结为友好城市，塞万提斯也在北京大学清幽的校园里落户了。

一九八六年十月

记我的翻译

我在清华做研究生时,叶公超先生请我到他家去吃饭。他托赵萝蕤来邀请,并请赵萝蕤作陪。我猜想:叶先生是要认认钱锺书的未婚妻吧?我就跟着赵萝蕤同到叶家。

叶先生很会招待。一餐饭后,我和叶先生不陌生了。

下一次再见到叶先生时,他拿了一册英文刊物。指出一篇,叫我翻译,说是《新月》要这篇译稿。我心想:叶先生是要考考钱锺书的未婚妻吧?我就接下了。

我从未学过翻译。我虽然大学专攻政治学,却对政论毫无兴趣。叶先生要我翻译的是一篇很晦涩、很沉闷的政论:《共产主义是不可避免的吗?》我读懂也不容易,更不知怎么翻译。我七翻八翻,总算翻过来了。我把译稿交给叶先生,只算勉强交卷。叶先生看过后说"很好",没过多久就在《新月》上刊登了。

这是我生平第一次翻译。

译文肯定很糟,原文的内容我已忘得一干二净。"文化大革命"中,我交代"罪行",记起了这篇翻译。单凭题目就可断定是反动的。所以我趁早自动交代;三十多年前的译文,交代了也就没事了。

抗战胜利后,储安平要我在他办的《观察》上写文章。我正在阅读哥尔德斯密斯(Oliver Goldsmith 1730—1774)的散文《世界公民》,随便翻译了其中一小段。我把 Beaou Tibbs 译作"铁大少",自己加个题目:《随铁大少回家》。这就是博得傅雷称赏的译文。我未留底稿,译文无处可寻了。

钟书大概觉得我还能翻译,就让我翻译一个小册子:《一九三九年以来英国散文作品》(《英国文化丛书》之一)。我很拘谨,因为还从未翻过书(小册子可算是书),结果翻得很死。小册子里介绍的许多新书,包括传记、批评、历史、政治、宗教、哲学、考据等,我都没读过。翻译书题最易出错。所以我经常向我们的一位英国朋友麦克里维(H. McAleavy)请教。例如《魔鬼通信》(*The Screwtape Letters*)就是由他讲解内容而译出的。他和钟书都是这部丛书的编委。这个小册子由商务印书馆发行。出版后,钟书为我加了一个详尽的注,说明 Screwtape 乃写信魔鬼之名,收信魔鬼名 Wormwood,皆地府大魔鬼之"特务"。这条注解只留在我仅存的本子上。因为小册子未再版。

我到清华后,偶阅英译《小癞子》,很喜欢。我就认真地翻译了这册篇幅不大的西班牙经典之作。后来我得到了法文和西班牙文对照的法译本,我又从法译本重译一遍。我译完《堂吉诃德》,又从西班牙原文再译一遍。小癞子偷吃的香肠,英、法译本皆译为"黑香肠",读了西班牙原文,才改正为"倒霉的香肠"。我由此知道:从原文翻译,少绕一个弯,不仅容易,也免了不必要的错误。

抗日战争胜利后,全国解放之前,我们的女儿得了指骨节结核症,当时还没有对症的药。医嘱补养休息,尽量减少体力消耗。我们就哄女儿只在大床上玩,不下床。

钟书的工作很忙,但他每天抽空为女儿讲故事。他拿了一本法文小说《吉尔·布拉斯》,对着书和她讲书上的故事。女儿乖乖地听爸爸讲,听得直咽口水。

我业余还兼管全部家务,也很忙,看到锺书讲得眉飞色舞,女儿听得直咽口水,深恨没有工夫旁听。我记起狄更斯《大卫·科波菲尔》里曾提到这本书,料想是一本非常有趣的书。

锺书讲了一程,实在没工夫讲,就此停下了。女儿是个乖孩子,并不吵闹着要求爸爸讲故事,只把这本书珍惜地放在床头,寄予无限的期待与希望。

我译完《小癞子》,怕荒疏了法文,就决心翻译《吉尔·布拉斯》。我并未从头到尾读一遍,开头读就着手翻译。

我的翻译原是私下里干的,没想到文学所成立会上,领导同志问我正在干什么,我老实说正在翻译《吉尔·布拉斯》。我的"私货"就出了官。

我应该研究英国文学,却在翻译法文小说,而研究所的任务不是翻译。我很心虚,加把劲将这部长达四十七万字的小说赶快译完。一九五四年一月起,在《世界文学》分期发表,还受到主编陈冰夷同志的表扬。但是我自己觉得翻译得很糟,从头译到尾,没有译到能叫读者流口水的段落。

我求锺书为我校对一遍。他答应了。他拿了一枝铅笔,使劲在我稿纸上打杠子。我急得求他轻点轻点,划破了纸我得重抄。他不理,他成了名副其实的"校仇",把我的稿子划得满纸杠子。他只说:"我不懂。"我说:"书上这样说的。"他强调说:"我不懂。"这就是说,我没把原文译过来。

我领悟了他的意思,又再译。他看了几页改稿,点头了,我也摸索到了一个较高的翻译水准。我的全部稿子,一九五五年才交出版社。

人民文学出版社的法文责编是赵少侯。一般译者和责编往往因提意见而闹别扭,我和赵少侯却成了朋友。因为他的修改未必可取,可是读来不顺,必有问题,得再酌改。《吉尔·布拉斯》是一九五六年一月出版的。一九六二年我又重新校订修改一次。我现在看了还恨不得再加修改。译本里有好多有关哲学和文艺理论的注是锺书帮我做的。很好的注,不知读者是否注意到。

多年后,我的女儿对我说:"妈妈,你的《吉尔·布拉斯》我读过了,和爸爸讲的完全不一样。"原来锺书讲的故事,全是他随题创造,即兴发挥的。假如我把这部小说先读过一遍,未必选中这本书来翻译。这部小说写世态人情,能刻画入微;故事曲折惊险,也获得部分读者的喜爱。但不是我最欣赏的作品。

这部翻译曾获得好评,并给我招来了另一项翻译任务。"外国古典文学名著丛书编委会"要我重译《堂吉诃德》。这是我很想翻译的书。

我在着手翻译《堂吉诃德》之前,写了一篇研究菲尔丁(Fielding)的论文。我想自出心裁,不写"八股",结果挨了好一顿"批"。从此,我自知脑筋陈旧,新八股学不来;而我的翻译还能得到许可。翻译附带研究,恰合当时需要,所以我的同事中,翻译兼研究的不止我一个。

我接受的任务是重译《堂吉诃德》,不论从英译本或法译本转译都可以。我从手边能找到的译本中,挑了两个最好的法译本:一是咖达雅(Xavier de Cardaillac)和拉巴德(Jean Labarthe)合译的第一部;拉巴德去世后,咖达雅独译的第二部;二是维亚铎(Louis Viardot)的译本。我又挑了三种英译本:一是奥姆斯贝(John Ormsby)的译本;二是普德门(Samuel Putman)的译本;三是寇恩(J. M. Cohen)的译本。

我把五个本子对比着读,惊奇地发现:这许多译者讲同一个故事,说法不同,口气不同,有时对原文还会有相反的解释。谁最可信呢？我要忠于原作,只可以直接从原作翻译。《堂吉诃德》是我一心想翻译的书,我得尽心尽力。

那时候全国都在"大跃进",研究工作都停顿了。我下决心偷空自学西班牙语,从原文翻译。

我从农村改造回京,就买了一册西班牙语入门(*Primeras Lecciones de Español*,系 C. Marcial Dorado 和 Maria de Laguna 合著),于一九六〇年三月二十九日读毕;又买了一部西班牙文的《堂吉诃德》备翻译之用。每天规定一个时间习西班牙文。背生字、做习题,一天不得间断,因为学习语言,不进则退。

我是正研级的研究员,我的任务是研究工作,学西班牙语只能偷工夫自习。我也没有老师。我依靠好的工具书,依靠阅读浅易的西班牙文书籍,渐渐地,我不仅能阅读《堂吉诃德》原文,也能读通编注者注解,自信从原文翻译可以胜任。

我问锺书:"我读西班牙文,口音不准,也不会说,我能翻译西班牙文吗?"他说:"翻译咱们中国经典的译者,能说中国话吗?"

他的话安了我的心。会说西班牙语,未必能翻译西班牙文。我不是口译者,我是文学作品的译者。我就动笔翻译,并把《堂吉诃德》作为我的研究项目,阅读各图书馆一切有关作者塞万提斯的书籍,也读了他的其他作品。

我买到的《堂吉诃德》原文，上下集共八册。一九六六年"文化大革命"，我翻到第七册的半中间，我的译稿被红卫兵没收了，直到一九七〇年六月才发还。但这几年间，我没有荒疏西班牙文。

稿子发还后我觉得好像是一口气断了，接续不下，又从头译起。一九七六年底全稿译毕。当时是十年浩劫之后，人民文学出版社里"掺沙子"，来了一批什么也不懂的小青年。他们接过我亲手交上的译稿，只惊奇地问我是否译者。《堂吉诃德》未经西语编辑审阅，只我自己校了四遍清样，于一九七八年三月出版。

九年后我又校订一次。我怕我所根据的版本已经陈旧，找了几个新版本，做了一番校勘工作，发现我原先的版本还是最好的版本。至于我的翻译，终觉不够好。最近我又略加修改，但我已年老，只寄希望于后来的译者了。

我曾翻译过哥尔斯密斯的喜剧 *She Stoops to Conquer*（副题《一夜间的错误》），我把正副二题合一，译作《将错就错》。我没有少费工夫，而且翻了两次。但是要把英国喜剧化作中国喜剧，我做不到。风土人情不同，"笑"消失了；"笑"是最不能勉强的。我横横心把两份稿子都撕了。我原想选译英国皇室复辟时期三个有名的风俗喜剧，就此作罢。

我的遗憾是没有翻译英文小说，而英文是我的第一外国语。可是我不能选择。凡是我所喜爱的英国小说，都已有中文译本，我只好翻狄更斯（Charles Dickens）的《董贝父子》（*Dombey and Son*）。我爱读狄更斯，但对这一部小说并不很喜爱。而我翻译西班牙文时，查字典伤了目力，眼里出现飞蚊。我就把刚开了一个头的《董贝父子》托给所内的"年轻人"薛鸿时君,请他接手。

　　锺书去世后,我从英文本转译了一篇柏拉图的对话录《斐多》,但原文不是英文,也不是文艺作品。

二〇〇二年十月七日

为无锡修复钱氏故居事，
向领导陈情

《光明日报》二〇〇二年一月十日，有一篇《钱锺书无锡故居开始修复》的报导，说钱氏故居近日正式启动，修复后明年对外开放。无锡市计划依托故居筹备"钱锺书文学馆"，筹办"钱锺书生平事迹展"等三大陈列展。我读后不胜惶惑。

我曾以为建立钱锺书纪念馆的事已经圈上句号。因为早在一九九六年七月三十日，钱锺书病中曾为此事嘱我写信答复无锡市管文物的副市长王竹平同志，表示不同意建馆。因为按照国家政令，应严控这种不必要的纪念馆，而他本人认为他在无锡的旧居远不止一处，没有必要在旧居建立纪念馆。此后，无锡市领导就没再向我们提起这件事。

钱锺书去世将近三年后，二〇〇一年十二月十二日，无锡市博物馆负责人陈瑞农同志来信，说无锡市委、市政府决定修复钱锺书故居，筹建钱锺书文学馆，对外开放，教育众人。此事由博物馆具体担任。他要求我予以关心和帮助，为文学馆资料的征集提供方便。

我得信后为之惊愕。为某一人建立纪念馆，先应得到他本人或家属的同意，不能不尊重他本人的意愿。为什么本人并不同意，家属尚未知情，就启动工程呢？我立即和原副市长王竹平同志取得联系,知道他已不复担任原职。他应我之求,把我和钱锺书辞谢建馆的信和某些名流联名呼吁建馆的信都复制寄我。呼吁建馆的信上说,钱锺书是"无形资产",可资"实用",为旅游业创汇。这项建议,对当今的商业社会,对富有企业精神的无锡人,想必很有说服力。据我不久后看到的二〇〇一年十二月二日《无锡日报》报导,当时格于国家严控为活着的人建纪念馆,而钱锺书尚未去世,所以建馆之议搁浅了。我以为已作罢论的事,其实只是搁浅了。

我同时也和博物馆负责人陈瑞农同志通了电话。他说建文学馆等等是为了宣扬钱锺书为人之道和治学精神。我向他说明钱锺书对建立钱锺书文学馆、陈列他生平事迹等是决计不同意的。我也告诉他,擅自征集钱锺书的书信文物,会触及法律上有关侵权的问题。我请他将钱锺书的意愿和我的意见向上级领导反映。他迄今未有回音,而《光明日报》上二〇〇二年一月十日登出了上述消息。我不知是无锡市领导人没有了解钱锺书的意愿,还是不予置理,反而扩大宣传。我觉得有必要把钱锺书的意愿表达得更清楚些。

钱锺书连自己的骨灰都不愿保留,何况并不属于他的钱氏故居!他愿意保留的,只是他奉献于后人的几部著作。他的著作,除了个别例外,不具普及性;能保留也只是冷门。他不求外加的力量为他推广或保存。他的生平很平常,一份履历就足以包括一生,没什么值得展览的。他曾看到一本编造钱锺书生平事迹的《传稿》,斥为"胡说八道!"深叹浮名为累,"我成了一块烂肉,苍蝇都可以在我身上撒蛆!"这是很痛心的话。他郑重嘱咐我,在他身后,勿举行任何纪念仪式。他也明明白白地说:

"我不进现代文学馆。"所以我如他所嘱,写信给现代文学馆舒乙先生,请撤出馆内陈列的钱锺书。二〇〇一年九月七日,我代表已去世的钱锺书、钱瑗以及我自己,向清华大学捐赠的奖学金,不用钱锺书之名,而称为"'好读书'奖学金"。钱锺书言行如一,不喜名利。无锡市建立钱锺书文学馆,展览他的生平事迹等等,都是他坚决反对的。假如无锡市领导要把钱锺书作为"无形资产",作为招徕旅游的招牌,那是对钱锺书"淡泊名利"的莫大讽刺。假如无锡市领导是出于爱重而要为他建馆纪念,那就首先应当尊重钱锺书,尊重他的意愿。用他坚决反对的方式来纪念他是不合适的。

杨　绛
二〇〇二年元月十五日

向林一安先生请教

半年内，我接连读到林一安先生批评我翻译作品的两篇文章：前一篇《堂吉诃德及其坐骑译名小议》，载二〇〇三年三月五日《中华读书报》；后一篇《莫把错译当经典》，载二〇〇三年八月六日《中华读书报》。前者已有读者为我辩诬，我再补充几句。林一安说堂吉诃德的坐骑，我译为"驽骍难得"受到赞赏，实际这个译名为他们北京外国语学院西班牙语专业四年级学生所创，经老师修改而成。并举他们师生以"西四"的笔名发表在一九五九年《译文》第六期上的一篇译文《马德里之夜》为证。意思是我抄袭了他们师生协力翻出的译名。但经查证：林一安所说的一九五九年《译文》第六期所载《马德里之夜》，他们所译堂吉诃德的坐骑名字并不是"驽骍难得"，而是"洛稷喃提"！看过杨译本《堂吉诃德》的读者会注意到，我所译"驽骍难得"是有依据的，原文 Rocinante，分析开来，rocin 指驽马，ante 是 antes 的古写，指"以前"，也指"在前列"，"第一"等。（见《堂吉诃德》上卷第一章倒数第三段的注释）

林君诬我抄袭他们师生翻出的译名，这对读者是欺蒙和愚弄，对我是诬蔑。不过，我认为，这是林君的个人品德问题，我可以不予置理（参见纪红《在不疑处有疑》载二〇〇三年三月二十六日《中华读书报》）。至于后一篇《莫把错译当经典》，林君强调名家译作的失误乃至败笔,是应该而且"必须指出并加以改正的"。林君此举的确是对名家更大的尊重和爱护,也是对读者的高度负责,这种态度值得赞扬。但是,"错误乃至败笔",究竟是否错误乃至败笔,涉及学术问题,我怎么翻,自有我的道理。我的西班牙文是自习的,没有老师指导,故在翻译中唯以勤查字典和细读原文本的注解为要。下面仅以林一安所举"错误例证"为例,求教于林君。

De pelo en pecho 这句成语,按西班牙大词典有二义:一为 valiente,指某人不畏危险和艰难;二是指某人对别人的痛苦或恳求无动于衷。这里我取第一义,valiente。我所据马林编注本的注释指出,桑丘用这句成语形容那位姑娘时含有三层意思,都带着男人气味,用于男人合适,用在女人身上就不那么合适,如译为"勇敢",女人可以和男人同样勇敢,所以我不取这个词义;亦可译作"有男子汉的气概"或"有大丈夫气概",但是在桑丘嘴里,按成语直译,更加切合桑丘的口吻。"胸口生毛",是男子汉的具体形象,成语,指的是男子汉的气概,是男子汉的抽象概念,按字面直译不失原意,而在桑丘嘴里,会显得更现成,更自然,也更合适。我曾核对英法译文,确有译者译作"胸口生毛"。如果这是歪曲了原意的败笔,那么,毕竟是国家培养出来的"后起之秀",怎么会像我一样"望文生义",重复我歪曲原意的败笔呢?

林君认为"成语切不可按字面直译",否则会闹出外国人看了莫名其妙的大笑话,诸如此类的习语还有一个曰 tomar el pelo。按西班牙大词典,诸如此类的习语何止一个,有四五十个呢。其中不可直译的有好些,例如 venir a pelo, gente de pelo, en pelo 等,如按字面翻译就成笑话。但是,可以按字面翻译的也不少，这里不举例了。单说我"望文生义"的败笔吧，紧挨着前一"望文生义"又一"望文生义"，都在原文的同一句里。林君竟视而不见。Sacar la barba del lodo a uno 也是成语，指"困难中能予帮助"，这句成语也是具体形象的概括。按字面直译能把意思表达得更为具体生动，桑丘的趣谈就越加有声有色。"成语切不可按字面直译"吗？我希望林君能说出"切不可"的定律有何根据。林君俨然以大权威自居，一口断定我"对原文的理解，后起之秀中已有多人超越"。显然，林君便是其中之一，或竟是其中佼佼者。据他的说法，我中文根底还行，理解原文的能力却不如人，因为我毕竟不是"国家培养出来的高质量的宝贵的西班牙语人才"（而他自己毕竟是这种人才）。所以我难免有错失，他举出的一个错误就证明我不识成语，望文生义，以致歪曲原文而译出错误或败笔来。林君"斗胆直言"，把自学西班牙语的人理解原文的能力一笔抹杀，未免也太夜郎自大了吧？我向来是一个虚心的译者，愿向西语界专家求教。如果确系错误，我应当改正；不仅心悦诚服，还深深感激。如果林君认为我对西班牙文的理解还不如他，他却说我"堪称大师级的翻译家"，不是开玩笑吗？

编者说明： 杨绛先生曾就林一安对她翻译方式的批评，在接受报纸一记者访谈后于二〇〇三年八月二十五日写成此文，但未正式发表，现在征得作者同意，将其收入《杨绛全集》。

尖 兵 钱 瑗

钱瑗和她父母一样，志气不大。她考上了北京师范大学，立志要当教师的尖兵。尖兵，我原以为是女儿创的新鲜词儿，料想是一名小兵而又是好兵，反正不是什么将领或官长。她毕业后留校当教师，就尽心竭力地当尖兵。钱瑗是怎么样的尖兵，她的同学、同事和学生准比我更了解。

我们夫妇曾探讨女儿的个性。锺书说："刚正，像外公；爱教书，像爷爷。"我觉得这话很恰当。两位祖父迥不相同的性格，在钱瑗身上都很突出。

钱瑗坚强不屈，正直不阿。北师大曾和英国合作培养"英语教学"研究生。钱瑗常和英方管事人争执，怪他们派来的专家英语水平不高，不合北师大英语研究生的要求。结果英国大使请她晚宴，向她道歉，同时也请她说说她的计划和要求。钱瑗的回答头头是道，英大使听了点头称善。我听她讲了，也明白她是在建立一项有用的学科。

有一天，北师大将招待英国文化委员会派来的一位监管人。校内的英国专家听说这人已视察过许多中国的大学，脾气很大，总使人难堪，所以事先和钱瑗打招呼，说那人的严厉是"冲着我们"，叫钱瑗别介意。钱瑗不免也摆足了战斗的姿态。不料这位客人和钱瑗谈话之后非常和气，表示十二分的满意，说"全中国就是北师大一校把这个合作的项目办成功了",接下慨叹说:"你们中国人太浪费,有了好成绩,不知推广。"钱瑗为这项工作获得学校颁发的一份奖状。她住进医院之前,交给妈妈三份奖状。我想她该是一名好的小兵,称得上尖兵。

钱瑗爱教书,也爱学生。她讲完课晚上回家,得挤车,半路还得倒车,到家该是很累了。可是往往到家来不及坐定,会有人来电话问这问那,电话还很长。有时晚饭后也有学生来找。钱瑗告诉我:她班上的研究生问题最多,没结婚的要结婚,结了婚的要离婚。婚姻问题对学习影响很大,她得认真对待。所以学生找她谈一切问题,她都耐心又细心地一一解答,从不厌倦。我看出她对学生的了解和同情。

早年的学生她看作朋友,因为年龄差距不大。年轻的学生她当作儿女般关爱。有个淘气学生说:"假如我妈能像钱瑗老师这样,我就服她了。"

钱瑗教的文体学是一门繁重而枯燥的课,但她善用例句来解释问题,而选择的例句非常精彩,就把文体学教得生动有趣了。她上高中二年级时曾因病休学一年,当时我已调入文学研究所的外文组(后称社科院外文所),她常陪我上新北大(旧燕京)的图书馆去借书还书。她把我借的书读完一批又读一批,读了许多英国文学作品,这为她选择例句提供了丰富的资料。可惜这许多例句都是她备课时随手拣来的,没留底稿。我曾看过她选的例句,都非常得体,也趣味无穷。钱瑗看到学生喜欢上她的课,就格外卖力,夜深还从各本书里找例句。她的毕业生找工作,大多受重视也受欢迎,她也当作自己的喜事向妈妈报喜。

钱瑗热心教书,关怀学生,赢得了学生的喜爱。她为人刚正,也得到学生和同事的推重。她去世的告别会上,学生和同事都悲伤得不能自制。钱瑗的确也走得太早了些。

如今钱瑗去世快七年半了。她默默无闻,说不上有什么成就,也不是名师,只是行伍间一名小兵。但是她既然只求当尖兵,可说有志竟成,没有虚度此生。做父母的痛惜"可造之材"未能成材,"读书种子"只发了一点儿芽芽,这只是出于父母心,不是智慧心。我们夫妇常说:但愿多一二知己,不要众多不相知的人闻名。人世间留下一个空名,让不相知、不相识的人信口品评,说长道短,有什么意思呢。钱瑗得免此厄,就是大幸;她还得到许多学生、同事、同学友好的爱重缅怀,更是难得。我曾几次听说:"我们不会忘记钱瑗",这话并非虚言。"文革"期间钱瑗的学生张君仁强,忽从香港来,慨然向母校捐赠百万元,设立"钱瑗教育基金",奖励并培养优秀教师。张君此举不仅得到学校的重视,也抚慰了一个妈妈的悲伤。他的同学好友是名编辑,想推出"纪念钱瑗小辑",他们两人相约各写一篇。钱瑗的学生和同事友好闻讯后,纷纷写文章纪念钱瑗,没几天就写出好多篇。我心上温暖,也应邀写了这篇小文。

二〇〇四年八月二十日

请别拿我做广告

编者的话：

> 本报 3 月 26 日《阅读周刊》刊出的《〈一代才子钱锺书〉再版，九旬杨绛含泪增补家事感人至深》，系根据出版社提供的材料改写，未向杨绛先生本人核对。文章见报后接到杨先生致电，认为有些内容不实，为此她专门给本报撰写了一篇短文表明自己的态度。现将杨先生的意见和文章一并照登在此，并对杨绛先生及读者表示深深的歉意。

我近年闭门谢客，因来日无多，还有许多事要做呢。记者采访也一概辞谢。今年 2 月 18 日忽见上海《文汇读书周报》2 月 16 日头版头条大幅报道《杨绛谈热门题材"钱锺书"，亲自校订〈第一才子钱锺书〉但不写序言》，令我震惊。我从未见过那位记者，电话都没通过。不知这份报道从何而来。我于当日致电该报郑重声明"我从来没有向任何记者谈热门题材'钱锺书'，我也从未亲自校订《第一才子钱锺书》"，要求该报刊出更正声明，并向我和读者道歉。据该报记者称，他是根据出版社提供的宣传材料"改编"的。

不知该报出于何种考虑，将更正声明改为"启事"，以细字小幅于 2007 年 3 月 2 日在该报二版右下角 1.5 方寸面积刊出，若非仔细查找,很难发现,一些收到出版社同样宣传材料的其他媒体未能引以为鉴,继续拿我为该书做广告,忽而"含泪",忽而"含笑""亲自校订""精心修改",反复炒作。

出版社要卖书,做广告可以理解,但在未征得本人同意的情况下,强加于人,做不实的宣传,不仅是对当事人的不尊重,对读者也有欺骗之嫌。

我希望当今这个商业化的社会,不要唯利是图,在谋取利益的时候,还要讲点道义和良心。

(说明:本文原载2007年4月2日《中国青年报》,作者就该报同年3月26日刊出的《〈一代才子钱锺书〉再版》一文内容不实而写。按语为《中国青年报》编者所作。此次原样收入《杨绛全集》,是对出版该书的上海人民出版社和相关报纸不实报道的警示,同时也对《中国青年报》编者的真诚致歉一表谢意。——本书编者)

"杨绛"和"杨季康"

——贺上海纪念话剧百年

六十四年前,我业余学写的话剧《称心如意》,由戏剧大师黄佐临先生导演,演出很成功。一夜之间,我由杨季康变成了杨绛。这年秋天,我第二个喜剧《弄真成假》上演,也很成功。抗战胜利后,我改行做教师,不复写剧本,但是杨绛在上海戏剧界还没有销声匿迹。

解放后到了北京,杨绛就没有了。杨季康曾当过"四害"里的"苍蝇、蚊子"之类,拍死后也没有了。都到哪里去了呢?我曾写过一篇"废话"《隐身衣》,说隐身衣并非仙家法宝,人世间也有:身处卑微,人人视而不见,不就没有了吗?我不合时宜,穿了隐身衣很自得其乐。六十多年只是一瞬间,虽然杨绛的大名也曾出现过几次,这个名字是用水写的,写完就干了,干了也就没有了。英国诗人济慈(John Keats, 1795—1821)慨叹自己的名字是用水写的。他是大诗人啊!我算老几!

想不到戏剧界还没忘掉当年上海的杨绛。中央戏剧学院表演系2004级3班的同学,为了纪念中国话剧百年诞辰,选中了六十四年前杨绛处女作《称心如意》,于今年六月三日至十日,在中央戏剧学院北剧场演出。十一月间,上话剧艺术中心和上海滑稽剧团又将在上海话剧艺术中心演出杨绛的《弄真成假》。

这两个喜剧,像出土文物,称"喜剧双璧"了!我惊且喜,感激又惭愧,觉得无限荣幸,一瓣心香祝演出成功。承他们抬举,还让我出头露面,说几句话。可是我这件隐身衣穿惯了,很称身;一旦剥去,身上只有"皇帝的新衣"了。我慌张得哪还说的出话呀!好在话剧上演自有演员说话,作者不必登场。请容我告饶求免吧。

谢谢!

二〇〇七年九月二十七日

介绍莫宜佳翻译的《我们仨》

钱锺书最欣赏莫宜佳的翻译。他的小说有多种译文,唯独德译本有作者序,可见作者和译者的交情,他们成了好朋友。她写的中文信幽默又风趣,我和女儿都抢着看,不由得都和她通信了。结果我们一家三口都和她成了友。

我女儿和我丈夫先后去世,我很伤心,特意找一件需我投入全部身心的工作,逃避我的悲痛;因为这种悲痛是无法对抗的,只能逃避。我选中的事是翻译柏拉图《对话录》中的《斐多》。莫宜佳知道了我的意图,支持我,为我写了序文。她怜我身心交瘁中能勉力工作来支撑自己,对我同情又关心,渐渐成了我最亲密的一位好友。

莫宜佳不是一般译者,只翻译书本。她爱中国文化,是中国人的朋友。她交往的不仅知识分子,还有种地的农民,熟识的也不止一家。她知道农家的耕牛是一家之宝,过年家家吃饺子,给家里的耕牛也吃一大盘饺子。她关注中国人民的风俗习惯、文化传统。我熟悉的只是知识分子。至于学问,我压根儿不配称赞。单讲中国文学的水平吧,我嫌钱锺书的《管锥编》太艰深,不大爱读,直到老来读了好几遍,才算读懂。莫宜佳读后就出版了《管锥编和杜甫》,当时钱锺书已重病住入医院,我把莫宜佳这本书带往医院,钱锺书神识始终清楚,他读了十分称赏。

我只爱阅读英、法、西班牙等国的小说、散文等；即使是中文小说，我的学问也比不上莫宜佳。她对中国小说能雅俗并赏，我却连通俗小说也不如她读得广泛。因为我出身旧式家庭，凡是所谓"淫书"，女孩子家不许读，我也不敢读。她没有这种禁忌，当然读得比我全面了。这是毫无夸张的实情。

我早年有几本作品曾译成英语、法语。在国外也颇受欢迎。我老来不出门了，和以前经常来往的外国朋友绝少来往。梦想不到的是钱锺书早年朝气蓬勃的《围城》，和我暮年忧伤中写成的《我们仨》，今年同在法兰克福书展出现！这是莫宜佳的荣誉，我们夫妇也与有荣焉。因为我们两个能挨在一起，同时也因为译文同出于莫宜佳的大手笔。希望德国读者在欣赏莫宜佳所译《围城》的同时，也同样喜欢《我们仨》。

二〇〇九年五月三十一日

钱锺书生命中的杨绛[*]

我原是父母生命中的女儿,只为我出嫁了,就成了钱锺书生命中的杨绛。其实我们两家,门不当,户不对。他家是旧式人家,重男轻女。女儿虽宝贝,却不如男儿重要。女儿闺中待字,知书识礼就行。我家是新式人家,男女并重,女儿和男儿一般培养,婚姻自主,职业自主。而钱锺书家呢,他两个弟弟,婚姻都由父亲作主,职业也由父亲选择。

钱锺书的父亲认为这个儿子的大毛病,是孩子气,没正经。他准会为他娶一房严肃的媳妇,经常管制,这个儿子可成模范丈夫;他生性憨厚,也必是慈祥的父亲。

杨绛最大的功劳是保住了钱锺书的淘气和那一团痴气。这是钱锺书的最可贵处。他淘气,天真,加上他过人的智慧,成了现在众人心目中博学而有风趣的钱锺书。他的痴气得到众多读者的喜爱。但是这个钱锺书成了他父亲一辈子担心的儿子,而我这种"洋盘媳妇",在钱家是不合适的。

但是在日寇侵华,钱家整个大家庭挤居上海时,我们夫妇在

---

[*] 《听杨绛讲往事》繁体字版于2008年冬在台湾出版后,受到读者欢迎,台湾学界朋友有意组织座谈,议题之一即为"钱锺书生命中的杨绛",并希望杨先生能赴台湾与读者见面。杨先生因年事已高没成行,却以此为题写了这篇短文,未交出。近日整理旧作时不意发现,遂收入《全集》。

钱家同甘苦、共患难的岁月,使我这"洋盘媳妇"赢得我公公称赞"安贫乐道";而他问我婆婆,他身后她愿跟谁同住,答:"季康"。这是我婆婆给我的莫大荣誉,值得我吹个大牛啊!

　　我从一九三八年回国,因日寇侵华,苏州、无锡都已沦陷,我娘家婆家都避居上海孤岛。我做过各种工作:大学教授,中学校长兼高中三年级的英语教师,为阔小姐补习功课。又是喜剧、散文及短篇小说作者等等。但每项工作都是暂时的,只有一件事终身不改,我一生是钱锺书生命中的杨绛。这是一项非常艰巨的工作,常使我感到人生实苦。但苦虽苦,也很有意思,钱锺书承认他婚姻美满,可见我的终身大事业很成功,虽然耗去了我不少心力体力,不算冤枉。钱锺书的天性,没受压迫,没受损伤,我保全了他的天真、淘气和痴气,这是不容易的。实话实说,我不仅对钱锺书个人,我对所有喜爱他作品的人,功莫大焉!

二〇〇九年六月二日

魔鬼夜访杨绛

昨夜我临睡要服睡药,但失手把药瓶掉了,只听得"格登"一声,药瓶不见了。我想瓶子是圆形,会滚,忙下床遍寻,还用手电筒照着找,但不见踪迹,只好闹醒阿姨,问她要了一板睡药。她已经灭灯睡了,特为我开了灯,找出我要的药,然后又灭了灯再睡。

我卧房门原是虚掩着的,这时却开了一大角,我把门拉上,忽见门后站着个狰狞的鬼,吓了一大跳,但是我认识那是魔鬼,立即镇静了。只见他斜睨着我,鄙夷地冷笑说:

"到底你不如你那位去世的丈夫聪明。他见了我,并没有吓一跳!"

我笑说:"魔鬼先生,您那晚喝醉了酒,原形毕露了。您今晚没有化装,我一见就认识,不也够您自豪的吗?"

他撇撇嘴冷笑说:"我没有那么浅薄。我只问你,你以为上帝保佑,已把我逐出你的香闺,你这里满屋圣光,一切邪恶都消灭无踪了?"

我看他并不想走,忙掇过一把椅子,又放上一个坐垫,我说:"请坐请坐,我知道尊腚是冷的,烧不坏坐处。您有什么指教,我洗耳恭听。"

魔鬼这才乐了,他微笑着指着我说:"你昏聩糊涂,你以为你的上帝保佑得了你吗？可知他远不是我的对手哩！你且仔细想想，这个世界，属于他，还是属于我？"他指指自己的鼻子说，"我是不爱敷衍的。"

我仔细想了想说："您的势力更嚣张。不是说：'道高一尺，魔高一丈'吗？如今满地战火，您还到处点火。全世界人与人、国与国之间，不都在争权夺利吗？不都是您煽动的吗？不过我也不妨老实告诉您，我嫉恶如仇，终归在我的上帝一边，不会听您指挥。我也可以对您肯定说：世上还是好人多。您自比上帝，您也无所不在，无所不能，那么，您还忙个啥呀？据我看，这个世界毁灭了，您也只能带着崇拜您的人，到月球上抢地盘去！不过谁也不会愿意跟您下地狱、喝阴风的。魔鬼先生，我这话没错吧？"

魔鬼冷笑说："你老先生不是很低调很谦虚吗？原来还是够骄傲的！你自以为是聪明的老人了！瞧着吧，你能有多聪明！"

我笑说："领教了！也请勿再加教诲了！我已经九十九高龄。小时候，初学英文，也学着说：'I will not fear, for God is near.'其实我小时候是害怕的。上帝爱护我，直到老来才见到您，可是我绝不敢自以为聪明的。魔鬼先生，领教了。"

魔鬼冷笑说："这是逐客令吧？"

我笑说："也是真正领教了，不用再加教诲了。"

魔鬼说："One word to the wise is enough."他拿起我遍寻不见的睡药瓶子，敲敲我的梳妆台说，"瓶子并未掉地下，只掉在台灯旁边，请看看。"

魔鬼身上的荧荧绿光渐渐隐去，我虽然看不见他，却知道他还冷眼看着我呢。

第二天早上,我刚从床上坐起,就发现我遍寻不见的药瓶,真的就在我台灯旁边,并未落地。魔鬼戏弄我,并给了我一顿教训,我应该领受。以前我心目中的确未曾有他。从此深自警惕,还不为迟。

(原载《文汇报·笔会》二〇一〇年二月二十四日)

俭 为 共 德

余辑先君遗文,有《说俭》一篇,有言曰"昔孟德斯鸠论共和国民之道德,三致意于俭,非故作老生常谈也,诚以共和国之精神在平等,有不可以示奢者。奢则力求超越于众,乃君主政体、贵族政体之精神,非共和之精神也。"(见《申报》一九二一年三月二十九日)

近偶阅清王应奎撰《柳南随笔·续笔》,有《俭为共德》一文。有感于当世奢侈成风,昔日"老生常谈"今则为新鲜论调矣。故不惜蒙不通世故之讥,摘录《俭为共德》之说,以飨世之有同感者:

"俭,德之共也。共,同也,言有德者,皆由俭来也。《司马公传家集训俭篇》云……'俭,德之共也';顾仲恭《秉烛斋随笔》有言云,'共之为义,盖言诸德共出于俭。俭一失,则诸德皆失矣……'凡人生百行未有不须俭以成者,谓曰'德之共',不亦信乎!"

(原载《文汇报》二〇一〇年三月十日)

汉　文

汉文是最古老的文字,也是最盛行的文字。近世发明渐多,证明中华古国的存在,比前人的估计还要推前二三千年。

用武力征服大片领域的,首推成吉思汗,但他只如一阵狂风,没留下任何文化。毛主席不是说过吗,"一代天骄,成吉思汗,只识弯弓射大雕。"风过就没有了。

七八十年前,我和钱锺书出洋留学,船上遇一越南人,他知道我们两个也是汉人,但他不能说中国话,只好用英语。他说:"我也是汉族,法国人要占据越南为殖民地,先灭了我们的文字,我们就不复是汉人了,我姓吴。"他嘴里发出一个奇怪的声音,是越南语的"吴"。安南自秦汉以后就是我国藩属,一八八五年,成了法国殖民地,从此安南人不是中国人了。

一九九六年,朝鲜要出朝鲜文的《围城》。朝鲜是箕子之后,是中华古国的骨肉至亲呀!改用了拼音,我一字不识,幸第一页前面有出版社名。当时钱锺书病重住医院,在东城我女儿也病重住入医院,在西山山脚下,我忙忙碌碌就用英文写了回信,但未订合约,亦不记对方送了多少稿酬,也不知曾否再版。本是同一种族的人,却相逢不相识了。

日本也改用拼音了,日本只是小国,全国语言相同,很方便。

中国地域既大,居民种族繁多,方言错杂,无法统一。幸方言不同而文字相同。我国典籍丰富,如改用简体,意义就不同,好在香港台湾还保持中华古国的文字,没改用简体。

假如欧洲人同用一种公共文字,各国各用本国的语言读,那么,如有什么新发明,各国都可以同享了!

(原载二〇一〇年七月四日香港《大公报》)

《汉文》手稿

漫谈《红楼梦》

我早年熟读《红楼梦》，解放后分配在文学研究所专攻西洋文学。我妄想用我评价西洋文学的方式来评论《红楼梦》，但读到专家、权威的议论以后，知道《红楼梦》不属我能评论的书。我没有阶级观念，不懂马列主义，动笔即错，挨了一二次批斗之后，再不敢作此妄想，连《红楼梦》这本书也多年不看了。

世移事易，我可以用我的方式讨论《红楼梦》了。但我已年迈，不复有此兴致，现在只随笔写几点心得体会而已，所以只是"漫谈"。

近来多有人士，把曹雪芹的前八十回捧上了天，把高鹗的后四十回贬得一无是处。其实，曹雪芹也有不能掩饰的败笔，高鹗也有非常出色的妙文。我先把曹雪芹的败笔，略举一二，再指出高鹗的后四十回，多么有价值。

林黛玉初进荣国府，言谈举止，至少已是十三岁左右的大家小姐了。当晚，贾母安排她睡在贾母外间的碧纱橱里，贾宝玉就睡在碧纱橱外的床上。据上文，宝玉比黛玉大一岁。他们两个怎能同睡一床呢？

第三回写林黛玉的相貌："一双似喜非喜含情目。"深闺淑女，哪来这副表情？这该是招徕男人的一种表情吧？又如第七回，"黛玉冷笑道：'我就知道么，别人不挑剩的，也不给我呀。'"

林姑娘是盐课林如海的女公子,按她的身份,她只会默默无言,暗下垂泪,自伤寄人篱下,受人冷淡,不会说这等小家子话。林黛玉尖酸刻毒,如称刘姥姥"母蝗虫",毫无怜老恤贫之意,也有损林黛玉的品格。

第七回,香菱是薛蟠买来做妾的大姑娘,却又成了不知自己年龄的小丫头。

平心而论,这几下败笔,无伤大雅。我只是用来反衬高鹗后四十回的精彩处。

高鹗的才华,不如曹雪芹,但如果没有高鹗的后四十回,前八十回就黯然失色,因为故事没个结局是残缺的,没意思的。评论《红楼梦》的文章很多,我看到另有几位作者有同样的批评,可说"所见略同"吧。

第九十七回,林黛玉焚稿断痴情,多么入情入理。曹雪芹如能看到这一回,一定拍案叫绝,正合他的心意。故事有头有尾,方有意味。其他如第九十八回,苦绛珠魂归离恨天,黛玉临终被冷落,无人顾怜,写人情世态,入木三分。

高鹗的结局,和曹雪芹的原意不同了。曹雪芹的结局"落了片白茫茫大地真干净",高鹗当是嫌如此结局,太空虚,也太凄凉,他改为"兰桂齐芳"。我认为,这般改,也未始不可。

其实,曹雪芹刻意隐瞒的,是荣国府、宁国府的具体位置之所在。它们不在南京而在北京,这一点,我敢肯定。因为北方人睡炕,南方人睡床。大户人家的床,白天是不用的,除非生病。宝玉黛玉并枕躺在炕上说笑,很自然。如并枕躺在床上,成何体统呢!

第四回,作家刻意隐瞒的,无意间流露出来了。贾雨村授了

"应天府"。"应天府",据如今不易买到的古本地图,应天府在南京,王子腾身在南京,薛蟠想乘机随舅舅入京游玩一番,身在南京,又入什么京呢?当然是——北京了!

苏州织造衙门是我母校振华女校的校址。园里有两座高三丈、阔二丈的天然太湖石。一座瑞云峰,透骨玲珑;一座鹰峰,层峦叠嶂,都是帝王家方有而臣民家不可能得到的奇石。苏州织造府,当是雍正或是康熙皇帝驻跸之地,所以有这等奇石。

南唐以后的小说里,女人都是三寸金莲。北方汉族妇女多是小脚,乡间或穷人家妇女多天足。《红楼梦》里不写女人的脚。农村来的刘姥姥显然不是小脚。《红楼梦》里的粗使丫头没一个小脚的。这也可充作荣府宁府在北京不在南京的旁证吧。

《红楼梦》刻意不写的是女人的脚。写女人的鞋倒有几处。第三十一回史湘云在大观园住着,宝钗形容她"把宝兄弟的靴子也穿上"。第四十九回,"黛玉换上掐金挖云红香皮小靴"……从姊妹都穿同样打扮的靴。史湘云"脚下也穿着鹿皮小靴"……这种小靴,缠脚的女人从来不穿的。

满族人都是天足。曹雪芹给书中人物换上了古装。

"漫谈"是即兴小文,兴尽就完了。

二〇一〇年元月十日

锺 书 习 字

钱锺书每日习字一纸,不问何人何体,皆摹仿神速。我曾请教锺书如何执笔？锺书细思一过曰:"尔不问,我尚能写字,经尔此问,我并写字亦不能矣。"予笑谓锺书如笑话中之百脚。有人问,尔有百脚,爬行时先用左脚抑先用右脚？百脚对曰,尔不问,我行动自如。经尔此问,我并爬行亦不能矣。

锺书曾责我曰:"尔聪明灵活,何作字乃若此之笨滞？"予曰:"字如其人,我固笨实之徒也。我学'兰亭'应圆,而我作字却方,学褚遂良应方,而我作字却圆,我固笨滞之徒也。常言曰:'十个指头有长短',习字乃我短中之短,我亦无可奈何也。"

我抄《槐聚诗存》,笔笔呆滞,但求划平竖直而已。设锺书早知执笔之法,而有我之寿,其自写之《诗存》可成名家法帖,我不禁自叹而重为锺书惜也。

（原载二〇一三年七月十七日《文汇报·笔会》，
收入本全集时文字略有改动）

忆 孩 时(五则)

回忆我的母亲

我曾写过《回忆我的父亲》《回忆我的姑母》,我很奇怪,怎么没写《回忆我的母亲》呢?大概因为接触较少。小时候妈妈难得有工夫照顾我。而且我总觉得,妈妈只疼大弟弟,不喜欢我,我脾气不好。女佣们都说:"四小姐最难伺候。"其实她们也有几分欺我。我的要求不高,我爱整齐,喜欢裤脚扎得整整齐齐,她们就是不依我。

我妈妈忠厚老实,绝不敏捷。如果受了欺侮,她往往并不感觉,事后才明白,"哦,她(或他)在笑我",或"哦,他(或她)在骂我"。但是她从不计较,不久都忘了。她心胸宽大,不念旧恶,所以能和任何人都和好相处,一辈子没一个冤家。

妈妈并不笨,该说她很聪明。她出身富商家,家里也请女先生教读书。她不但新旧小说都能看,还擅长女工。我出生那年,爸爸为她买了一台胜家名牌的缝衣机。她买了衣料自己裁,自己缝,在缝衣机上缝,一忽儿就做出一套衣裤。妈妈缝纫之余,常爱看看小说,旧小说如《缀白裘》,她看得吃吃地笑。看新小说也能领会各作家的风格,例如看了苏梅的《棘心》,又读她的

《绿天》,就对我说:"她怎么学着苏雪林的《绿天》的调儿呀?"我说:"苏梅就是苏雪林啊!"她看了冰心的作品后说,她是名牌女作家,但不如谁谁谁。我觉得都恰当。

妈妈每晚记账,有时记不起这笔钱怎么花的,爸爸就夺过笔来,写"糊涂账",不许她多费心思了。但据爸爸说,妈妈每月寄无锡大家庭的家用,一辈子没错过一天。这是很不容易的,因为她是个忙人,每天当家过日子就够忙的。我家因爸爸的工作没固定的地方,常常调动,从上海调苏州,苏州调杭州,杭州调回北京,北京又调回上海。

我爸爸厌于这类工作,改行做律师了。做律师要有个事务所,就买下了一所破旧的大房子。妈妈当然更忙了。接下来日寇侵华,妈妈随爸爸避居乡间,妈妈得了恶疾,一病不起,我们的妈妈从此没有了。

我想念妈妈,忽想到怎么我没写一篇《回忆我的母亲》啊?

我早已无父无母,姊妹兄弟也都没有了,独在灯下,写完这篇《回忆》,还痴痴地回忆又回忆。

三姊姊是我"人生的启蒙老师"

我三姐姐大我五岁,许多起码的常识,都是三姐讲给我听的。

三姐姐一天告诉我:"有一桩可怕极了,可怕极了的事,你知道吗?"她接着说,每一个人都得死;死,你知道吗? 我当然不知道,听了很害怕。三姐姐安慰我说,一个人要老了才死呢!

我忙问,"爸爸妈妈老了吗?"

三姐说:"还远没老呢。"

我就放下心,把三姊的话全忘了。

三姐姐又告诉我一件事,她说:"你老希望早上能躺着不起床,我一个同学的妈妈就是成天躺在床上的,可是并不舒服,很难受,她在生病。"从此我不羡慕躺着不起来的人了,躺着不起来的是病人啊。

老、病、死,我算是粗粗地都懂了。

人生四苦:"生老病死"。老、病、死,姐姐都算懂一点了,可是"生"有什么可怕呢?这个问题可大了,我曾请教了哲学家、佛学家。众说不一,我至今该说我还没懂呢。

太　先　生

我最早的记忆是爸爸从我妈妈身边抢往客厅,爸爸在我旁边说,我带你到客厅去见个客人,你对他行个鞠躬礼,叫一声"太先生"。

我那时大约四五岁,爸爸把我放下地,还搀着我的小手呢,我就对客人行了个鞠躬礼,叫了声"太先生"。我记得客厅里还坐着个人,现在想来,这人准是爸爸的族叔(我称叔公)杨景苏,号志洵,是胡适的老师。胡适说:"自从认了这位老师,才开始用功读书。"景苏叔公与爸爸经常在一起,他们是朋友又是一家人。

我现在睡前常翻翻旧书,有兴趣的就读读。我翻看孟森著作的《明清史论著集刊》上下册,上面有锺书圈点打"√"的地方,都折着角,我把折角处细读,颇有兴趣。忽然想起这部论著的作者名孟森,不就是我小时候对他曾行鞠躬礼,称为"太先生"的那人吗?他说的是常州话,我叔婆是常州人,所以我知道他说的是常州话,而和爸爸经常在一处的族叔杨志洵却说无锡话。我恨不能告诉锺书我曾见过这位作者,还对他行礼称"太先生",可是我无法告诉锺书了,他已经去世了。我只好记下这件事,并且已经考证过,我没记错。

五 四 运 动

一九一九年五四运动,现称青年节。当时我八岁,身在现场。现在想来,五四运动时身在现场的,如今只有我一人了。当时想必有许多中外记者,但现在想来,必定没有活着的了。作为一名记者,至少也得二十岁左右吧?将近一百二十岁,谁还活着呢?

闲话不说,只说说我当时身经的事。

那天上午,我照例和三姐姐合乘一辆包车到辟才胡同女师大附属小学上课。这天和往常不同,马路上有许多身穿竹布长衫、胸前右侧别一个条子的学生。我从没见过那么高大的学生。他们在马路上跑来跑去,不知在忙什么要紧事,当时我心里纳闷,却没有问我三姐姐,反正她也不会知道。

下午四点回家,街上那些大学生不让我们的包车在马路上走,给赶到阳沟对岸的泥土路上去了。

这条泥土路,晴天全是尘土,雨天全是烂泥,老百姓家的骡车都在这条路上走。旁边是跪在地下等候装货卸货的骆驼。马路两旁泥土路的车辆,一边一个流向,我们的车是逆方向,没法前进,我们姐妹就坐在车里看热闹。只见大队学生都举着小旗子,喊着口号:"打倒日本帝国主义!""抵制日货!(坚持到底)""劳工神圣!""恋爱自由!"(我不识恋字,读成"变"。)一队过去,又是一队。我和姐姐坐在包车里,觉得没什么好看,好在我们的包车停在东斜家附近,我们下车走几步路就到家了,爸爸妈妈正在等我们回家呢。

张 勋 复 辟

　　张勋复辟是民国六年的事。我和民国同年,六岁了,不是小孩子了,记得很清楚。

　　当时谣传张勋的兵专要抢劫做官人家,做官人家都逃到天津去,那天从北京到天津的火车票都买不到了。

　　但外国人家门口有兵看守,不得主人许可,不能入门。爸爸有个外国朋友名 Bolton(波尔登),爸爸和他通电话,告诉他目前情况,问能不能到他家去避居几天。波尔登说:"快来吧,我这里已经有几批人来了。"

　　当时我三姑母(杨荫榆)一人在校(那时已放暑假),她心上害怕,通电话问妈妈能不能也让她到波尔登家去。妈妈就请她饭后早点来,带了我先到波尔登家去。

　　妈妈给我换上我最漂亮的衣裳,一件白底红花的单衫,我穿了到万牲园(现称动物园)去想哄孔雀开屏的。三伯伯(编注:即前文所说的三姑母,姑母旧亦呼伯伯)是乘了黄包车到我家的,黄包车还在大门外等着我们呢。三伯伯抱我坐在她身边。到了一个我从没到过的人家,熟门熟路地就往里走,一手搀着我。她到了一个外国人的书房里,笑着和外国人打了个招呼,就坐下和外国人说外国话,一面把我抱上一张椅子,就不管我了。那外国人有一部大菱角胡子,能说一口地道的中国话。他说:"小姑娘今晚不回家了,住在我家了。"我不知是真是假,心上很害怕,而且我个儿小,坐椅子上两脚不能着地,很不舒服。

好不容易等到黄昏时分,看见爸爸妈妈都来了,他们带着装满箱子的几辆黄包车,藏明(我家的老佣人)抱着他宝贝的七妹妹,藏妈(藏明的妻子)抱着她带的大弟宝昌,三姐姐搀着小弟弟保俶(他的奶妈没有留下,早已辞退),好大一家人都来了。这时三伯伯却不见了,跟着爸爸妈妈等许多人都跑到后面不知哪里去了,我一人站在过道里,吓得想哭又不敢哭。等了好一会,才看见三姐姐和我家的小厮阿袁来了("小厮"就是小当差的,现在没什么"小厮"了)。三姐姐带我到一个小院子里,指点着说:"咱们住在这里。"

我看见一个中国女人在那儿的院子里洗脸,她把洗脸布打湿了把眉毛左右一分。我觉得很有道理,以后洗脸也要学她了。三姐姐把我衣角牵牵,我就跟她走进一间小小的客厅,三姐姐说:"你也这么大了,怎么这样不懂规矩,光着眼睛看人,好意思吗?"我心里想,这种女人我知道,上不上,下不下,是那种"搭脚阿妈",北京人所谓"上炕的老妈子",但是三姐姐说的也不错,我没为自己分辩。

那间小客厅里面搭着一张床,床很狭,容不下两个人,我就睡在炕几上,我个儿小,炕几上睡正合适。

至于那小厮阿袁呢,他当然不能和我们睡在同一间屋里。他只好睡在走廊栏杆的木板上,木板上躺着很不舒服,动一动就会滚下来。

阿袁睡了两夜,实在受不了。而且伙食愈来愈少,大家都吃不饱。阿袁对三姐说,"咱们睡在这里,太苦了,何必呢?咱们回家去多好啊,我虽然不会做菜,烙一张饼也会,咱们还是回家吧。"

三姐和我都同意,回到家里,换上家常衣服,睡在自己屋里,多舒服啊!

阿袁一人睡在大炕上,空落落的大房子,只他一人睡个大炕,他害怕得不得了。他打算带几张烙饼,重回外国人家。

忽然听见噼噼啪啪的枪声,阿袁说,"不好了,张勋的兵来了,还回到外国人家去吧。"我们姊妹就跟着阿袁逃,三人都哈着腰,免得中了流弹。逃了一半,觉得四无人声,站了一会,我们就又回家了。爸爸妈妈也回家了,他们回家前,问外国人家我们姊妹哪儿去了。外国人家说,他们早已回家了。但是爸爸妈妈得知我们在张勋的兵开枪时,正在街上跑,那是最危险的时刻呀,我们姊妹正都跟着阿袁在街上跑呢,爸爸很生气。阿袁为了老爷教他读书识字,很苦恼,很高兴地离了我们家。

(原载二〇一三年十月十五日《文汇报·笔会》)

书 信 三 封

致徐伟锋转舒乙同志信

我得知中国现代文学馆中有我一席地,就打电话给馆中工作人员,要求撤出。该馆徐同志来信说:绝大多数作者都争着想进入馆中,我是惟一自动放弃的,像我这样"坦陈己见的、特立独行的,全中国也没几个"。我回信如下——

伟锋同志:并请转呈舒乙馆长同鉴:

您两位好!

来信及附件皆收到。我的意愿能得到尊重,我十分感激。但是请不要忘记,还有一个钱锺书也是不愿入馆的。他和我,地位不同,不能相提并论,上次电话里,我是分别提出陈请的。我自觉自愿,不妨直说。他呢,不像我这么无足轻重,我第一是怕引起误会——以为他态度不好,不合作(我们和舒乙同志向来是友好的);第二也是怕引起误会——我会有挟以自重之嫌。所以我只好婉转其辞。不过,说白了,他就是不愿进文学馆。他曾明明白白说过,他不愿进中国现代文学馆。他从不厕身大师之林,他也向来不识抬举,这是大家都知道的。如果我不向馆长说明他本人不愿、恳切请求把他撤出文学馆,我就对不起钱锺书了。

希望他的意愿,同样也能得到尊重。
　　专复,即致
敬礼!

　　　　　　　　　　　　　　　　杨　绛　上
　　　　　　　　　　　　　　二〇〇一年一月九日

致文联领导同志信

柳秀文女士：并请转呈高占祥、陈晓光等文联领导同志钧鉴：

您各位好！

一九九六年十二月，钱锺书曾由中国文联主席团决定聘为中国文联荣誉委员，并颁发景泰蓝盒装金质证章一枚，当时钱锺书病重住医院，证章由我代领携往医院，向钱锺书一一交代。钱锺书神识甚清，他听我讲了一言不发，只将双目一闭，表示拒绝。我知道他生平从不接受国内外任何荣誉勋章、奖章、荣誉学位等等。他是个狷介谨厚的书生，自分受之有愧的荣誉，他一概辞谢不受。文联的荣誉证章，我当时不能不收下转交；以后却又无法退还，多年来我心上很不安。

最近得柳秀文女士通知，说要将文联荣誉委员巨幅照相，制成豪华纪念册，嘱我提供钱锺书十寸照相。我因此十分为难。钱锺书嘱咐我的后事，我都尽力而为，不能因为他已作古人，就违反他的心意。所以我不能为文联荣誉委员纪念册提供照片。希望领导同志能予谅解。钱锺书名下的荣誉证章等珍贵物品，该如何处置，我听候领导同志的指示。

专复，并致敬礼！

杨 绛 谨上

二〇〇一年三月十九日

致汤晏先生信

汤晏先生：

昨天收到您十月十五、十六日二信及附件，谢谢！您的《钱锺书传》快要出版了，我向您贺喜。您孜孜矻矻为他写传，不采用无根据的传闻，不凭"想当然"的推理来断定过去，力求历史的真实；遇到不确切的事，不惮其烦地老远一次次来信问我，不敢强不知以为知。我很佩服您这种精神。但是，我只对您提出的问题作了答复，却未能从头至尾细读原稿；对于您所采用的某些资料是否可靠，我不知道。所以，我不敢应命为您写序。而且您和我的观点也不相同。钱锺书不愿去父母之邦，有几个原因。一个重要的原因是他深爱祖国的语言——他的 mother tongue，他不愿用外文创作。假如他不得已而只能寄居国外，他首先就得谋求合适的职业来维持生计。他必需付出大部分时间保住职业，以图生存。凭他的才学，他准会挤出时间，配合职业，用外文写出几部有关中外文化的著作。但是《百合心》是不会写下去了。《槐聚诗存》也没有了。《宋诗选注》也没有了。《管锥编》也没有了。当时《宋诗选注》受到批判，钱锺书并没有"痛心疾首"。因为他知道自己是一个"旧知识分子"。他尽本分完成了一件工作，并不指望赞誉。赞誉会带来批判。批判多半是废话。废话并不能废掉他的成果。所以他心情很平静，还只顾补订他的《宋诗纪事》呢。这部书不久就要出版,有十多本。他的读书笔记和心得,作为《钱锺书手稿集》,已交商务印书馆扫描印行,明年年底也可出版,大约有四十五大本。此外,我也许还能为他整理出一些作品。但是钱锺书在创作方面,的确没能够充分发挥他的才华。"发短心长",千古伤心事,不独钱锺书的创作。您的设想属浪漫派,我的设想较现实。反正同是设想而已。我耄耋之年,没力量为您写序很抱歉,只好写封信谢谢您对钱锺书的器重,也谢谢您对我的信任。祝愿您的书有许多许多读者。

杨　绛　谨上
二〇〇一年十月二十八日

诗 六 首

中　秋 二〇一〇年九月

忽见窗前月玲珑
秋风竦竦吹病松
心胸郁结人知否
怀抱凄清谁与共
离合悲欢世间事
阴晴圆缺凭天公
我今无意酬佳节
但觉凄凄秋意浓

哀圆圆 九月二十九日

圆圆去世已多年
老母心犹恨绵绵
学校尽责又尽义
家人相思不相见
昔日灯前共笑语
今朝彼此各一天
不由自主真可怜
堪叹往事已如烟

忆锺书 十月二日

与君结发为夫妻
坎坷劳生相提携
何意忽忽暂相聚
岂已缘尽永别离
为问何时再相见
有谁能识此天机
家中独我一人矣
形影相吊心悲凄

自　嘲　十月十三日

双颊肥满面团团
两眼小如花椒丸
老友相见不相识
杨绛面貌怎这般

悲王季玉先生　十月十五日

一

状元宰相之夫人
毁家兴学事可珍
继往开来待阿谁
广大教化有先生
小过何辜遭重罚
一帚扫出如轻尘
含冤悒悒意莫伸
嗟夫天地胡不仁

二

季玉先生心已寒
欲归不能徒心酸
实验室里日月长
虚度人世瞬息间
忽闻文化遭大劫

溜回学校立门前
左右石狮兀无恙
手抚旧物泪阑干

注：有学生见季玉先生手抚石狮潸然流泪。